中國好小說

2022中国年度优秀短篇小说选

小说选刊 / 选编

〔短篇卷〕

中国书籍出版社
China Book Press

图书在版编目（CIP）数据

中国好小说．短篇卷：2022中国年度优秀短篇小说选/小说选刊选编．—— 北京：中国书籍出版社，2023.5

ISBN 978-7-5068-9385-5

Ⅰ.①中… Ⅱ.①小… Ⅲ.①短篇小说—小说集—中国—当代 Ⅳ.① I247

中国国家版本馆 CIP 数据核字 (2023) 第 063075 号

中国好小说．短篇卷：2022中国年度优秀短篇小说选

小说选刊　选编

图书策划	武　斌
责任编辑	尹　浩
责任印制	孙马飞　马　芝
出版发行	中国书籍出版社
地　　址	北京市丰台区三路居路 97 号（邮编：100073）
电　　话	（010）52257143（总编室）（010）52257140（发行部）
电子邮箱	eo@chinabp.com.cn
经　　销	全国新华书店
印　　刷	河北省三河市顺兴印务有限公司
开　　本	710 毫米 ×1000 毫米　1/16
字　　数	225 千字
印　　张	19
版　　次	2023 年 5 月第 1 版
印　　次	2023 年 5 月第 1 次印刷
书　　号	ISBN 978-7-5068-9385-5
定　　价	58.00 元

版权所有　翻印必究

目 录

书　童　　□ 张　炜 / 001

飞来飞去　　□ 东　西 / 018

梧桐风　　□ 刘庆邦 / 035

宋骑鹅和他的女人　　□ 徐则臣 / 054

鼓　楼　　□ 弋　舟 / 066

难说的告别　　□ 陈　武 / 075

识鸟音　　□ 金岳清 / 101

浣花溪记　　□ 张鲁镭 / 124

遥远的筒子楼　　□ 夏鲁平 / 150

桥头羊肉店　　□ 朱文颖 / 170

劝人方　　□ 张　哲 / 179

寻三哥而来　　□ 石一枫 / 199

暮色与跳舞熊　　□ 鲁　敏 / 219

白色猛虎　　□ 金仁顺 / 240

青蛇叩水　　□ 李知展 / 261

桑塔纳　　□ 凡一平 / 282

书童

□ 张炜

1

伍老坐在落地窗前，看远山和白云。"总算在生日之前完结此事，甚好。"他饮一口茶，站起，拉拉吊带裤，去了另一个房间。

案上宣纸已经铺好。写点什么？提笔良久，未能落墨。终于想起了一段话，稍加改动写下来：

"当我回首往事的时候，不因虚度年华而悔恨，也不因碌碌无为而羞愧。"

下面还有。哦，还要改几个字才好。

"我能够说：我整个的生命和精力，都献给了最壮丽的事业，为祖国的文化建设而奋斗。"

端详一番，盖上名章。稍停，又加一枚闲章。

他抚着胸部，眯上眼睛。"七十八年过去，弹指一挥间。"他看看沾了一点墨的手：近六十年，都是在这座城市度过的。"所以，舍不得。"

他转向几个大书架：宝贵的积存，跟随半生。"所以，要在一起。"

电话响起，是远方的儿子。对方谈的是父亲即将来临的生日：一家三口要飞回来。儿子如今成了一个"人物"，住在一线城市。

"伍老培养了多么杰出的后代！"这句话成为朋友们的口头禅。他少有回应。

儿子声气高昂，从来如此。挂念父亲，想念父亲，等等。最后儿子问："李佳佳怎样？干得怎样？"

"啊，她就那样。"

通话毕。屋内沉寂，如同心境。"'门可罗雀'，'人走茶凉'。"他念着这两个词，颇能深悟。

李佳佳是儿子为老父选来的保姆，四十六岁，微胖，明眸灼人。她让这里窗明几净，随处条理，常有炖鸡的香味。

伍老读书，听到了肩头的喘息。她正盯着他手中的书，小声念出："寻寻觅觅，冷冷清清，凄凄惨惨戚戚。"

伍老闭上眼睛。她退开，擦拭书架，挪动一个内画烟壶。"哎哟。"她手中的东西差点滑脱。

她刚转身，他就把那物件收入屉中。一件价值不菲的古物，老友所赠。"宝物要藏啊！"老友前天来过，盯着它，又看走来的保姆。

老友的目光落在她高高的胸部，时间稍长。伍老殊为不快。"真好。"对方把玩烟壶。

伍老与李佳佳闲谈，得知她独居有年，嗜读。"您老书可真多！"她咂嘴。

入夜，很晚了，灯还亮着。他发现另一个人也在翻书。

大约是她来到的第一个月末，伍老攀上梯子取书，她在后面喊了一声。他跌下来。事情变糟。

肋与背皆痛。呻吟，忍住不去医院。她为他敷药，理疗，手法娴熟。她双手按背，像弹琴一样。"我这架老琴。"他心里说。

第三个夜晚，他可以翻身了。她把他的内裤拉下一截，涂药。他欠身举手："不可。"

伍老自己敷药。厨房散出浓香。她把汽锅端到桌上，发出"啊啊"声。

一起用餐，相对而坐。有些闷热。他的眼睛不能平视。碎花薄衫近在咫尺，低领，高耸低凹。他低头喝一口汤，离去。

深夜难眠。黎明时分扳指算来，她在这里恰好满月。

早餐是牛奶和蛋卷，几片面包，鲜榨果汁，红茶。结束时空气凝住。他说："哦哦，佳佳，我要去外地长期疗养了。所以，当然，回来再联系。"

他为自己的谎言而难堪。

2

老友为伍老叹惜。"又是一个人了。"说着走到案前，索要上面的大字。对方习画，偶尔送来一幅。不敢恭维。

第二天，老友呈上新作：一老翁中箭，手抚伤处，不无痛苦。空白处题："俺老汉荷尔蒙分泌已很少了，怎么丘比特还乱箭射俺呢？这不是浪费资源吗？"

伍老将画放好，待人走后展开。不无趣思。老翁即老友。人与画皆不敢恭维。他与对方同一年退休，先后独居。老友添一保姆，五十许，半年后同居。

收画。铺开宣纸。犹豫片刻，写下两个字："晚晴。"

继续饮一杯苦茶。"清寂固美，只不好享受。"他搓手，翻找出一沓稿纸：刚刚开头的回忆录。已经放了许久，难以接续。

文笔实在艰涩。半生献身公务，而今才知著述之苦。原来字句连缀之难，远远超乎想象。至此，他想到在任时对文秘人员多有斥声，泛起愧意。

他想老友。对方曾当面竖起拇指："身居高位，仁智长者"；背后却说："一个笨蛋！"

"也许这家伙所言不虚。"他闭上眼睛。

傍晚时分，前秘书来了。当年后生已近半百，职抵副局。秘书对他时下处境深感忧虑："总不能一个人啊！这事得办。让有关部门帮忙，找好的！"

"让我清静一段吧。"他婉拒。

秘书摇摇头，走了。两天后秘书再来，极为认真："有个人打理是必须的。想听听具体意见。"

伍老沉默了一会儿，最后说："经组织办理，自然会好。我嘛，希望年龄差距拉大一些。"

"哦，明白了。"秘书离开。

一个星期之后，上午十时，有人领进一个小姑娘：十七岁，微胖，面容端俊，有些木讷。

伍老心生怜惜。来人介绍：李兰童，自幼失父，初中未毕业就进城打工。

"也姓李。兰花，童子。好。"他倒水，取水果，口中喃喃。

李兰童喝水，看他的吊带裤。她刚饮几口就站起，走向客厅角落的拖把。伍老摆手:"不急。今天休息。"

午餐由伍老做,李兰童在一旁站着,很快上手。他看到了,她的一双手很小,很粗糙。

从中午开始,姑娘不再停息。她活动时蹑手蹑脚。伍老午休时,觉得屋内有一只游动的小鼹鼠。他披衣下床,对正在擦洗的她说:"休息,休息。"

两天之后,室内一切归置完毕,洁净无比,采购充足。她看着他:"老爷。"

因为少了一个字,令他大惊。"叫'伍伯'。""伍伯。"

"小童,"他眯上眼,"咱们没有那么多活儿。"他取来一本书,掂掂,又换成画册,交给她。

她坐下翻画册。

他去案前写字。墨味很重。她进来,站得稍远,两手捏紧那本画册。

"书上字可都认得?"

"认得一半儿。"

"另一半我来教你。"他放笔取茶,李兰童先一步端上。

3

再有几天即为生日。伍老想着儿子一家,等来的只是电话:因处理某一"事件",飞不回了。"'事件',那可要处理好。"伍老说。

"这就叫'官身不自由'。"他看窗外,李兰童看他。

该准备生日了。时间充裕。他说:"我们两人,不是很好吗?""伍伯。""蛋糕要有的。一束花。嗯,我要饮一杯老酒了。"

伍老找出一个雕花烛台。"有了它,也就有所不同。"

秘书提来礼物：海参鲍鱼，顶级红茶。"只有他还记得这个日子。"他对她说。

"我可忘不了你的事。"秘书刚走，老友就来了，笑嘻嘻，提着一张"寿"字。字很大，篆体。老友寻找张贴的地方，一转头怔住。

李兰童捧着一个蓝花瓷钵从旁走过。

"哦哟，"老友盯着那个背影，"新的？大胖孩儿！"

老友待的时间稍长。伍老沏一壶茶。老友饮茶如酒，眼窝红了："我就佩服一句话，'走自己的路，让别人说去'。"

人走了，那句话留下来。"他是什么意思？"伍老自问，摇头。

夜晚来临。罐中一大束花，雏菊、鸢尾、勿忘我和玫瑰。烛光闪闪。蓝花瓷钵里是南酒鳜鱼。焗芦笋。黄蛤汤。一杯老酒。

"小童也饮一点。"他分出小半杯。

她只沾了一点。伍老与之碰杯，她以水代之。伍老只好将酒倾入自己杯中。

多好的夜晚。伍老记起：自己从未置办烛光与鲜花。"我不走这一经。"他抬头看她。

"我不喜洋派。"他自语，看蛋糕："孩子买过花。"举杯，一饮而尽。又添半杯。

太静了。也许要有一点音乐。不过这一切只该为青春准备，那就是"小童"了。

"这是最好的一个生日。"他去取蛋糕，对方赶在前边，切好奉上。

晚宴已近尾声。伍老脸有些红，搓一下眼睛。李兰童坐在烛光下，像个瓷娃。他心里有一些话，还是说出来。

"你还是个孩子，伺候一位老朽，实在不值。我想，我们之间该有一种，嗯，全新的关系。"

李兰童站起。

"请坐。我是说，这里活儿很少。就让我做你的老师吧。几年后，仅就文科而言，说不定能抵个硕士。"

"伍伯，我，定准当好保姆。"

"你这么小。别耽搁大好时光。杂务甚少，咱们一起分担。我们都有更大的事情要做，还远不到终点。"

"可我，就是为您老服务的。"

他摇头："别信那些话。相互帮助吧。我如果不能把你变成一个学问孩子、一个有志青年，就是失职。"

"可是，伍伯。"她没有坐下。

"我们不谈这个了。今夜以后我会仔细计划一下。"他端起杯子，发现已经饮尽。

4

饮茶，读书，写字，为伍老三大功课。一年前想写回忆录，开了个头，而今算是搁下了。文路坎坷，无力攀缘。

"清静是福"，"我也得闲"。每幅占半张宣纸，盖名章闲章。"小童以为如何？"他问。

她试读，一字未错。"都好呀。"

"差得多呢。半生耗在公务上，早就文事荒疏。今天只得重新起步。我还要著述。"

最后两个字过于沉重。

他摞起几本小书,由易到难排好次序,交给她:凡不识的字,都用红笔圈起,待我详解。

下午四时,伍老携一把木剑去公园。学过太极剑,殊难,最后几经删减,留下来的倒也别致。

他寻个僻处舞剑:两手握柄探刺,缓缓倾身,直到不能自持才一个转体,右手做成剑指,凌空一挥。这一节常常引起观叹。

园中闲人颇多,并无僻处。不过啧啧之声令人愉悦。收功,器具装入蓝绒绣花布套。回程拐个小弯,买一些菜蔬。

进门时李兰童正在翻书,叫一声,接过伍老手中物品。

晚餐后讲书。他不会拼音标注,只好重复读着,努力克服方言。"人这一辈子,乡音紧随。"他沾点口水,翻到下一页。

这个场景让他想到外祖母:星夜河边,灯下,多少故事啊。哦,童年。一切不再复返。"光阴哪!'老骥伏枥',如此而已!"

他合上书,看李兰童:大眼漾水,鼻中沟可真深。"多好的孩子!"他心中长叹一声,说:"让我们一起努力吧!"

"伍伯,我会学好。"

"嗯。我呢,"他看着她铮亮的、微鼓的额头,"我也要开始著述。我常想啊,这一生走来,还欠一部书哩!"

"什么书?"

"不知道。诸事未定,正权衡哩。回忆录或可作罢,往事想多了徒增伤感。"他垂下眼睛,"不过,心里总有些话要说。"

"伍伯会有书。"

"嗯,我啊,少年多艰,青年奋斗,中年后更不轻松:受过委屈,也惩戒了一些人。"他转向灯影,"在大是大非面前,人总该有些决断。我至今无悔。"他起座,掐腰站了一会儿。

"我至今无悔。"他回到寝室,又重复一句。

每天早茶后总要写几张大字。她站在一旁。"写字无非心情,有时出字,有时不出字。"他说。

她知道"出字"就是写得好。她说:"'出字'。"

"不然。"他远近端详刚写下的字,捏起几张团在纸篓中。"在古代,你这样的小童,会在一边研墨的。"他对弯腰看纸篓的她说。

"那我研墨吧。"

"不了,如今有现成墨汁。省了工序,也少了古意。"

写字颇累,额生汗粒。他喝茶,让她坐在一边蒲团上。"像我这样的老人,古时身边都有一个童子,那是'书童'。他(她)要收拾笔墨,出门担上茶点书函什么的。"

5

天渐热。伍老不喜空调,多用蒲扇。李兰童单衣汗湿,他特意为她放置风扇。傍晚时分,两人一起出门。没去公园,寻到一家高档商场。他要为她选几套夏装。

"浅色,宽松,棉麻质。"他对店家说。

她一一试过。"伍伯,忒贵。""无妨。"

最后去鞋柜。他对服务员说:"白色凉鞋,牛皮。"

她试鞋。他发现她没穿袜子,胖胖的脚丫,大拇趾甲比常人约短三分之一。

"很好。怎样?"

"好。忒贵。"她脱掉鞋子，退开一步。

"孩子，这不关你事。"他让她收好物品，自己去交钱。

他们提着大小包裹出门。他说："这事理应早办。"

回家马上更换衣装。松软布衫，宽裤。伍老上下打量，目光落在那个比常人略小的趾甲上。"甚好。小童。"

他一口气写下几张大字，将笔塞进她的手中："试试无妨。"

"伍伯，不行。"

他将"古为今用"几个大字拉近，让她照葫芦画瓢。她屏气用笔，好不容易描完。伍老呼叹："稚气可掬！啊呀！"

他说："再写。"她汗透衣衫，脸色红涨，坐下一动不动。

"从今儿起日日习字，不要辜负这张书案。"他把她的字选了几张，放到一边。

老友来了，一起赏鉴李兰童的字。老友笑："笔画要连起来。"

他们喝茶。老友说："我见到环子了。""谁？""雨子女人的儿子。雨子，记得吧？"

伍老的杯子凝在唇边。当然记得。一个胆大妄言的家伙，已失去公职。当时他力主严惩。后来就不知音讯了。

"雨子返乡第二年就不在了。女人改嫁。环子在十字口超市，管一个摊子。你家童子常去。原来他们是兄妹。"

失眠之夜。那个倔强苍白的面孔如在眼前。"雨子，嗯。"

早餐饮双倍的茶，又加一杯咖啡。他赞许食品："好的食材，产地至关重要。"说完看着小童。

"啊，我选的是有机食品，贵些。"

"无妨。就该如此。"

无心写大字。他又翻出那一沓稿纸，坐在写字台前。她端茶，看那支老式钢笔。他说："嗯，人这一辈子总有些话要说。我说过，我要著述。"

"您一定'出字'的。"

他拍打那沓稿纸："没那么容易。老了，写不动了。搬不动字句了。"

"伍伯会成。我帮您什么？"

"孩子，你念书识字就好了。杂务不多，不可劳累。一切务必从简。"

"写书太苦。我会好好做。我给您炖汤。"

6

李兰童出门买菜，伍老一起。他们进了一家超市，她直奔水果摊和鱼肉摊。摊前一个络腮胡小伙子仰起脸。"这是主家，伍伯。"她又向他指指伍老，转过脸："我哥环子。"

伍老看着小伙子：一双细长眼。从五观神气上看，差异颇大，也许没有血缘关系。"嗯。"他心里说。

"伍伯写书累呢，你呀，要挑最好的给我！"她指指冷柜里的鲫鱼和排骨。

小伙子将鱼去鳞，剁好排骨，装在袋中。他指指邻摊："新来的水芹。"小伙子揩手，看着伍老。伍老笑笑。小伙子说："不错的老头儿。"

他们离开。她说："我哥嘴贫。"伍老点头："不错的小伙子。"

水芹鲫鱼，清炖排骨。午餐时，伍老说到那个小伙子："眼睛不像你。"她点头又摇头："嗯。不是亲哥。"她为他舀汤："比得上亲哥。"

他明白了，小伙子是继父前妻的儿子。想听下去，她没有再说。

午休时，李兰童收拾碗筷，又去书房忙碌了很长时间。伍老起床后，发现案上新裁了一沓宣纸，砚台洗得锃亮，钵中清水也换过了。

他倾墨，蘸笔，却迟迟未能写成一个字。"今天不出字。"他叹一声，掷笔离开了。

半个下午都在写字台前翻那沓稿纸，总算写了几行，又涂掉。重新回到写大字的案前。倾身取笔，浓墨欲滴，赶紧下笔。写下七个字："霜叶红于二月花"。

她端着印泥。他又写一张："江山如此多娇"。

夜深了，伍老把那沓稿纸携到寝室，盯着上面涂去的几行。"这是很难的。写一本书，可不是容易的事。"他将稿纸放到床头柜上。

那个苍白倔强的面孔从眼前闪过。

该休息了。倚在床头出神。"我可不信这样的巧合。"他想起秘书曾和雨子同事，哼一声，拨通了电话。对方吞吐一番，承认："首长，哦，是的。我知道她。怜惜，是的。"

又一个无眠之夜。

上午，他饮过茶，抚着蓝绒绣花剑套。"小童，在家好生念书。"叮嘱一句，出门去了。

他在园中一角呆坐，木剑抽出半截，又插入。沿园边走，一直踏向人行道。

他最后走进那家超市。人不多。他径直走向那个络腮胡。小伙子两眼一直盯着他，手里正在磨刀，一根金属棒挥得眼花，碰在刀上噼啪作响："喂，伙计，书写得怎样了？快了吧？"

"啊啊，实在惭愧。"他低头，看柜子。

小伙子用一团棉纱擦手，"你对我妹好，我就对你好。买啥？"

"哦。看看。"伍老攥紧剑套，汗粒滚落下来。他呼吸平缓了，问："好孩子，家里长辈都好？"

小伙子白一眼，答："我爸还那样，害喘。我妈养鸡。"

"啊，养鸡。好。"他摸着胸口。拥来一些顾客。他退开，稍停，去邻摊买了一把水芹。

回家，进门是炖汤的浓香。小桌上有一本打开的书、一支笔。书上画了不少红圈。

7

儿子难得来一次电话。这次谈的是中秋节，说一定回家。"能否实现，则是另一回事。总会发生一些'事件'，需要他来决断。"他放下电话，对她说。

离过节还有些日子。天气尚热。"我的孙女小你几岁，"他看着她，"顽皮呢，我在她额头描一个蚕豆大的红点儿。"

"真好。"她说。

伍老看她的脑门。那儿缺一个红点。宽软衣裤，双髻，恰似书童。她去案前倾墨、置水钵、铺宣纸。

"孩子，你进步好快。而我，著述难成。"

"为什么？"

"因为，孩子，人常常有心无力。这事比你想的要难得多。"

她挨近些，不再说话。他再次看她的额头："这里该有个红点儿。"她仰头时，他将食指伸向印泥，按了一下。

她去镜前，反身时脸色红红的。

"妥妥的'书童'。不过，孩子，我并非那些骄奢的'员外'。"他声音低到不闻，一边说一边走向落地窗。

直到午餐，她一直没有除去额上的红点。伍老用餐巾擦眼。他低头时，又看到了她稍短的大拇趾甲。

餐后就"书童"二字多说了几句。他告诉她：古时，真假斯文的"员外"身边总有一童子，伺候文墨，郊游时担上书函茶点。

"我也能做。"她说。

"在家无妨。出门这样，人家会侧目的。"他的目光长时间看着窗外，偶尔落向她的额头。

第二天，她的额头才洗干净。不过他看那个开阔的脑门，总觉得红点还在。

写字台上那沓稿纸碍眼，掭了掭，放进抽屉。"不过，我总该有所著述。"他念叨，在书架前徘徊，不时取下一册翻弄。

有一本由短句辑成的小书。"格言集"，他看得入迷，小童呼唤用餐，他没有听见。

午休起床，还是看那本小书。"格言，真如编者所言，'乃一民族智慧和语言的结晶'。"他对她举起小书，拍打："所有书籍，最重要的，莫过于'格言'。"

几天后，一个想法在心里成形：那部回忆录搁下，或可尝试写一些短语嘛。"年迈之人缺少的是精力，而非见识和经验。"他自语，找出一个仿牛皮封面的笔记本。

他在本子扉页上写下两个字：格言。她走过来，他把本子合上。"著作贵在精当，而不在冗长。一诗一赋都可存世，浩浩长卷未必可读。"他接过她递来的茶盅，"小童，我日后要记些心得了。"

说过这句话之后，一连多日眉头不展。要想很多事，想一个意旨深远的句子。不成。"看来这事不可操之过急。"

多么精致的笔记本，原来一直在等人。他踱步，走近，离开。有了，脑际出现了一句，马上。他写的字字工整：

"人间重晚晴，人老当自重。"

反复看，合上。总算开张了，有了第一句，后面自然不难。

一夜好睡。一大早起来，首先打开那个本子。看了一会儿，一阵犹豫：上面的话似乎眼熟。"如果别人说过，那就不成。那还不属于自己。"

他抚着胸口。尽管多有不舍，还是画掉了本子上的话。

8

他因为苦思，一连三天未到案前。看书不能专心，胃口尽失。"小童，我知道什么是世上最难的事了。"

"是'著述'。"她说。

"一般还好。格言，那是'结晶'。明白吗？"

她点头，想到的是腌菜缸中洁白的盐晶。她最看不得老人皱眉的样子。她把宣纸裁成不同的尺幅，洗砚，更换钵中清水。

她做了蜜汁桂花糯米藕，在茶几旁放置一碟。"香，软。"他吃一片。

"伍伯该去练剑了。"她记起他七天没有出门。

"也是。闷在屋里不好。"他取过蓝绒绣花剑套，掸几下，抬起头："咱们今天携上吃物，几本书，去外面野餐。"

提议好极了。她擦拭一个竹网提盒，放入保温壶和糕饼、几碟小菜。"书。"他提醒，包裹笔记本。

他们去公园。提盒颇重，她不得不歪着身子。他要提，她拒绝了。"我们如果有一个竹担，那好多了。"他说着，看一眼她的额头。

找到一片浓荫。闲人稍远。铺一块塑胶布，再加一层粗布织巾，放好驱蚊盒，摆上茶盏。他打开一本书，看了一会儿，起身舞剑。

午餐简而精。热茶，冷碟，五香花生和蜜汁藕。园中还有野餐者，几个男女在不远处吃吃喝喝。

他注意到三个中年男子：双手抓住汉堡，大口吞食。咀嚼肌绷紧，牵拉得脸庞变形。吃相很丑。一旁的女子舔着手指，抓起奶茶吸起来。

他从他们身旁走过，放慢脚步。他们继续吃喝，大声说话。

她收拾提盒。他离开前又看一眼那些男女。"除了喧哗，这里还好。咱们该有真正的郊游，可惜太远。"

走出园门的一刻，他问："小童，还记得你爸的样子吗？"她一怔，摇头。"哦。没事。今天好极了。"

他一连两天在家，看书，写大字。她站立一旁，他让她也写。"如果小童不成学问青年，那我就是失职。"他把她稍稍端正的字拣出，放好。

每周都去公园待一个上午，野餐后回家午休。常遇到吃汉堡的男女。伍老说："女人吃汉堡就像小鸟啄食，喝奶茶则不然。""为什么？"他不答。

第二天中午，他让她叫了一次外卖，专点汉堡和奶茶。他在镜前看自己的吃相，发现与那些人并无二致：因为要防止食物夹层脱落，必得双手卡住；咀嚼，吞咽，喉结上下移动。整个人至少老了五岁。

他观察她吸奶茶的样子：双颊内收，嘴唇缩着，实在说不上好看。"嗯，明白了。这没有什么可说的。"

午休前，他打开笔记本，在涂过的笔迹下记了一句："男人最怕汉堡。"看一看，再添上一行：

"女人最怕奶茶。"

她走过来，看本子上刚写的两行字。

他一字一顿读过。"小童,这是我这些天的发现。也许过于平俗,可毕竟是观察所得。哦,从没听谁这样说过。"

"是呀。没有呀。"

"孩子,要知道,真理有时并不深奥。"

午休推迟了。他们交谈时间稍长。他说到了自己在任时:"那会儿总讲'深入生活','实践出真知'。而今,瞧瞧,就是这么回事。"

她伏在笔记本跟前。

他抬头望向窗外:"小童,我们真该制一副竹担了。"

"嗯呐。"

"担子一边是食水,一边是书。颤颤悠悠。'到生活中去'。"

"嗯哪。"

· 作者简介 ·

张炜,男,1956年生,山东省栖霞市人。中国作家协会副主席。著有长篇小说《古船》《你在高原》《独药师》《艾约堡秘史》等二十一部,出版《张炜文集》四十八卷。作品获茅盾文学奖、中国出版政府奖、中华优秀出版物奖、中国作家出版集团特别奖、南方传媒杰出作家奖等。作品被译为英、日、法、韩、德文等多种文字。

飞来飞去

□ 东　西

1

　　深夜，熟睡中的姚简被手机的铃声吵醒，同时被吵醒的还有他的夫人。他带着不祥的预感接听，果然，听到的是一串哭泣。这在他的意料之中，又仿佛在他的意料之外，心里紧张悲伤之余竟然还夹杂着一丝丝不那么体面的解脱。他需要确认，哪怕是明知故问，于是，便在姚久久一时半会儿尚不能中断的哭泣中很不礼貌地插了一句"到底怎么了？"，似乎还抱着出现奇迹的幻想。"叔，奶奶上呼吸机了。"姚久久一边哭泣一边说。不是最坏的消息，他想，但愿没那么糟糕。他详细地询问母亲的症状后挂断电话。夫人问："怎么办？我们一起回去吧。"姚简说："疫情这么严重，回国的航班几乎熔断，去哪里搞机票？"夫人说："再难搞也得搞，你妈可就你这么一个后代。"

姚简在网上查询航班，找到一趟从纽约直飞广州的，立刻就订了三张。但第二天航空公司来电，说："疫情原因，航班取消，要不要订一周后的？"姚简在网上又搜了一遍，没找到直飞的，便续订。可第三天，航空公司又来电，说："一周后的航班也取消了，要不要续订半个月后的？"姚简想你这是在开玩笑吗？半个月后回去，加上二十来天的隔离，我还能见到活着的母亲吗？他拒绝了续订，开始托熟人找关系，高价求购飞回中国的机票，包括但不限于直飞。

等机票期间，他每天都跟姚久久视频通话，每次通话他都让她把手机视频凑到母亲的面前。"妈妈……"他在视频里呼唤。不戴呼吸机的时候，母亲的眼睛会努力地睁开一道缝，吃力地盯住视频，一点一点地舒展面肌，试图给他一个好脸色，但舒展着舒展着，眼看一丝笑容就要浮现却突然一动不动，仿佛静止一般，虽然还有舒展的企图却已经没有了舒展的才华。而大多数时间里她都在昏睡，无论他怎么呼唤她都没有反应，就像地面呼唤发射到外太空的失灵的探测器。

一周后，母亲的病情略有好转，能对着手机视频说话了，但每说几个字便停顿一会儿，仿佛挑重担的人需要歇气。她说："仔呀，妈想让你赶紧回来，但又怕一时半会儿死不了。每次我病重你都回来，可每次你回来我都没死，你飞来飞去的都飞累了。要不再观察几天？看看病情走向，如果实在挺不住，我再让久久通知你，你再回来不迟。"其实，她何尝不想让他马上回来，而他又何尝不想立即回去。

又过了十天，他买到一套高价票，该票先由纽约飞伦敦，再从伦敦转机飞上海，然后从上海转机飞N市。他把这套机票打印出来放在客厅的茶几上，一家三口像饥饿时盯着面包渣那样盯着，谁也不吱声。夫人想我是第一个必须放弃回去的,因为我跟婆婆既无血缘关系又无共同的文化背景。儿子想我出生于美国新泽西州,不是奶奶带大的,即使我回去也不是她最大的安慰。

"那么,只能是我一个人先回去了。"

"请代我向妈妈问好。"

"告诉奶奶,我非常非常爱她。"

"谢谢。"

2

姚简隔离完毕,姚久久把他从宾馆接到医院。他踮脚走进病房,看见母亲静静地躺在床上,鼻孔插着输氧管,脸庞比视频里的至少瘦一圈。他俯身把脸贴到她的脸上,轻轻地叫了一声:"妈……"她嘴唇嚅动,眼睛微微一睁,想举手却没有力气举起来,两行泪从眼角艰难地沁出。她等久了等累了,还在他隔离期间就昏睡过去了。

面对没有声音的母亲,他很不习惯,像走错了地方似的。以前他每次回来,耳朵里房间里走廊上轿车内到处都是她的声音:"过得好不好?""累不累?""想吃点什么?""怎么瘦成这样了?"一连串的问句像叮叮当当的打铁声此起彼伏,根本没给他回答的机会,仿佛问只是为了问而不是为了要他回答。他把姚久久支开,一个人坐在床边陪护。真安静,现实中的声音都消失了或者说被他屏蔽了,过去的声音争先恐后:"别哭,爬起来。""加油,你会考上的。""留学?那是妈妈梦寐以求的事。""但是,你吃得惯西餐吗?""虽然我不适应洛莉,但只要你喜欢就行。""姚旺长多高啦?""你爸走了,就剩下我了。""美国,我去那地方干什么?人生地不熟的,除了给你们添累，弄不好还给你们添堵。""妈理解，你只要一年回来看我一次就行。""不寂寞，妈有妈的生活。"

经过一阵回忆的轰炸，他出现了暂时失听，就像飞机降落时因气压改变而出现的暂时失听，世界又安静下来。仿佛是为了配合听觉，窗外的光线一抖，突然暗淡，就像被谁动了亮度开关。走廊外的花圃，怒放的鲜花因光线的忽然暗淡反而凸显它们的艳丽，有三团红、三团黄，还有两团紫，远远地看着就觉香。他下意识地抽了抽鼻子，觉得不对劲，竟然闻到了一股朽味，以为是下水道或过期食物发出来的，但经过仔细检查才发觉朽味来自母亲的身体。

他很生气，打来半桶热水，先用香皂把毛巾洗干净，再用毛巾给母亲洗脸，抹身子。抹身子时，他才知道母亲的瘦超乎他的想象，瘦得身上的骨头都硌他的手了。瘦是因为她长期患病，但她的指甲为什么会那么长？说明姚久久没有尽到护理的责任，竟然不给母亲勤剪指甲，简直是……他想骂人，但话到嘴边却很绅士地咽了下去。他从床头柜里找出指甲剪，一边给母亲剪指甲一边问："久久多久给你洗一次澡？"母亲没反应。他知道她不会有反应，但这并不妨碍他的自言自语，也并不妨碍他把一年多来想跟她讲的话讲一遍。

傍晚，姚久久来了，她带来了晚餐和母亲的干净衣服。晚餐是给他带的，母亲已经断食，全靠输液维持生命。他没食欲，坐在一旁看她给母亲换衣服。他说："你没闻到奶奶身上的气味吗？"她说："这叫老人味，老了你也会有。""也许吧……"他岔开话题，"要是当初她跟我去美国，哪至于这样，没准连这个病都不会得。"

"到了美国就不生病了吗？"

"那倒不是，也许那边的环境对她更有利……"

"不可能,"她给母亲换上干净的衣服,"看看你们感染新冠病毒的人数,就知道奶奶没跟你去多幸运。"他震了一下,没想到她从这个角度思考问题,更没想到她把他划为"你们"而不是"我们"。他不想默认,也想把憋了又憋的话痛快地说出来。他说:"你多久给奶奶洗一次澡?"

"天天都洗。"

"多久给她剪一次指甲?"

"天天都剪。"

明摆着的谎言她却振振有词,好像撒谎的是他,甚至还让他产生了羞愧。他本想用外交辞令,但看着她那副抵赖的模样,顺嘴说了一声:"Shit!"也许是美剧看多了,她竟然听懂了,把被单重重地一抖,坐在床边生气,说:"叔,你是不是一直怀疑我没有好好照顾奶奶?"他当然怀疑,但他一直没捅破这层窗户纸,直到现在也还在犹豫要不要捅破。"如果你怀疑,你可以另外请人。"还没等他想好词,她先说了。"每月一万元人民币,相当于你们大学里四级教授的工资,难道你就不想挣这个钱吗?"他也下意识地把她划为"你们"。

"我宁可不挣你的钱,也不想让你怀疑;你也不要因为有几个钱,就学美国欺负我们。"

"我欺负你了吗?"

"怀疑就是欺负。"

"那你干吗撒谎?你明明没有天天给奶奶洗澡,却说天天都给她洗;明明没有天天给她剪指甲,却说天天都给她剪了。"

"奶奶这身子骨,经得起天天洗澡吗?再说她的指甲长得那么慢,有必要天天都剪吗?你不了解实际情况就不要满世界指手画脚。要说撒谎,你们美国人撒得更厉害,你们说伊拉克有化学武器,结果找到的却是洗衣粉。"

他无法辩驳。谁告诉她的？他想，当一个护工不看护理手册却天天刷短视频的时候，你就不容易反驳她了。他很想说美国是美国，他是他，但显然她不会同意他的这种切割，在她的意识里他早就等于美国了。他说："那么，我给你买的轿车呢？本来是想让你方便接送奶奶，但你却拿来做网约车，天天接单挣外快，竟然把奶奶一个人晾在病房里。"

"谁告诉你的？"

"你说呢？"

"真没想到，我对奶奶那么好，她还跟你告密。"她回头看了一眼床上的奶奶，轻轻骂了一声，"叛徒。"

"简儿……"母亲忽然醒了，仿佛是被姚久久骂醒的。姚简走到床边，俯身捧住母亲的手。母亲吃力地断断续续说："别怪久久，是我叫她去做网约车的……"说完，她又昏睡过去，醒来好像就是为了帮姚久久洗白。

3

病房断断续续来了一些客人，都是姚简昔日的同学与旧交。"你还好吧？"他们反复询问、反复打量，充满了对姚简的关切与担心，饱含深深的同情，好像身患绝症的是他而不是奄奄一息的母亲。但是，也有不这么问却仍然想表达这层意思的，比如大学同学张文垂。

"哈哈，老同学……"张文垂声音洪亮，戴着两层口罩走进来。

姚简赶紧起身朝他伸手，但他没接他的手掌，而是用手肘碰了一下他的手肘，生怕握手又得洗手。姚简还在愣神，张文垂已经从床底拉出一张凳子坐下，并指着旁边的凳子说了一声"Please"，好像他是这个房间的主人而姚简是来客。姚简会心一笑，慢慢坐下，发现张文垂的印堂，准确地说是口罩以上的面部闪闪发亮，由此推断他气血充沛心情舒畅。他说："快撑不住了吧？"姚简蒙圈，想他怎么会用这么不礼貌的语言来问候母亲，难道是为了表示两人的关系非同一般？他不想回答却又怕失礼，便很不情愿地说："目前还算稳定，但不知道能撑多久。"

"再这么发展下去，死定了。"张文垂说。

姚简心头一堵，说："抱歉，你是指我的母亲吗？"

"No，no，no，"张文垂赶紧摇手，"我说的不是伯母。"

"那你说的是谁？"

"你就别装啦，我说的是……"

姚简想说"我没装，我真不知道你说的是谁"，但他像憋屁那样把这句话憋了回去，觉得辩解会让他以为他虚伪。如果这是他们做同学那些年的暗语，而自己又偏偏忘了，那岂不尴尬？于是他笑了笑，摆出一副释然的表情。幸好张文垂没追究，而是转移了话题："我知道你在那边混得不好，但前几年我即使想帮你也使不上劲。""还行吧，我觉得……"姚简支支吾吾，仍在揣摩张文垂的言外之意。

"你看你，还在打肿脸充胖子，老弟我现在可是能帮你了。"张文垂拍了拍胸口。

姚简又被他说迷糊了，不知道他要帮他什么，也不知道自己需要他什么样的帮助，眼下除了母亲病危这个难题，他几乎没有别的难题。张文垂看他没有领悟自己的暗示，便直接问："你一年的收入是多少？"

"不多，也就十来万美金。"姚简说完立刻后悔，觉得这个数虽然打了折扣，却还是怕对张文垂形成刺激，于是马上补了一句："不过，这是税前，你知道美国的个人所得税极高。"没想到张文垂一拍大腿，说："Out

了,像你这样的人才,在国内年薪至少一百万人民币。""真的?"姚简惊讶,觉得张文垂还是一如既往地喜欢吹牛。但似乎是为了证明自己不是吹,张文垂掏出手机,用免提跟西江大学吴校长通话,说要给他推荐人才。吴校长问推荐谁,他说普林斯顿大学化学系的教授姚简。吴校长感叹,说确实是个人才。张文垂问他愿不愿意引进,吴校长说引不引进还不是你一句话吗?你说引进我们就立即办手续。张文垂说,像他这样的专家年薪是不是应该百万?住房是不是应该不低于一百六十平方米?家属工作也应该一并安排吧?虽然张文垂使用的是问句,但在姚简听来却句句都像命令。果然,吴校长说当然当然,此外还有一笔不小的科研启动经费,还有安家费。张文垂挂断电话,说:"过去我不在这个位子上,不知道人才有多奇缺,那么老同学,这事就这么定了。"

"啊……"姚简一脸的诧异,"这么快就定了?"

"这是我一贯的办事风格。"张文垂想摘下口罩,但摘了一半又重新挂上。

"文垂,这么大的事我得慎重考虑,而且还需要跟夫人、孩子商量。"

"有啥好商量的,难道你仇恨钱?"

"那倒不至于……"姚简说完就想,他不是来看望母亲的吗?怎么突然就扯到了人才引进上?我没跟他说过要引进呀。张文垂似乎看出了他的疑虑,说:"你现在就给嫂子洛莉打个电话,要不我先把她引进了再引进你?"姚简摇头,说:"别,你先把引进的速度降一降,你嫂子是学美国历史的,把她引进发挥不了什么作用。"

"让她改学中国历史,让她知道我们的历史有多悠久,多博大,多精深。"

"关键是我都适应了那边的生活,况且,当初我那么渴望出去,现在一听说这边有钱就屁颠屁颠地回来,别人怎么看暂且不说,自己都觉得斯文扫地、满脸通红。"

"不怪你,当年我们支持出去,现在欢迎回来。"

"请给我一点时间吧。"姚简犹犹豫豫。

"你就是爱面子,放不下身段,不愿意接受我们强大这一事实。"张文垂不耐烦了,起身徘徊,忽然灵光一闪,指着床上说,"难道你就不想回来陪陪母亲?她可是为你奉献了一辈子。"

"当初就是她劝我出去的。"

"现在她的态度变了,不信你问。"张文垂走到床边,提高嗓门,"伯母,你想不想让姚简回来工作?"

"想……"母亲回答,调门还挺高,"那么好的条件,为什么不回来?"

"我说对了吧。"张文垂一击掌。

姚简羞愧地低下头,他没想到母亲竟然醒了,竟然听清了他们的对话。先不说自己回不回来,但至少"回来"这个议题让母亲的心情有了好转。

4

一天,姚简在给母亲洗脸时,她突然把毛巾推开,说:"你服侍我这么久,是不是烦了?"姚简说:"你给我尽孝的机会,高兴还来不及。""那你能不能回来工作?"母亲认真地看着他,目光里有一丝久违的明亮。姚简不敢回答,生怕影响她的情绪。他想,不是说回来就能回来,就像移栽的树,已经把根扎在新的环境,要想再移栽一次谈何容易。但母亲没有放过他,说:"只要你回来,我至少还能活十年。"姚简想如果你能再活十年,那我就是绑架也要把你绑架到新泽西州去,就怕你活不得那么久,就怕你连现在的清醒都是回光返照。

"知道我为什么不愿意跟你出国吗？"母亲突然问。

"你说你不习惯那边的生活。"姚简说。

"那是托词，真实的想法是为了给你留一条后路。"母亲忽然压低嗓门，警惕地看着门口，好像这是一个害怕别人听到的秘密。

"你想多了。"姚简故意提高嗓门。

"但从目前的形势来看，我给你留的这条后路留对了。简儿，实话告诉我，你在那边自在吗？晚上敢上街吗？小偷是不是很多？他们歧视你吗？你是不是买枪了？姚旺没吸毒吧？洛莉没出轨吧？一想到你在外面被人欺负，一想到你每天都过着提心吊胆的生活，我就整晚整晚地睡不着，后悔当初把你送出去，你看你，都瘦成啥样了……"母亲一旦有了精力就会毫不吝啬地用来唠叨，这是姚简熟悉的模式，却不是他熟悉的内容。他觉得奇怪，仅仅一年多时间不见，母亲竟然生出了这么多担心。过去，她可从不担心我在外面的生活和工作，难道是越老越敏感或是越病越糊涂？为了让她放心，他卷起衣服露出腹肌，说："这不是瘦，是结实，我每天都健身呢。你看你，都瘦得只剩下骨头了，还好意思说我瘦。"母亲露出一丝笑容，是事实被所爱的人揭穿后开心加尴尬的那种笑容。

"老房子我一直给你留着，新房子也给你买了一套。"母亲说。

"去年回来，你不是催我赶紧把房卖了吗？"姚简说。

"卖了你住哪里？"

"我又不是经常回来。"

"你那个张同学不是说要把你调回来吗？"

"前天，吴校长找我谈过引进的事，我已经拒绝了。"姚简觉得有必要跟她说实话，否则会增加她无端的期盼。

她叹了一口长气，仿佛在为他也为自己惋惜，她说："你连房子都没有，你住什么地方？晚上睡桥洞吗？"说着，她的眼眶忽然湿了。她不停地抬手抹泪，悲伤得像个孩子。他说："请你放心，我在新泽西住的是别墅。""你的别墅是租的，我这个有房产证，有房产证的住着才像一个家。"她似乎又回到了清醒状态。他说："我买得起别墅，只是不想买而已，租来住更划算。""又骗我，物价那么贵，你买得起个鬼。你骗别人也就算了，怎么连妈都骗？"她好像又糊涂了。

"我没骗你。"

"你骗我，你一直都在骗我。你骗我说你生活幸福，有房有车有钱，可我一眼都没看见。其实，你什么都没有，一点都不幸福，你就像莫泊桑小说里的叔叔于勒。你骗我说不想回来工作，其实你想回来，只是放不下架子。"

"我的状况我清楚，你不用担心。"

"你不清楚，你好糊涂……"

沉默。他不想跟她争执，知道再怎么争执也改变不了她的看法，因为她似乎在绝症的基础上又叠加了阿尔兹海默症。也许是说累了，也许是对姚简深深地失望，她突然感到胸闷，忽然就不想说话了。护士给她插了输氧管，她安静地躺在床上，她的安静让姚简好一阵不适应。深夜，姚简感到困倦，便伏在床边打盹。醒来已是凌晨四点，他抬头一看，母亲没了呼吸，输氧管已从鼻孔拔出，被她的右手紧紧地攥着。

5

处理完母亲的后事，姚久久开车送姚简回家。车上，姚久久说："叔，我知道是你偷偷拔了奶奶的氧气管。"姚简气得面红耳赤,心脏差点停摆。他舒了一口恶气,说:"你的想法比蟑螂还脏。""不止我,所有的亲戚都这么认为。"姚久久双手握着方向盘,仿佛握着真相。"我为什么要拔她的氧气管?难道我就不希望她活得更久一点吗?"姚简按下车窗,急迫地呼吸着外面的空气。

"因为你不想飞来飞去,不想影响你回美国挣钱,不想再支付护理费。"

"停车。"姚简近乎呵斥。

姚久久把车"吱"地停住。"从今以后,再也不要让我见到你。"姚简指着姚久久的脑门一字一句地说完,才打开车门钻出去,"嘭"地把门摔回来。"忘恩负义,我跟你绝交,我们全家都跟你绝交。"姚久久怼了一句,"呼"地把车开走,好像车比她还生气,好像车不是姚简给她买的。姚简愣住,想为什么会有这么多的误解?去年回来时不还是好好的吗?他孤独地站了一会儿,百思不得其解,便朝家的方向走去,一边走一边想,还有谁能相信我?白小鹃,他突然想起了他的初恋女友。

他约白小鹃在茶庄见面,等待期间,他隔着落地玻璃窗看了好久的草坪和湖水。草不是当年的草,水也不是当年的水,但他假装它们还是当年的,只承认周围的树长粗了,长高了。"我知道你的婚姻不幸福。"忽然传来一个女声。他扭过头来,看见白小鹃坐在对面,脸上还是当年那种高高在上的表情,好像她是上帝专程派来俯视他的。虽然他反感这种俯视,却又不得不承认因为她的漂亮而稀释了对她的反感,就像在硫酸里加碱稀释其伤害性。没想到她还保持着当年的脸型与身材,皮肤依然白里透红,就连眼角和脖子也没什么皱纹,也许是因为一直单身,也许是因为注重保养,她看上去显得比实际年龄至少年轻十岁。他一边观察一边想,她怎么一落座就说我的婚姻不幸福？是掌握了确凿的证据抑或是猜测？洛莉不是挺好的吗？她既有事业心也有家庭责任感，平时说话轻声细语，哪怕我说了不对的观点她也总是无条件地先说"OK"，然后再找机会解释。她懂得管控情绪，从来不跟我发生因文化差异而引起的冲突。她就像我的胃，知道什么时候做中餐，什么时候做西餐，什么时候下馆子。如果硬要说我的婚姻不幸，那也只不过是在白小鹃说出来的这一刻我脑海突然产生的一个概念，因为我从来没质疑过婚姻的幸福。

"你母亲住院后，我常来陪她聊天，她有时喊我小鹃，有时喊我洛莉，有时还喊我儿媳妇。"白小鹃说。

"对不起，她的记忆出了问题。"姚简说。

"也许这是她的真实想法，在她的潜意识里一直反感你跟外国人结婚，尤其是……"没等白小鹃说完，姚简赶紧打断："母亲跟洛莉的关系很好。"

"那都是装出来的，她每次看见我，就会把洛莉的照片从手机里调出来进行比较，天哪，洛莉怎么胖成那样了？"白小鹃得意地看着姚简。姚简说："女人嘛，还是丰腴一点好，尤其是到了一定年纪之后。"

"丰腴？"白小鹃张大嘴巴，"那也叫丰腴？叫臃肿好不好？"

"这和婚姻幸不幸福有关系吗？我就喜欢丰腴的。"

"当然有关系，她之所以臃肿是因为有压力，是因为你没有给她幸福，或者说她没有从你这里感受到幸福。"白小鹃一套一套的。

"你说得对。"姚简决定妥协，这几天经历了太多的争论，他不想在离开前再争论一次，于是把茶杯小心地推到白小鹃面前。虽然喝茶能降躁（即降低狂躁），但白小鹃只抿了一口，显然茶量达不到降躁的效果。果然，白小鹃又发话了："姚简，你好可怜。"他假装没听见。白小鹃盯着他，就像狙击手通过瞄准镜盯着目标那样,盯得他的脸一阵阵辣。他扭过头,回避她的目光。她说:"像你这样的成功人士,竟然连一个情人都没有,好可怜。"

"这恰恰证明我对洛莉的忠诚。"他感到自豪。

"既然你忠诚于她,那干吗还要约我出来?"

"想找你说说话。"

"你想说什么?"

"有人说是我拔了母亲的氧气管,你认为我能做出这样的事情吗?"

"我听说了,亲人群里都在传。"白小鹃迟疑了一会儿,"如果是二十年前,我认为你绝对不会做这种没良心的事,但现在我完全不了解你。再说……你母亲的病一会儿好一会儿坏,这几年你飞来飞去的确实也挺辛苦。这么跟你说吧,我不敢肯定你会拔她的氧气管,但至少你有过拔她氧气管的想法。"

"糟糕,我以为你最了解我,没想到你并不了解,谁会相信我俩曾经在一张床上睡过?"姚简低下头,感到失望。白小鹃感叹,说:"姚简,环境会改变人,况且你出去了二十多年,况且西方根本就不讲中国的孝道,你们对生命的理解完全跟我们不同。"

"可我跟你还是一样的。"

"不一样了。"白小鹃伸手在姚简的下巴上撩了一下,姚简的身子本能地往后一躲。白小鹃说:"你一躲,就说明你不相信我,语言很狡猾,身体很诚实。既然你都不相信我了,凭什么让我相信你?"

姚简无语,嘲笑自己竟然想从抛弃过自己的女人身上寻找安慰,简直就像幻想病毒自行消失那么幼稚。当初,他们也没多大的矛盾,她蹬掉他仅仅是因为不同意他出国留学,怕他被洋妞勾引。他忍不住重新打量白小鹃。她看见他抬起头来,忍不住又伸手撩了一下他的下巴,他又本能地一躲。

她说:"你看,想重新建立信任有多困难,当初我摸你的任何一个地方,你不仅不会躲反而会迎难而上。可是现在……"

"现在我已经有老婆孩子了。"

"想不到你们美国人这么保守,姚简呀姚简,无论一个人或一个民族,如果不开放,那就会憋死。难道你不想从我们当初失败的恋爱中吸取教训吗?"

"吸取教训的应该是你。"

"哼……"白小鹃说,"除了对你深表同情,我真没办法救你。"

6

姚简飞向新泽西州,于上午十点回到自家别墅。一放下行李,洛莉就问:"亲爱的,这几天你看社交媒体的亲人群了吗?"姚简说:"没看。"洛莉说:"他们怎么那么邪恶?"姚简问:"谁邪恶?"洛莉说:"你的中国亲戚,他们说是你拔了母亲的氧气管,让她提前死亡。"姚简说:"那不叫邪恶,叫误解或误会,你用词重了。"

"可他们都在污蔑你。"洛莉气得满脸通红。

"他们照顾母亲那么多年,蛮辛苦的,批评几句也是为了宣泄情绪,过一段时间就风平浪静了。"姚简解释。

"我讨厌他们拿母亲的生命来编故事,都是些什么物种呀?"

姚简听得不舒服,便提醒洛莉:"亲爱的,请注意你的语言,我们和他们是一样的。"过去,只要姚简一提醒,洛莉会马上说"Sorry",但这次她竟然没说"抱歉",说明她骨子里仍然潜伏着天生的优越感,哪怕她平时没有表现,但在不经意间会猛地跳出来。

傍晚，姚旺黑着脸从大学回来了，一进门他就说："爸，你的亲戚为什么总是用恶意揣测你？"姚简说："我的亲戚不也是你的亲戚吗？"姚旺说："什么狗屁亲戚，我已经在网上跟他们开骂了。"姚简心里一沉，后悔没在"亲人群"里及时屏蔽姚旺和洛莉。他怕矛盾升级，劝姚旺停止骂战。姚旺说："可是我气得肺都要炸了。"姚简说："一个人成熟的标志就是能控制脾气。""在谣言面前你不用控制，"洛莉从厨房冲出来，"我支持你骂他们，儿子。"姚简一拍餐桌，说："你们想没想过明年我们还要回去过清明节？还要跟他们打交道，还要拜托他们照看好爷爷奶奶的骨灰？"洛莉和姚旺沉默了，他们用同情的眼神看着他。姚简发现他们的眼神和回国时亲人们看他的眼神相似。

深夜，姚简偷偷打开手机，翻阅"亲人群"里的信息，看见上面全是"阴谋论"。姚久久说她半夜送夜宵，发现叔叔偷偷拔掉奶奶的氧气管，于是赶紧冲进去制止，但已经来不及了。姚简想，她什么时候送过夜宵？我从来都不吃夜宵。姚老大，也就是堂哥，姚久久的父亲，他说他调看了医院的监控，确证婶婶的氧气管是堂弟亲手拔掉的。姚简想他们家不就是想多挣一点护理费吗？但也犯不着这样污蔑陷害。表弟说表哥既有作案的动机也有作案的时间，还有作案的环境。姚简想这个表弟是著名的"啃老族"，在母亲病重期间他连看都不愿意看一眼。姨妈每求他来看一次，他就跟姨妈收一次出场费。除了真正的亲戚，群里还多了一些不认识的人，他们都是姚久久拉进来的。他们不摆事实不讲道理，只是一通乱骂，而姚旺早在几天前就跟他们怼上了。群里塞满了不干不净的语言，每隔两三行就有人问候别人的祖宗。这个"亲人群"是几年前为了方便沟通由姚简拉群的，现在不仅不能在上面友好地沟通，反而成为相互仇恨的场所。姚简很失望，他的手指悬在屏上许久许久，终是下定决心按了下去，就像按下武器的开关。从此,这个群被他解散了,彼此眼不见心不烦。

但是,姚简仍然心事重重,他的脑海时不时会冒出关于氧气管的各种说法,有时候他竟然怀疑母亲的氧气管真是自己拔掉的,甚至会给这种想法配画面,越配越觉得真实。这种想法就像一块创可贴贴在他的脑海,怎么撕也撕不掉。一天午后,他靠在客厅的沙发上打盹,突然梦见了母亲,这是母亲逝世后他第一次梦见。母亲不停地抹着眼泪,说:"简儿,氧气管是我自己拔的,你受委屈了。"姚简一个战栗,忽地惊醒,放声大哭。这是母亲逝世后他第一次痛哭,仿佛要哭出全部的悲伤和思念。哭罢,他算了算时差,发现母亲在梦里出现的时间正好是一个月前她离开的时间。

这边午后,那边凌晨。

· 作者简介 ·

东西,本名田代琳,男,1966年3月出生,现任广西文联主席、作协主席,广西民族大学创作中心主任。主要作品有:长篇小说《回响》《耳光响亮》《后悔录》《篡改的命》,《东西作品集》(8卷)等。中篇小说《没有语言的生活》获首届鲁迅文学奖,《后悔录》获第四届华语文学传媒"2005年度小说家"奖,《篡改的命》获第六届"花城文学奖·杰出作家"奖。部分作品被译为英、法、俄、瑞典、韩、越南、德、丹麦、日、意大利、希腊、泰文等多种文字出版。

梧桐风

□ 刘庆邦

春夏秋冬，一年四季，每个季节都是一个大门槛。迈过门槛，人们遇到的是不同的气候，呈现在面前的是异样的景象。除了大门槛，门里还有小台阶。一季里有六个小节气，四六二十四，等于一年有二十四个节气小台阶。沿着台阶，不管是往上走，还是往下行，一阶一世界，每一阶都有新的变化。比如从处暑到白露，从气温上讲，就是往下行，一步比一步气温低。处暑者，出暑也，意味着已出了暑天，天气不再炎热。白露呢，是指天气渐凉，寒生露凝。古人以四时配五行，秋属金，金色白，故称初秋的露珠为白露。白露还不是白霜，对植物还没什么杀伤性，树上的叶子还稠着，路边的野草还绿着，花园里的花儿还开着。只不过，叶子显得有些沉重，野草绿得有些发糙，花儿也开得艰难多了。只拿花儿来说，攀在灌木丛中的牵牛花儿虽然仍在开放，但开得已经有些瘦弱，有些牵强。花期较长的月季花儿也是，花骨朵倒是举起来了，花瓣儿却迟迟打不开，好像每打开一片花瓣都得举全身之力。一朵绒红的月季花，好不容易打开了，再往下看，花朵下面的叶子上却出现了一些暗褐色的斑点。那些斑点像是用力太过憋出来的，又像是过景的人脸上所生的老年斑。

节令白露的第二天，梅国平没有在草叶子上看到露珠，因为这天下雨了。雨点儿落在草叶子上不会停留，不会凝结成珠，只把草叶子变得湿漉漉的。立秋之后，只要下雨就是秋雨，不再是夏雨。秋雨与夏雨的风格有所不同，夏雨下起来总是电闪雷鸣，大喊大叫，充满激情，而秋雨轻轻的、绵绵的，落地时几乎没什么声音。一般来说，夏天的雨下的时间比较短，忽地来了，忽地走了，来时不打招呼，走时也不说再见；秋天的雨像是成熟的雨，有耐心的雨，细水长流，下得时间长一些。更大的不同是，雨的内涵，夏天的雨不管下得有多大，给人的感觉还是热乎乎的，而秋天的雨里就带有了寒意，小雨里也有寒意。梅国平想过，秋雨里的寒意是含有天意，自然之意，也有人的意志在里头，李白的"雨色秋来寒，风严清江爽"，还有民谚"一场秋雨一场寒"，传达的就是秋雨寒的意念。有意念的先入，秋雨就与寒意有了必然联系，只要秋雨来，不寒也是寒。梅国平脱下了夏天穿的半袖衫，换上了秋天穿的长袖衫，手持一把黑色的雨伞，在路边的一棵杨树下面站着。杨树的叶子还很稠密，偶尔从树上落下一片沾满雨水的树叶，树叶还是绿的，一点儿都不发黄。这样的杨树，跟一把绿色的大伞差不多，要是雨刚开始下，雨下得又不大，树冠之伞会把雨水遮住，周边的地是湿的，树下的地是干的。可雨下得时间一长就不行了，树冠对雨的遮蔽效果就没有了。这场雨是从昨晚后半夜开始下的，到了这天早上，已经下了好几个小时。持续不断的秋雨一滴一滴在树叶上积攒下来，雨水积得多了，叶片托不住，就一层一层传递下来，使每一片叶子都像是变成了屋檐滴水，啪嗒啪嗒滴落下来。这样的"屋檐滴水"落在梅国平的伞面上，似乎比细雨直接落在伞面上更有分量，发出的响声也更大一些。煤矿上的煤总是很多，煤燃烧之后，炼成的煤渣也不少，家属房之间的通道就是废物利用，用煤渣铺成的。在干天干地的时候，通道是灰色，一下雨呢，通道就变成了黑色，像是还原成了原煤的颜色。梅国平的黑色雨伞周边，挂满了银色的水珠，伞上有多少根伞骨，伞骨的梢头就有多少颗水珠。当水珠大得不能再大时，就掉在通道上摔碎了，溅起一些细小的水花。雨伞罩得了头罩不住脚，水花难免溅在梅国平的皮鞋上，还溅在他的裤脚上，使他的皮鞋和裤脚上沾了一些颗粒状的黑点儿。

梅国平是个爱干净的人，平常日子里，他的皮鞋总是擦得亮亮的，裤腿线是线，缝是缝，每天都板板正正。偶尔低眉，梅国平看到了溅在鞋面上和裤脚上的黑点儿。他没有移动脚步，也没有扭过脸看后面的裤脚湿得怎样。没事的，好比下井挖煤的人，身上总难免会沾一些煤尘，下雨天在雨地里久站的人呢，身上也难免会带一些雨。梅国平是习惯早起的人，越是下雨天，或下雪天，他起得越早，从不在雨雪天睡懒觉。还不到上班时间，不少人还在床上躺着，他一大早站在雨地里干什么呢？他在等一个人，或者说在等着看一个人。那个人是一个姑娘，名字叫乔点凤。他跟乔点凤并没有约，甚至跟乔点凤连熟悉都谈不上，只是说过几句话而已。但不知从哪里来的信念，他相信乔点凤一定会从自己家里走出来，一定会到豆师傅家里去，越是天气有变，越能增加乔点凤去豆师傅家的一定性。进而他相信，在这个细雨如愁的早上，他一定会看到乔点凤，说不定还能跟乔点凤说上两句话。

这里是矿上的职工家属生活区，矿大人多，生活区的面积也比较大。生活区铺有三条南北向的通道，每条通道两侧都有好几排一个模式的家属房，每排连脊的房子里都住着五六户人家。有人伸着脖颈在门口刷牙，刷得满嘴都是白沫子，连舌头差不多都刷白了，就从茶缸子里嚼一口水，向门外的雨地里喷，喷得地上一片白。有妇女打着雨伞，向生活区底部的公共厕所方向走。妇女的另一只手在裤兜里揣着，手里攥着从卷纸上撕下来的手纸。手纸没有完全揣进裤兜，在裤兜口露出一段白。通道一侧的水龙头里开始供水，有壮年男人手提一只大号的铁皮桶，到水龙头下面拧开水龙头接水。水龙头举得比较高，铁皮桶放在水池里比较低，当颇有压力的水流刚刚注进桶里时，砸得桶底一阵当当响，像敲击铁皮鼓一样。一只连眼珠都是黑的黑狗，在厕所前面五彩杂陈的垃圾堆里嗅来嗅去。它没有什么收获，像是简单思考了一下，颠颠地跑走了。靠山吃山，靠煤吃煤。这个生活区的各家各户，烧的都是本矿生产的煤。他们把原煤打碎，掺上一些黏土，制成每块煤上有十二个窟窿眼儿的蜂窝煤。烧蜂窝煤的好处，除了可以节约用煤，一天二十四小时还可以保持煤火不灭。晚上睡觉时怎么办呢？他们的办法，是睡觉前往炉孔里添一块新煤，随即用铁饼样的炉盖儿把炉口盖上，再把炉灶下面的通风口堵严，就行了。第二天早上需要烧水，或做早饭，把炉盖儿一掀，并把下方的通风口打开，冒过一阵烟，红中带蓝的火苗很快就会升腾起来。这会儿，各家的炉盖儿应该都打开了，整个生活区弥漫着湿润的煤香。因密集的雨点一直在往下压，煤香在地面散去得比较慢，煤香显得格外浓郁。一只不知名的鸟从这棵树上飞起来了，落在另一棵树上。那只鸟在另一棵树上只停留了一会儿，又飞走了，飞到生活区外面去了。生活区里所栽的树木主要是杨树，另外还有一些杂树。杨树是矿上的绿化队统一栽的，栽在通道的两侧。杂树由各家的人自由选择，都栽在自家门口。那些杂树有柿子树、石榴树、葡萄树，还有泡桐树、梧桐树等。豆师傅家门前栽的是一棵梧桐树。

没出梅国平的预想，乔点凤果然从家里走出来了。乔点凤打的也是一把黑伞，她把伞篷压得很低，把头和脸都遮住了，把肩膀也遮住了。如果拿伞作比，好像她把自己也变成了一个"伞"字。只不过，"伞"字下面只有一竖，她的"伞"字下面却有两竖，因为她长有两条腿。她脚上穿的是一双深筒胶靴，裤脚掖进了胶靴的筒子里。胶靴看上去还比较新，靴子面上闪耀着明亮的漆光。这样的胶靴，是下井的矿工特有的劳保用品，每个矿工一年才能领到一双。有的矿工只穿旧的，舍不得穿新的，把新的省下来，给家里不下井的人当雨靴穿。乔点凤不下井，没有资格领取胶靴，她穿的胶靴，极有可能是她的男朋友豆明生送给她的。乔点凤的家住在第二排房，她从房前的夹道里走出来，向后面的第五排房走去。豆师傅家住在第五排房，他家门前栽的是一棵梧桐树。一般情况下，一个人打着伞在雨地里走，不会把伞放得那么低，不会把头脸都遮住。乔点凤大概想到了有人想看她，有人想跟她说话，她不想让人看到她，更不想让别人跟她说话，才这样把自己掩盖起来。

秋雨继续在伞面上絮语，梅国平的伞面上有絮语，乔点凤的伞面上也有絮语。花有花的语言，雨有雨的语言。秋雨在两个人伞面上发出的絮语，也许只有絮语和絮语之间才听得懂，并互相以絮语作出了回应。可梅国平没有喊乔点凤，他懂得什么叫理解，什么叫尊重。乔点凤把伞打得那么低，显然使用的是伞的语言，伞的语言在告诉梅国平，乔点凤不愿和任何人说话。梅国平的伞对乔点凤是敞开的，当乔点凤从他身旁走过时，他把伞篷向后面倾斜，宁可让雨水淋在自己身上，也要亮明他对乔点凤的态度。他没有喊乔点凤，却移动脚步，跟在乔点凤后面，也向生活区的后面走去。

乔点凤大概听到了她身后的脚步声，并猜到了跟在她后面的人是谁，她脚下迟疑了一下，一时有些慌乱，但她并没有加快脚步，更没有举起伞来，回头证实一下跟在她后面的人是不是她所猜的那个人，继续一步一步向前走。走到豆师傅家所住的那排房的夹道，她就拐进去了。乔点凤相信，只要她拐进夹道，跟在她后面的人就会停下脚步。果然，她一向右转拐进夹道，她身后的脚步声就不响了。细雨如叹息，乔点凤心想，这个人真是个懂事的人，为人有分寸的人。

有一个水龙头，就安在豆师傅家那排房的西头，梅国平在水龙头旁边站下了。他目送着乔点凤从西往东，往那棵梧桐树所在的地方走，也是往豆师傅家里走。这时梅国平有一个期望，也是一个判断，他想，当乔点凤走到豆师傅家门口时，当乔点凤进门前收起雨伞时，应该会回过头看他一眼。这个判断也是一个试验，如果乔点凤能看他一眼呢，表明事情有些希望，他可以把事情继续进行下去；如果乔点凤连看他一眼都不愿意呢，他对乔点凤就不敢抱什么希望了。成败在此一试，梅国平看乔点凤看得有些目不转睛，还有那么一点儿紧张。还好还好，如梅国平所期，如梅国平所望，乔点凤在收伞进门的那一瞬间，果然回过头看了他一眼。光的速度总是很快，目光也是光，目光的速度当然也很快。不管什么东西，一快就有力量。尽管乔点凤只是匆匆看了梅国平一眼，像书面上常说的惊鸿一瞥，梅国平还是迅即就接收到了。因为梅国平一直在等着乔点凤的目光，当乔点凤的目光过来时，两个人的目光就在空中产生了对撞，两光相撞，更有力量。天上并没有打闪，可给梅国平的感觉，他眼前仿佛闪过了一道明亮的闪电。天上并没有打雷，可在梅国平的幻觉中，他耳边像是轰然响起了雷声。"电闪雷鸣"之后，他的信心又坚定了几分。

看见乔点凤走进梧桐树下的豆师傅家，梅国平并没有马上回自己家，仍在水龙头旁边的雨地里站着。梅国平注意到了，自从豆师傅的儿子豆明生出事后，乔点凤作为豆明生曾经的女朋友，几乎天天都到豆师傅家里去，有时是早上去，有时是晚上去。乔点凤只要去豆师傅家，必定会提上豆师傅家的铁桶，到水龙头这里为豆师傅提水。梅国平听生活区的大妈们说过，在豆明生活着的时候，豆家所吃所用的水都是由年轻力壮的豆明生负责提。豆明生不在之后呢，乔点凤像是从豆明生手里接过了接力棒，就把为豆家提水的责任承担了起来。梅国平还听说，乔点凤之所以时常到豆家，是舍不下豆明生，寄托的是对豆明生的感情。乔点凤和豆明生是矿中的同学，他们两个在中学阶段就开始了恋爱，从十六岁恋爱到二十四岁，已经相爱了八年。他们原定在今年国际劳动节时结婚，两床大红的被子都做好了，照得满室里都是喜气。可因为计划中的大衣柜和箱子还没有做好，他们就推迟了婚期，定于国庆节再举行婚礼。哪里料得到呢，劳动节过去时间不长，还不到儿童节，豆明生就在一天夜间遇上了井下瓦斯爆炸，再也没有从黑夜里走出来。

果然，乔点凤一手打着雨伞，一手提着铁桶，向水龙头这边走来。

梅国平对乔点凤打招呼，乔点凤早上好！

乔点凤也说早上好。她没叫梅国平的名字。

我来帮你提水吧？

不用。谢谢你！

乔点凤把铁桶放在水泥砌成的水池里，拧开水龙头，开始往桶里注水。她一开始没有把水龙头拧至最大，水流打在桶底发出的声音不是很响。等桶底有了一些水，她才把水龙头拧得稍大一些。这时水龙头里喷出的水，才刚刚有一点"水龙"的样子，"水龙"垂直着钻进水里，冒出一簇簇白色的水花。乔点凤低着头，顺着眉，只看着水桶，和水桶里不断增长的水，没有看梅国平。乔点凤戴的是一副透明眼镜框的眼镜，因她的皮肤比较白皙，表情也比较沉静，看上去跟没戴眼镜差不多。

你今天还去矸石山上捡煤吗？梅国平问乔点凤。乔点凤初中毕业后，一直在家里待业，没有参加工作。在好天好地的时候，她会爬到矸石山上捡煤卖钱，为家里增加一点收入。

不一定。乔点凤说。

我建议你今天不要去捡煤了，天下着雨，矸石山上太滑，不安全。

看情况吧。

说话之间，桶里的水快要满了。乔点凤不等桶里的水满得溢出来，就及时关上了水龙头的旋钮。一桶水恐怕有三四十斤重，乔点凤用右手提起水桶往豆师傅家里走时，不得不使劲向左侧倾斜着身子，才能保持整个身体的平衡。梅国平见乔点凤身体瘦弱，提着一大桶水有些吃力，真想追上去，把乔点凤手里的水桶接过来，替乔点凤提。可乔点凤说过不让他帮着提水，他不能违背乔点凤的意志。来日方长，他打定了一个主意，以后要替乔点凤为豆师傅家提水。

和所烧的煤一样，生活区每月所用的水也是从矿井下采取的。矿区在山区，山区干旱的时候多，下雨的时候少，地面上基本上没什么存水。山区的农民，家家打一口水窖，趁下雨时收集一些雨水。水窖里储存的死水当然谈不上干净，里面有树叶子、草毛缨子，还有羊粪蛋子等。就那样浑浊不堪的水，农民们也非常珍惜，用得十分节省。比起农民来，矿上的职工和家属就优越多了。矿工在几百米深的井下挖到了煤，也挖到了水。他们把地下水抽到一座高高的水塔上，稍作净化处理，就可以通过埋在地下的水管，送到矿上的澡堂、食堂和生活区。只不过，给生活区送水是定时，早上六点和下午六点各送一次，每次送水的时间不超过两小时。

这天下午刚过六点，梅国平就到豆师傅家去了。乔点凤一般是早上为豆师傅家提水，他提前到头天下午为豆师傅提水，这样就免得乔点凤第二天早上为豆师傅家提水了。秋雨还在继续下，午后刮了两阵风，雨成了斜雨，零一下子，星一下子，下得小多了。梅国平往豆师傅家走时，没有再打伞。来到豆师傅家门前的那棵梧桐树下，梅国平看见湿地上落着好几片湿漉漉的树叶子，心形的叶片还是绿的，一点儿都不发黄。有一片叶子就在脚前，他似乎从新鲜的叶蒂处闻到了一股梧桐树特有的清气。他绕了一下，把脚前的叶子绕开了。豆师傅家没有关门，梅国平一到门口，就看到了在屋内床边坐着的豆师傅。他喊了豆师傅，自我介绍，说他是小梅。

豆师傅抓过放在床边的一根单拐，欲站起来。

梅国平赶紧上前扶了一下豆师傅，让豆师傅只管坐着，不要起来。

豆师傅说，我认识你，你爸是咱们矿的矿长。

我爸只是一个管机电的副矿长。

副矿长也是矿长。

豆师傅的儿子豆明生出事后，梅国平作为矿上宣传科的一个干事，曾被抽到矿上组织的事故处理临时工作组，参与了豆明生的善后工作。以前他爸爸在另外一个矿工作，只是一个科长。他爸爸调到这个矿，才当上了副矿长。随后，他和妈妈随着爸爸，也来到了这个矿。可以说，他是这个矿的一个新人，对这个矿的一切还不是很熟。因参与了豆明生的善后工作，他对豆师傅家的情况，以及豆明生与乔点凤的恋爱情况，才有了一些了解。豆师傅在井下受了伤，导致一条腿落下了残疾，不能继续下井采煤，只好提前退休，让儿子豆明生顶替他参加了工作。儿子出事的当天夜里，豆师傅穿着工作服，拄着拐棍，一直在井口等。每抬上来一位工亡矿工，他就凑上去仔细辨认，看看是不是他儿子。黑夜深沉，星光惨淡，当他终于在一副担架上认出面目全非的儿子后，他没有扑在儿子身上大哭，只说了一句"我的孩子"，就一瘸一拐地离去了。走出不几步，他就靠在一棵树干上抽泣起来。在微弱的灯光下，只见一个花白的头颅靠在树干上不停地颤抖。善后事宜的协商，是在矿上的招待所里进行的。在儿子的遗体火化前，豆师傅只提了一个要求，希望给他儿子豆明生穿一件棉衣，儿子这一回要走远路，过了夏还要过冬，过了冰天还要过雪地，他担心儿子临走时穿得太薄会受冻。工作组组长的答复是，这次遇难的矿工统一着装，一律穿西服打领带，西服和领带都是崭新的，要是单独给豆明生穿棉衣的话，恐怕还要和矿上和矿务局的领导商量、请示。豆师傅低下头沉默了一会儿，没有坚持他的要求，说既然矿上有统一的安排，那就算了。豆明生的母亲没有参与善后问题的协商，她还住在矿上的医院里。她第一次哭得在家里休克，是豆明生的姐姐和乔点凤把她送到了医院。医生把她抢救过来，她再次哭得昏死过去。医生担心她随时会有生命危险，一直在对她实施监护治疗。豆明生母亲的生命倒是保住了，但从那以后，她就瘫痪了，再也不能下床活动。这样的两位老人，哪里有能力去水龙头那里提水呢！梅国平说，豆师傅，我来帮你们提点儿水。

豆师傅说，不用，有乔点凤天天帮我们提水。她早上提的水，我们还没用完呢。我们两口子半死不活的，用水用得很少。

乔点凤不如我的力气大，以后你们家用水，就由我来提吧。我们家就住在西边那排房，离你们家也很近。梅国平到厨房看了看，见水桶在地上放着，桶里的水只用了小半桶，还剩有多半桶。梅国平说，豆师傅，没用完的水，我先倒进锅里和烧水壶里。以后用水，您不用再省着用，我晚上早上都可以来帮您提。梅国平很快把满满一桶水提了回来，放进了厨房。他问豆师傅：你们家门前的梧桐树长得不错，是您栽的吗？

不是我栽的，是我儿子豆明生和乔点凤一块儿栽的。我儿子参加工作那一年，他们两个去县城里买回了树苗子，就栽上了。树还活着，可惜我儿子没有了。

这话有些悲哀，梅国平一时不知道怎样安慰老人家才好。

你来帮我们家提水，乔点凤知道吗？豆师傅问。

她会知道的。

点凤那孩子可是个好孩子呀！

我知道。

她经常过来帮助我照顾明生他妈，要不是她帮着照顾，明生他妈恐怕活不到现在。豆师傅说着，回过头来看了看躺在床上的豆明生的妈妈。

梅国平也看见了，豆明生的妈妈脸色苍白，只有眼珠在微微转动，嘴里却说不出话来。每个人都有妈妈，看见豆明生的妈妈，梅国平联想到自己的妈妈，眼睛差点儿湿了。自己的妈妈年纪和豆明生的妈妈年纪差不多，自己的妈妈身体很好，洗衣做饭都不成问题。豆明生的妈妈却是因为突然失去了儿子，受到沉重打击，身体垮掉了。

第二天下午雨停了，太阳出来了。黄黄的阳光一照，气温有了小幅上升。这天傍晚，梅国平刚给豆师傅家提了水，还没有离开，乔点凤到豆师傅家来了，二人在豆家不期而遇。对于在豆叔叔家遇见梅国平，乔点凤似乎并不感到惊奇，因为她听豆叔叔说了，梅国平也在为豆叔叔家提水。但室内相遇不是路边相遇，互相不说话恐怕说不过去。还是梅国平先跟乔点凤打招呼。乔点凤，我没经你允许，给豆师傅家提了点儿水。

想提就提呗。

这两天你没去矸石山上捡煤吧？

你不是说下雨天矸石山上不安全嘛，所以我就没去。

看来乔点凤很把他的话当话，并没有当成耳旁风，这让梅国平心里一动，几乎接近于感动，他说，这就对了，这就对了，你一定要爱护好自己!

乔点凤低眉微笑了一下,撩开套间的门帘,转入套间里去了。套间是豆家为豆明生布置的婚房,婚虽然没有结成,但房子里的一切都没动,好像豆明生并没有离开人世,还会回来结婚。以前为筹备婚事,乔点凤作为当事人之一,自然会时常到婚房里看看,走得轻车熟路,一走就走到套间里去了。

梅国平感觉出来了,乔点凤还是在回避他。梅国平不会忘记,那天在协商处理豆明生的后事时,因乔点凤没有和豆明生办理结婚登记手续,还不算是豆家的人,就不具备参与协商的名分。豆明生出事后,梅国平听生活区的家属们议论纷纷,说到乔点凤和豆明生的恋爱经过。他们都说乔点凤与豆明生的感情很深,人说矿井深,他们的感情比矿井还要深。不管豆明生上白班还是上夜班,乔点凤经常去井口,等豆明生下班归来。越是下雨天或下雪天,越能在离井口不远处看到乔点凤的身影。豆明生每天下井,他们都像是经历一场离别,而豆明生每天升井呢,这对恋人像是离别后的重逢。往往是,豆明生刚从井口走出来,乔点凤就迎了上去,趁人不注意,用自己的白手,拉住豆明生沾满煤灰的手。那天,梅国平看见一个姑娘在门外的回廊上站着,姑娘脸色苍白,眼泡红肿,正靠着回廊边的栏杆出神。梅国平猜想,这个姑娘应该就是乔点凤。他走过去问,请问你是乔点凤吗?乔点凤愣了一下,否认了自己是乔点凤,问梅国平是谁,找乔点凤干什么?姑娘既然不愿承认自己是乔点凤,梅国平也没有多问,只说,我是矿上宣传科的小梅,我听说乔点凤很痛苦,请转告我对她的安慰。姑娘点点头,眼泪涌流出来。她掏出手绢刚把眼泪擦去,更多的眼泪又涌流出来。梅国平又说,请她不要太悲伤,要珍重自己的身体,因为她的路还很长。姑娘说,谢谢!谢谢!我一定转告她。说罢,咬着嘴唇,转身下楼去了。

梅国平欲走，豆师傅又跟他说了几句话，问他今年多大了，成家了没有？

梅国平说，我今年二十五岁，还没有成家。

那你一定有对象了吧？

梅国平摇摇头。

那你比我儿子还大一岁呢，应该找对象了。

不着急。

小梅，我跟你还不太熟，有一件事儿我不该对你提，不提吧我又想提。

豆师傅您只管说。

你跟你爸爸说说，看看能不能让矿上给乔点凤安排一个工作。一个姑娘家，成天风里来雨里去在矸石山上捡煤，终究不是个事。

在协商处理豆明生的后事时，豆师傅也曾提出过，让乔点凤顶替豆明生的名额，能够在矿上参加工作。豆师傅说，豆明生和乔点凤虽然没有领结婚证，但两个孩子谈恋爱已经谈了八年，乔点凤已经跟他的孩子差不多。豆师傅还自责了自己，说让两个孩子在劳动节那天结婚就好了，就是因为家具没打好，他才同意两个孩子推迟了婚期，都是他对不起孩子啊！工作组的组长倒是没有当场拒绝豆师傅的要求，说这事儿要跟矿上劳动人事科的科长商量一下。商量的结果，还是因为乔点凤没有和豆明生正式结婚，还不是豆明生的妻子，不能顶替豆明生参加工作。豆师傅念念不忘这件事，他还是一心在为乔点凤着想啊！梅国平说，我也认为矿上应该为乔点凤安排工作。这样吧，我不一定跟我爸爸说，可以去找人事科的李科长说一下试试。

外屋和套间只隔着一层印花布的布帘子，在套间屋的乔点凤大概听到了豆叔叔和梅国平的对话，拨开布帘子，从套间屋里出来了。她说，梅国平，对不起，我该给阿姨擦洗一下了。

梅国平明白乔点凤的意思，在乔点凤为卧病在床的阿姨擦洗的时候，他不便待在这里，他可以离开了。进一步理解，乔点凤不愿意和他同时待在豆师傅家里，乔点凤心里只有豆明生，还没有从失去豆明生的心灵阴影里走出来，要和他保持一定的距离。梅国平说，那我走了，辛苦乔点凤了。

乔点凤去厨房烧热水，把热水倒进洗脸盆里，取一条毛巾在热水里蘸一蘸，绞一绞，准备为阿姨擦洗身子。

豆叔叔拄上拐棍，离开床边，说不下雨了，他也出去活动活动。临出门，他又对乔点凤说，我看小梅这个年轻人不错，他跟明生一样，一看就是个好孩子。

乔点凤没接豆叔叔的话。

人事科的李科长，是梅国平的爸爸在省里煤炭干部学院的同学，梅国平把李科长喊李叔叔。有一天，梅国平到李叔叔的办公室找到了李叔叔，把乔点凤前前后后的情况跟李叔叔说了说，看看矿上能不能为乔点凤安排一个工作。

李叔叔没说能不能为乔点凤安排工作，只是有些漫不经心地问，这是你爸爸的意思？还是你自己的意思呢？

我没跟我爸说过，这是我自己的意思。

噢，那你说说你的理由。

理由嘛，我听说乔点凤是个很重感情的人，也是用情很深的人。因为早恋，她在学校时曾受到校方批评，但她对豆明生的痴心不改，照爱不误。乔点凤的父母嫌豆明生的家庭条件不好，也反对乔点凤跟豆明生谈恋爱，有一段时间，父母把她从家里撵了出去。父母把她撵走，她就去找豆明生。豆明生出事后，她不相信豆明生死了，好像豆明生还活在她心中，有时，她不知不觉间就走到了井口,去那里等豆明生升井。另外,乔点凤对豆明生的父母也很讲情意,豆明生不在之后,她还经常到豆师傅家,帮助两位老人做家务,照顾两位老人。在现在,我觉得像乔点凤这样的女孩子是很少见的,不说凤毛麟角也差不多。

听梅国平说了理由,李叔叔看着梅国平微笑了,说,好小子,听你这么说,你是不是对乔点凤有点儿意思呀?

窗户纸被点破,梅国平一下子闹了个大红脸。他没有否认对乔点凤的意思,说,不好意思,如果可能的话,还是请李叔叔帮个忙吧!

你放心,这个忙李叔叔一定要帮。

闻听此言,梅国平很是感动。他在替乔点凤感动,感动得眼都湿了。他说,李叔叔,太谢谢您了,怎么感谢您才好呢!

你不用谢我,这事儿赶巧了。今年下半年,咱们矿计划招收一批新工人,优先考虑在家待业的矿工子女。乔点凤属于优先考虑的对象之一。我一直在这个矿工作,对于乔点凤的情况,我恐怕比你还要了解。乔点凤成天不言不语,文文静静,又心事重重,沉沉吟吟,很有点儿古典之风,的确是一个好女子。

古典之风的说法让梅国平感到新鲜,他说,古典之风,我以前可没听说过。

怎么,不是吗?

梅国平说是。

这年的国庆节前夕,乔点凤参加了工作,正式成为矿上的一名工人。她工作的地点是在选煤楼上,和别的女工一起,站在运煤的皮带运输机两侧,把夹杂在煤里的矸石拣起来。这个工作与她上矸石山捡煤有一个共同之处,也是沾得满手都是煤灰。但是,两者却不可同日而语。上矸石山捡煤是风里来，雨里去，在选煤楼里干活儿风刮不着，雨淋不着。上矸石山捡煤是自谋生路，能不能捡到煤很难说，在选煤楼里工作，每月都有工资，是旱涝保收。更大的区别在于，她以前是待业的、漂泊的状态，没有归属感，成了全民所有制企业的国家工人呢，她一下子有了归属感。如此柳暗花明般的变化，乔点凤不认为是赶上了矿上招工的机会，而是梅国平在背后帮了她的忙。不光她这样认为，豆叔叔也是这样认为。豆叔叔不止一次对乔点凤说，都是小梅帮你找到了工作，你一定要好好感谢小梅。这个小梅，真是一个好孩子！更让乔点凤难忘的是，她去人事科办理参加工作的手续时，李科长曾对她说，小乔你知道吗？梅国平对你很够意思呀！为让你参加工作的事，他专门来找过我。

乔点凤点头说知道。

你是怎么知道的呢？

乔点凤脸上红了一下，说我也不知道是怎么知道的。

这年的中秋节与国庆节挨得比较近，两节之间只隔了两天。也就是说，在阳历十月一日那天，农历是八月十三。新月总是升得比较早，西边的太阳刚落山，东天的月亮就升了起来。月亮已接近圆满，矿区各处都洒满了月光。豆师傅家门前的梧桐树叶子落了一些，枝叶显得比以前稀疏。月光透过梧桐树的枝叶洒在地上，地上花花搭搭，犹如一些盛开的菊花。

国庆节的这天晚上，梅国平和乔点凤不约而同，都来到了豆家。梅国平带的是月饼，乔点凤带的也是月饼。月亮将圆，月饼先圆。梅国平说：乔点凤，我们想到一块儿了。

乔点凤说，梅国平，你帮助我参加了工作，我不知道怎样感谢你才好。

你不用感谢我，这是赶巧了，正好赶上矿上要招工，你才顺利地参加了工作。

李科长告诉我了，为我参加工作的事，你专门儿去找过，帮我说了不少好话。

李科长说，他对你的情况比较了解，他还夸你长得文静呢。我正要跟你商量一件事，看你愿意不愿意做。

乔点凤文静地看了梅国平一眼，让梅国平有啥事只管说。

梅国平说，局里矿工报的编辑交给他们宣传科一项任务，要他们选择一些对煤矿事故有切肤之痛的人，以现身说法的形式，谈一谈自己的感受，并形成第一人称的文章，在矿工报上发表，以期对全局职工、家属进行安全生产意识的教育。

听梅国平提到事故，乔点凤低下了眉头，瞅着脚下的地面。豆师傅家没有椅子，也没有高板凳，只有几个矮脚小板凳，梅国平和乔点凤都只能坐在小板凳上。豆师傅家屋里的地面没有抹水泥，也没有铺砖，只是砸实的土地。土地与地气相通，地面稍稍有一些潮。

梅国平接着说，其实写起来也很简单，你呢，主要写一写与豆明生的恋爱经过，再写一写失去豆明生给你造成的打击和痛苦，提醒大家处处注意安全生产就行了。

乔点凤抬起头来，再次看着梅国平时，眼里渐渐地有一些湿。她的眼不是一下子湿的，像是从眼角那里开始洇起，一点一点把眼睛都洇湿了。那湿不像是水湿，像是眼睛上起了一层雾。乔点凤大概也觉出了眼睛有些模糊，她把眼镜摘下来了，用手指头肚把镜片擦了擦。擦过之后重新戴上，她的眼睛不但没有清亮，轻轻吸了一下鼻子之后，双眼似乎模糊得更厉害了。

梅国平想起来了，乔点凤和豆明生原定在今天结婚。倘若豆明生不发生意外，今天应该是他们两个大喜的日子，应该是室内双喜明灯，门外爆竹声声，到处充满喜庆的气氛。因豆明生不在了，一切都成了泡影，预期的喜情就变成了悲情。今天是乔点凤敏感的日子，也是伤怀的日子。梅国平向乔点凤道了对不起，说他不应该在今天跟乔点凤说这件事。

乔点凤当然不会忘记今天是什么日子，她等日子，日子不等她，她所等的日子已离她而去。她对梅国平说，你不用想那么多，这没什么。只不过，我哪里会写什么东西，我怕写不好。再说，我也不敢写。

好，一切尊重你的意思。

乔点凤不再回避地看着梅国平问，那你说该怎么办呢？

等等再说吧。

我听说你写文章写得很好，你是高中毕业，差一点儿就考上了大学，谁能跟你比呢？

梅国平看了一眼门外的月光，像是想了一下，对乔点凤说，你看这样行不行，我来替你写，写完给你看，得到你的认可之后，咱们再交上去。

乔点凤点了点头。

三天之后的农历八月十六晚上，当梅国平和乔点凤又在豆家相聚时，梅国平从乔点凤的角度，以乔点凤的口气，已把稿子写完了。三百字一页的稿纸，他写了六页还多。写完，改完，他又工工整整地把稿子抄写了一遍，才拿给乔点凤看，请乔点凤多提意见。

乔点凤接过稿子，刚看了两页，眼泪就涌流出来。她用牙咬住颤抖的嘴唇，起身到套间里去了。

豆师傅在厨房里炒菜，今天他执意要留梅国平和乔点凤在家里吃晚饭。

月光如水。梅国平不知在外屋等了多长时间，乔点凤才从套间里出来了。乔点凤的心情好像稍稍恢复了一些平静，但她的眼圈是红的，鼻头是红的，睫毛还是湿的。可以想见，乔点凤的情感受到了怎样波涛汹涌的冲击，或许她抓过枕巾捂住了自己的嘴，才没有哭出声来。

梅国平示意让乔点凤坐下，正要安慰乔点凤几句，乔点凤先说了话，国平，你比我自己还知道我啊！

梅国平说：有你这句话我就放心了。怎么，咱把稿子交给矿工报发表吧？

不料乔点凤却说，不，这篇文章我要自己存着，什么时候想看就什么时候看。

· 作者简介 ·

刘庆邦，男，1951年12月生于河南。中国煤矿作家协会主席，北京作家协会副主席。当过农民、矿工和记者。著有长篇小说《断层》《远方诗意》《平原上的歌谣》等九部，中短篇小说集、散文集《走窑汉》《梅妞放羊》等七十余部。短篇小说《鞋》获第二届鲁迅文学奖。中篇小说《神木》《哑炮》分别获第二届和第四届老舍文学奖。长篇小说《遍地月光》获第八届茅盾文学奖提名。根据其小说《神木》改编的电影《盲井》获第五十三届柏林电影艺术节银熊奖。多篇作品被译成英、法、日、俄、德、意大利、西班牙、越南文等文字，出版有六部外文版作品集。

宋骑鹅和他的女人

□ 徐则臣

沿运河上行的驳船都不搭载她。一个女人，挺着个大肚子，上船不吉利。还带着个四岁的小姑娘。宋骑鹅的老婆，我们都认识她。小龚装着手里的那根烟没抽完，车停在码头边不动，一手装模作样地搭在方向盘上，以为我没看见，又悄悄续上一根烟。我懒得说破，也盯着那女人看。我想小龚跟我一样都有点惋惜，一朵鲜花插在了牛粪上。她男人，宋骑鹅，一年前因为强奸罪被判了，关在淮城的监狱里。整个鹤顶都知道这事。不是因为宋骑鹅强奸，而是因为宋骑鹅家里有个如花似玉的老婆还去干这种事，大家想不通。又一个船主上上下下打量过她，还是拒绝了。

"第几个了？"

"什么，全所？"小龚一愣，脸立马红了。这很好，说明他还年轻。二十啷当岁，多好的年龄啊。"第五个。真可怜。"

"事不过六。"我把脑袋搭在座椅后背上，闭目养神。

两分钟后，小龚说："仝所，第六个了。"

"去问问。"

小龚已经跳下车。又两分钟，小龚回到车门前，说：

"她要去淮城。到监狱看宋骑鹅。"

从鹤顶到淮城，四十七公里，再拐去监狱，二十公里左右。

"油够吗？"

"足够，仝所。绰绰有余。"

我犹豫了一下。她挺着个大肚子。哪里不太对劲儿。

"让她们上车吧。"

这段时间除了在所里处理公务，闲下来我就会到外面跑跑。警员小龚主动请缨开车，他说从小就喜欢军绿色的吉普。要做好一个所长，待在派出所里处理案子固然重要，四处走走看看更重要，你地盘上的人和事弄明白了，你就可以科学地预判，阻止众多事件的发生。这话不是我说的，版权在我的前任老刘。他做所长时，一年有八个月时间在路上，鹤顶的犄角旮旯都留下了这辆旧吉普的车轮印。事实证明他是对的，在全县乃至全市，鹤顶都是犯罪率最低的乡镇。其他乡镇的所长都羡慕他，这刘头，整天在外头瞎鸡巴跑，麻烦事就是不找他。老刘退休的时候跟我说，一般人我不告诉他，就一句话：治病不如防病。我信老刘的，绝对的经验之谈。接了老刘的班，伤痕累累的吉普也继承下来，第二天我就坐着上路了。不到一个月我就把整个鹤顶转遍了，每条巷子都钻过。不过没关系，再来第二遍。还会有第三遍、第四遍，直到我也退休，把这条经验传给我的下一任。

宋骑鹅的老婆和女儿坐在后排的两个座上不说话。感谢的话刚上车就说过了。我从车内后视镜里看见这女人的左嘴角有颗痣，相书上说，这样的女人招人疼，洋气一点的说法是：有风情。说谢谢时她的嘴巴稍稍有点往右歪，一口南方口音。我们都知道她是宋骑鹅当伙计的船主的女儿。能把船老大的漂亮女儿搞到手，这小子还是挺有点手段的。

没到午睡的时候，小丫头很精神，两只大眼睛经常往后视镜里看，弄得我和小龚瞟一眼后视镜都像做贼。要是一路都不吭声那就太怪异了，我问宋骑鹅的老婆：

"宋骑鹅在里面还好？"

"嗯。"她扫了一眼后视镜，"五个月前去看他，胖了。"

五个月前？我突然明白为什么有点怪了，我想小龚一定也清楚。宋骑鹅是十三个月前犯的事，折腾来折腾去，抓到了判完了已经过了一个月。满打满算，在里面也快十二个月了。我记得这么清楚，是因为那会儿我刚从警校的所长班进修回来。也是像现在这样，我们开着车穿行在鹤顶的大地上，老刘坐在副驾座上侃侃而谈，开车的是我。老刘把案件的来龙去脉向我一一道来，希望我接手所里的工作后，也能火眼金睛，像米袋子里拣沙子一样，把坏人给揪出来。上任后，我又请老刘喝了顿酒，过了八两他的舌头大得不行，但还是清晰地说："完美收官，完美收官。"他对这个案子相当得意。

一年了，她的肚子竟然大了。看样子没八个月也得六七个月了。据我所知，以现有的法律，这一年里她应该没有机会在监狱里过夜，宋骑鹅更不可能溜出来。那么——小姑娘打了个尖厉的喷嚏。小龚扭头告诉她如何摇上车窗玻璃，窗外的野地里草木葱茏。我这一边是运河，水面上游动着一支二十六艘驳船首尾衔接在一起的船队。

"见到爸爸想说什么？"小龚问小姑娘的时候瞥了我一眼。我笑笑。

"说爸爸我要有个弟弟了，"小姑娘轻声说，有点害羞，"也可能是妹妹。"

"淼淼，别乱说。"她妈说。

"对不起。"小龚咧咧嘴。

车里再次陷入沉寂，但这辆早该退休的吉普隔音效果极差，轮子底下崩出一颗石子的声音都听得一清二楚。还有风吹动河边芦苇叶的喧哗，以及穿行在芦荡间的各种鸟叫。离中午越来越近，气温在攀升，沉默的不适感消失之后，我也感到了午休提前来临的昏沉。我摸出一根烟，在右手拇指和食指、中指之间捻动，头一回闻到了干烟丝的香味，慢慢就闭上了眼。

可能十来分钟，也可能只有几秒，宋骑鹅老婆突然开口。我睁开了眼。

"到了那里，能等我一会儿吗？"她说，但口气完全不像在征求我们的意见，"就十分钟，顶多二十分钟，说句话我们就出来。"

大老远跑过来就为了说句话？小龚看看我，我正掩住嘴想打个哈欠，忍不住了。

"我就问他，想不想要这个孩子。"她应该在拍自己的肚子，嘭嘭。

那个哈欠打到一半，生生憋了回去。我被噎得眼都瞪大了。小龚这一次没看我。我咳嗽一声说：

"可以。"

监狱没想象的那么荒凉，起码在那周围你能找到两个小馆子和一家招待所，零零散散还有几十户人家。在监狱门前停下，下了车，宋骑鹅老婆背上包，牵着孩子走了几步停下来，把孩子丢在原地，一个人走回来，隔着车门对我说：

"这孩子不是他的，所以我要问问他。"

然后转身去牵孩子的手，往监狱大门走。她的表情无比平静，就像在跟外人展示一件衣服，如果她男人不能穿，那就把它扔掉。小龚对此颇为吃惊，这话她都敢说。我笑笑，这正是这女人的聪明之处。她在我们眼前挂了根胡萝卜，只要我们有了好奇，就会敞开车门坐等她们回来。但现在首要的任务是抽上根烟，然后找个地方吃点东西。

两根烟之后开始吃饭，很简单，就是一碗面。吃完了大汗淋漓。二十分钟过去了。我让小龚别着急，哪怕只说一句话，前前后后的路要走，程序得合法，哪是你一路小跑就能直接冲到目的地的？

"那，仝所，"小龚说，"当年宋骑鹅的案子到底是怎么一回事？"

我让饭馆老板结账，再来两笼包子、两瓶水，给宋骑鹅妻女备着。回到车上，我跟小龚说起上一个惊动了鹤顶的春天，那会儿他还在警校等着毕业。

故事开始时，小鬼汊里的芦苇已经铺天盖地。小鬼汊，听名字就知道不是个讨喜的所在。这是一片生在鹤顶段运河边上的芦苇荡，浩浩荡荡几百亩，到晚上风起苇尖，阴沉喧嚣如有十万伏兵。冷兵器时代和抗日战争期间，据说每一丛芦苇旁边都曾缠绕过一具尸体。鹤顶人都很少去，进去了绕不晕的也没几个。有一天下午阳光大好，一个打野鸭的划了小船进去，在曲里拐弯的芦苇丛中发现一条小船，船上有个四肢被捆绑起来的年轻女人，眼睛蒙着，嘴里塞了一条毛巾。打野鸭的救了她，然后陪着去派出所报了案。

那女人二十九岁，两天前搭了一艘运木头的船，打算到淮城去坐火车。中午跟船上的人搭伙吃午饭，他们一定要让她喝酒，她就喝了两小杯。只记得饭后头有点晕，等醒来，已经在芦苇荡里的小船上了。四肢被捆在一起，看不见，也喊不出声。那时候几点根本不清楚，只听得鸟叫越来越稀薄，天也越来越凉。幸好船上留了床被子，她一直往被子底下钻。不仅仅是因为冷，还因为芦苇荡里涌动的声响。习惯了声响之后，更让她恐惧的是突然出现的寂静，以及静默中陡然响起的凄厉鸟鸣。作为女人，她不需要并拢双腿就知道自己被强奸了，而且不止一次。

她不记得运木船的编号，连船的特征也说不出个所以然来。这很正常，运河上的货船长得都差不多。但她记得船上有四个男人。一个五十多岁，络腮胡，是船老大；四个人口音都不一样。姓孙的女人能提供的信息就这么多，她的背包也不见了。

说实话，这样的案子让人挠头。水上的流动性太大，很多人真就是一去不复返。那段时间老刘掉了很多头发，脑门上精心保存的那一撮也被他焦虑时不小心揪没了。老刘得意处，首先在于他的判断比较科学：如果绑架和强奸者在运木船上，他们一定会回头，把受害者留在小鬼汊里，为的是再干一次坏事，否则没必要；他们将很快出现，要不受害者很可能会饿死在小鬼汊，也有可能出现其他危险或者被发现，他们对自己的时间有足够的自信；嫌疑人中应该有熟悉小鬼汊的，照打野鸭的描述，藏着孙姓女人的小船停在一处十分隐秘的芦苇荡里，一般人没这本事。鉴于此，老刘从河道管理处拿到了前几天经过本地的所有运木头船只的记录，让警员在鹤顶的码头守着，相关船只逢过必查。他自己跟往常一样，坐着吉普满鹤顶转悠。

老刘跟我说，他不是瞎转悠，他把鹤顶吃水饭的人家都反复查看了个遍，跑船的、打鱼的、水上养殖的、码头上跑出租带货的，一个没落下。他确信有鹤顶的"内鬼"。

两天回来三艘运木船，经受害者指认，一艘镇江的船被扣下。船上只有三个男人，口音不同，没一个是本地的；船老大的确是络腮胡。但三人坚称他们只有三个人，也从没见过受害者，更不可能跟她一起吃饭。络腮胡说，长途跑船谁会让一个陌生女人上船？祖宗的规矩不能坏。麻烦来了。

老刘问受害者:"确定四人?"

"确定,"受害者说,"那一个比他们都白,也比他们胖。"

"口音呢?"

"跟你们有点像。我对声音不是很敏感。"

跑船的胖的不算少,但白的不多。风吹日晒,白面团几年也得变成荞麦色。老刘突然想起昨天中午,吃过饭他一个人从所里出来,沿运河街溜达,看见一个白胖脑袋从一扇院门里露出来,嘱咐闺女注意脚底下,别被石子绊倒了。那时候运河街的水泥路面只修了半截。小姑娘答应着,还是蹦蹦跳跳,没走多远,踩到一颗圆溜溜的石子上,一屁股坐到地上。老刘顺手扶起她,问:

"这是要去哪里啊?"

"买酱油呀。"小姑娘张开双臂,神气地比画,"我爸带回来一条这么大的大鱼,做红烧鱼给我吃。"

老刘记起了宋骑鹅的名字:"你爸骑着鹅抓到的鱼吗?"

"不对,我爸是坐在船上抓到的。"

白白胖胖的宋骑鹅刚回来。老刘让警员把宋骑鹅带来,跟受害者和三个嫌疑人对质。宋骑鹅与三个嫌疑人声称相互不认识,他也没见过受害人;但受害人确定宋骑鹅就是她在船上看到的那个白胖子。她说,喝完第一口酒,宋骑鹅的脸就红了,因为人白,皮肤过敏就更显眼,她不会看错。

"这好办,"老刘说,"上酒。"

宋骑鹅端着粮食大曲的手开始哆嗦,嘴凑在杯口迟迟不喝。这已经足够了,他的脸慢慢红起来。不是难堪的红,是过敏红,闻着酒味都不行,肥白的腮帮子上红色呈块状分布。老刘一拍桌子,大喝一声:

"宋骑鹅,招了吧!"

宋骑鹅看看那三个人,他们拿白眼珠看他。宋骑鹅说:"我不认识他们。"

"宋骑鹅!"老刘又大喝。

"我认识他们,"宋骑鹅低头说,"他们不认识我。"

先笑出声的是脸最黑的汉子,他说:"你他娘的宋骑鹅,你这叫什么屁话!"

接下来船老大和瘦麻秆伙计也笑起来。

瘦麻秆说:"算了,别为难骑鹅兄弟了。"

船老大先用眼神询问他们俩,然后问:"决定了?"

黑脸和瘦麻秆咳嗽一声,响亮吐出一口痰:"多大事!兄弟,想说啥就说啥吧。"

宋骑鹅斗争了足有一分半钟,脸越涨越红。我回到所里后,据老刘和当时在现场的同事转述,宋骑鹅憋得嘴唇和两腮直抖,突然抓起酒瓶子,咕咚咕咚一口气灌下了半瓶,呛得一串咳嗽。咳嗽停息,他用衣袖抹抹嘴,说:

"跟他们没关系,我干的!"

黑脸和瘦麻秆相互看对方,一块儿笑起来,瘦麻秆笑得拍起了大腿:"就你,宋骑鹅?你行吗你?"黑脸也说:"兄弟,你确定?"

络腮胡一人给了他们一脚,板着脸训斥:"正经点,这是派出所!别瞎放屁,要拿事实说话!"他转向宋骑鹅,"骑鹅,你照直说。"

"是我干的!"因为绷着脸,宋骑鹅的腮帮和嘴唇反倒不抖了,"我一个人干的。我没听你们的劝,下了船还是把她弄到小鬼汉了。"他笨拙地转过身,指向受害者刚才站立的位置,为了避免精神上再受刺激,我同事已经把她带离对质现场。"我强奸了她!强奸好多次!我有罪!我认罪!"宋骑鹅哭起来,嘴越咧越大,身体慢慢委顿到审讯室廉价的地砖上。

沉默。

后来，船老大和黑脸以及瘦麻秆逐一走到他跟前，语重心长地拍了拍他肩膀。

"这么顺利就破案了？"小龚问。

"你要多复杂？"

"没别的疑点？比如——"

"这就是结论。"我深吸一口烟，吐出三个套在一起的烟圈。受害者是外地人，案子拖久了对谁都不好。"你知道什么样的结果才是最好的结果，小龚？"这个问题对小龚显然过于唐突。当时老刘问我，我也蒙。所以，我跟老刘一样，半分钟之后自问自答："凡事莫要节外生枝。"

一个小时后，宋骑鹅妻女从监狱大门里走出来。母女的脸上都看不出鲜明的表情，好像她们只是例行去了趟杂货店。小龚把包子和水递过去，她们狼吞虎咽地吃。天早过午，该饿了。

车启动，我们往鹤顶走。有一段路况不好，小姑娘在颠簸中睡着了。从后视镜里看，宋骑鹅老婆也闭上了眼。但我一直琢磨什么时候开口合适，有些问题真是想不通。小龚也是，我们俩的目光好几次在后视镜里碰了头。午后气温迅速上升，夏天似乎要扑面而来。几乎在我又一次看后视镜的同时，宋骑鹅老婆睁开了眼。她说：

"他同意了。"

小龚问："同意什么？"

"要我肚子里的孩子。"

"哦——"小龚的声音长得百感交集。

"他，不能生。"

我把脸转向她，但转到一半就停住了。不能生不意味着他就得要别人的孩子。

"我跟他说了,如果他不要,我就跟别人过。怎么不是一辈子?"

"他就答应了?"小龚插了一嘴。

小姑娘的脑袋磕出一声响,吧嗒一下嘴又睡了。她把女儿往怀里搂了搂。"这个也不是他的。"她的脸上依然风轻云淡。

如果真不能生,这也不意外,但我还是把脸彻底地转向了她。

"他不行。"说这句话时,她正看着窗外一棵棵倒退的杨树,眼睛里显得白多黑少。我干脆直说了:

"还是不太明白。"

"他一直,不行,但他是个好人。"

"一直?什么时候开始?"

"认识他的时候。他给我爸打过几年下手。我爸是船老大。"

我等她继续说。

"我家就我跟我爸,我妈早死了。习惯了把船当家,岸上那个房子我们很少住。我知道他喜欢我,我爸也希望我俩好,让他做上门女婿。我爸说,水上的饭吃不了一辈子,你身子骨再硬也硬不过水。但他不行。真不行。我也没办法。后来,我遇了事,你知道的,好几个人。跑船经常会有这种事,天长日久在水上,一个个早憋红了眼,二两猫尿一下肚就成了畜生。我怀孕了,谁的种都不知道。信了几个江湖郎中的野方子,也没打掉。

"肚子一天天大起来。坏事传千里,半条运河上的人都知道了。他还想着我。我还是不同意。是你你也不答应。当然他也没明确说出来,就是对你好,好到招人烦。我家的船没多久出事了。我爸喝高了,把别人的船给撞了。你真得信命,船走得好好的,怎么就冲上去了?把人家船撞坏了不说,把人家一船货也给弄沉了。赔得吐血,我们家船整个搭进去也填不上那窟窿。他把所有的积蓄都给了我爸,条件就一个,我跟他。没了船,我就跟他来鹤顶了。"

"去年那个事,你怎么想?"我试探性地问。

"还能怎么想?"她说,"想干他还得有那能耐。但他哭着喊着非要认,我有什么办法?"

"没别的原因?"

"你什么意思?"

"随便问问。你可以当作没听见。"

她两个嘴角一翘,竟然笑了。"我怕什么?一个守活寡的,破鞋一只。"她的眼里猛然放出肆无忌惮的精光,"过日子不就那么回事嘛,有什么不敢说的?敢做,我就敢说。那段时间我跟别人好了,后来留下了这个种。"她又拍起自己的肚子,"他自己过不去那个坎,我也使不上劲儿。过日子,就这么回事。能给我根烟吗?"

我扭着上半身,指指正在瞌睡的小姑娘和她的肚子。

"都习惯了。"她接过烟,自己点上。吸第三口,呛着了,眼泪流出来的同时,她哭起来。

"对不起。"我不好意思地转过身。

"没事。你是警察,你想问什么就问什么。"她响亮地抽动鼻子,尽量把烟雾往车窗外吐。"平常他们都在我背后指指戳戳,没一个敢光明正大问的。想说我都没机会说,憋死我了。你只管问。"

"抱歉,我就是职业病。那姓孙的女人,藏小鬼汉,跟宋骑鹅有关吧?"

"这我真不知道,也没问过。我就知道家里少了一床被子。"

"姓孙的女人说,还有人给她送过一次吃的。"

"我相信。"她说,"他是个好人,人义气,菜做得也好。"然后停下来,很长时间没声音。我扭过头去看她,那根烟早就抽完了,她在一声不吭地哭。见我看她,她又抽一下鼻子,用右手拇指揩掉眼泪,"不想说了。"

现在路面整齐,旧吉普跑得也平稳。小姑娘睡得很沉,妈妈给她调整了一下睡姿,让她汗津津的脑袋枕在自己腿上。小姑娘咕哝了一声。

一直没说话的小龚问:"她说什么?"

"说她爸是世界上最会讲故事的人。"宋骑鹅的老婆说,"说梦话呢。"

· 作者简介 ·

徐则臣,男,1978年生,毕业于北京大学中文系,现任《人民文学》杂志副主编。著有长篇小说《北上》《耶路撒冷》《王城如海》,中短篇小说集《跑步穿过中关村》《如果大雪封门》《北京西郊故事集》等。曾获老舍文学奖、冯牧文学奖、华语文学传媒大奖等多个奖项。2014年,短篇小说《如果大雪封门》获第六届鲁迅文学奖,同名小说集获"中国好书奖";2019年,长篇小说《北上》获第十届茅盾文学奖、"中国好书奖"、中宣部"五个一工程"奖。部分作品被译为英、法、意、西班牙、阿拉伯语等二十个语种。

鼓楼

□ 弋舟

和老陶再次见面，是我们分手半年后。我和新男友云游到了丽江，在微信里，我将行踪告诉了老陶。至于居心何在，解释起来还真是挺费劲的，或者说，也不值得解释。

不过也没那么复杂。分手后，我跟老陶依然保持着时断时续的联系，有一搭没一搭地问个好，深夜里来声没头没尾的"哈喽"，或者相互、或者单方面地发个比较污的表情什么的。你可以将此理解为巨大的惯性使然——我们曾经相爱得如同"复兴号"一般风驰电掣、一往无前，途中出了故障，只好紧急制动，但刹车后依然会往前冲一阵。

老陶迅速回了微信，说巧了巧了，他也正好跟新女友在丽江打尖儿。没错，他就是用了"打尖儿"这个词，纯然一副北京爷们儿的口气。这挺让我烦的。我跟北京男人老陶恋爱，最终一拍两散，有很大一部分原因正是在于他太"北京"了。那做派，也谈不上是傲慢，反正在一起久了，有种没头没脑的优越感会让你啼笑皆非直至倍感痛苦。

我在云游，他在打尖儿，我们各自携着新欢，本来无所交集，可既然"巧了巧了"，那就在丽江见一面吧。

老陶在微信里约定，是夜凌晨时分，他将在古城的玉河广场等我。时辰已到，我藏身于暗处，见他准时出现在灯红酒绿的午夜。他在人潮中沉浮，左顾右盼，一目了然是喝多了。凝望着，我对他升起一股亲切的陌生感，或者是陌生的亲切感。认真掐指数算，我们分手一百九十七天了，其间视频过两次，此刻看他在人潮人海中浮现，我就觉得他即是我，是我的没头没脑与傲慢，是我的不高兴与优越感，乃至是我的慢慢地放松与慢慢地抛弃。的确，我们差不了多少。我们云游，我们打尖儿，不过都是活在被规定好了的方式里。

在我眼里他算是个好看的男人，始终留着我喜欢的圆寸，随时都是一副正在挨锤但随时都能夺过铁锤的样子，永远一副混不吝的劲儿，即便胡子拉碴，也不会显得太寒碜。

我过去拍了他肩膀一下，他回身就手挽住了我的胳膊。

"嗨，麦吉，"他说，"嗨，姑娘，我认为所有的古城都应该有一座鼓楼。你认为呢？"

他的手臂和我的手臂挽在一起，像情侣，也像要并肩去赴汤蹈火的战友。盛夏时节，我们都裸着胳膊呢，我分不清是他出的汗还是我出的汗。我嗅到了久违的男人味儿，酒精、烟草、沐浴液，没啥特殊的，也谈不上浑浊，更谈不上芬芳，但这种味儿却不是所有男人身上都会有的。

身边全是年轻人，一派花天酒地，世界仿佛还处在愚蠢的、没心没肺的青春期。

"北京就不必说了,我在河西走廊的武威,那么偏远的地儿,都见到过鼓楼。西安、南京、开封,连运城都有。"他说,"可是为啥这儿没有?"

"为啥这儿就一定要有呢?"我回他。

果不其然,他还是能迅速地让我气不打一处来。"北京就不必说了。"这句话很让人反感。不是吗?在一起的时候,我们就住在北京的鼓楼附近。不必说了,当然是不必说了。

"古城啊,"他吵吵道,"这儿不是古城吗?没鼓楼好意思叫古城吗?"

他挽着我走,好像目标明确,挤过几条小街,钻进一家酒吧。子夜时分,里头客人大半已经散去。驻唱的歌手是一个穿着民族服装的很老很老的老头,很搞笑的,他居然唱着《可可托海的牧羊人》。这歌现在大热,可我烦一切大热的玩意儿。我也烦酷暑。

我们在一张杯盘狼藉的桌子边坐下身来,桌面上有大半桌的空啤酒瓶、吃剩下的面条、烤串、花生、毛豆、花生皮和毛豆皮。

"我把她灌翻了。"老陶伏过身子对我耳语,一边用大拇指扬扬某个方向。

顺指望去,两米开外,暗处的卡座上横躺着一个姑娘。她蜷缩着,婴儿一般地蜷缩着,裙子包裹着的臀部因为卧姿被强化了,显得无比浑圆,呈现出一种"加强版"的性质。

"我们在附近租了个民居,便宜。在古城里住一晚上的钱,够我们住一个月的。"看起来他挺自豪。

我有些光火,可也说不出什么所以然,我总不能质问他干吗不把姑娘灌翻在他们便宜的民居里吧。

"行啊,一顿当两顿使,还分上下半场,真是长出息了你。"我说。

"有什么问题吗?谁愿意吃了上顿没下顿?"他接完我的话茬儿,直着嗓门喊服务生。"兄弟！"他扯着自己的北京腔叫唤，"哥们儿！嗨，喊你呢！"他的叫喊声植入在《可可托海的牧羊人》歌声里，竟让这歌有了股摇滚味儿。

"能不能甭让这大爷唱了啊！没看着人睡着了吗？"他拍着桌子嚷嚷，我看到那无比浑圆的臀部似乎是受到了侵扰，来回挪了几下。

一个跟我们岁数差不多的服务生不慌不忙地过来了，一副见多识广的架势。

"你要啥？"小伙子问道。

"能说普通话吗？OK？"老陶说，"您能让这大爷闭会嘴不？您瞧，姑娘在睡觉，姑娘需要睡觉！OK？"

"不能，不OK。"小伙子无动于衷地说。

"那我跟你说！"老陶说，"这歌不适合他唱，没准儿摇滚他还行，他倒是挺像个老炮儿，可他不适合有个嫁到了伊犁的姑娘。好了，让我们安静地把剩下的这点儿酒喝完，这要求不过分，我们就是他妈的想安静点儿。把你们老板叫来，问问他是不是有时候也需要安静地坐会儿。"

"你可以自己找个安静的地儿。"小伙子面无表情地也使用了儿化音。

"嘿哟，"老陶一拍巴掌，"这可是您给我出的主意啊，等她醒了您跟她解释解释吧。走，麦吉，咱找个安静的地儿去。"

暗处浑圆的屁股动了动。小伙子见多识广地回了吧台。

我随着老陶出了这家酒吧，进入另一家之前，他再次眼巴巴地问我："我认为所有的古城都应该有一座鼓楼，麦吉你认为呢？"

"你还是这么烦人。"我回答他。

这次他收敛了不少，我们一人要了一扎精酿啤酒，他开始盘问我有关新男友的点点滴滴，干什么的，多大了，云云。我并没有和盘托出，不是想对他隐瞒什么,也没什么好隐瞒的,我只是突然间觉得,让他知道我找了个大学老师是一件令人惆怅且丢人的事。

"自由职业。"我说。

"真棒!"他问我,"也被你灌翻了吗?"

"没,在房间看球呢。"这倒是句实话。欧洲杯正如火如荼,我那云游的伴侣,那纯洁的知识分子,是个健康的球迷。我只是出门前给他要了箱啤酒。

老陶是在一瞬间又抽起疯来的。他先是鼓掌,让我以为是冲着我没把男朋友灌翻这茬来的,可他鼓着鼓着渐渐有了节奏,脑袋、肩膀跟着一起打拍子,后来,便可怕地唱了起来:"那夜的雨也没能留住你……"

当他高歌到"他们说你嫁到了伊犁"时,服务生终于被招来了。

我算看出来了,这地方,就算没有一座古朴大气的鼓楼,可即便是位小姑娘,也一副见多识广的派头。

"别唱了。"小姑娘沉着地要求。

"嘿哟,"老陶坚持着又怒吼了几句,问道,"丽江规定不许唱歌吗?"

"没规定,"小姑娘说,"你影响其他客人了。"

举目四望,这家酒吧比刚才那家更冷清,影影绰绰,似乎有那么一两桌客人,意外的是,暗处似乎也浮动着姑娘们被人灌翻后浑圆的屁股。

"我影响其他客人了?"老陶无辜地摊开了手,匪夷所思地对我说,"难道刚刚不是我们被影响了吗?麦吉,一座古城,没有鼓楼,不讲道理,这还说得过去吗?走吧,麦吉,我们离开这里!"

我不觉得他是在表演,他是真的对这个世界感到费解。我跟着他走出那家酒吧,胸中涌动着白痴一般的喜悦。"走吧,麦吉,我们离开这里!"——在一起的日子里,那些住在北京鼓楼边儿的日子里,这是我最想听到他对我说的话。可他没说过。于是，我现在找了个大学教师出门云游。

我跟随着他，我们赤裸的胳膊挽在一起，汗水交融，如同要奔赴高山大海。可我们不过是又去了另一家酒吧。

"我想唱歌又不敢唱，小声哼哼还要东张西望……"他是在大声哼哼。

这家的服务生直接将我们拦在了门口，食指竖在嘴上，不断地冲我们"嘘"个没完。

连我都被搞得很恼火了，问道："你不会说话吗？"

"我会说话，但请这位先生别这么大呼小叫。"服务生笑嘻嘻地说，他真的是身经百战啊。

"说谁呢？我这也叫大呼小叫？"老陶向前抢了一步，差点儿栽倒，"你知道北京，嗯，鼓楼边儿上，怎么玩儿摇滚的吗？"

"这里是丽江。"服务生说。

"别跟我贫嘴，"老陶说，"连个鼓楼都没有，神气个屁。"

服务生不说话了，用不说话表示自己的态度和立场。

"你瞧，"老陶将矛头冲着我来了，"简直跟你一个德行，我最受不了这个，你知道吗？我最受不了的就是你不说话其实一脸话的样子，太烦了，装什么呀！"

我们重新走上街头。我带着不说话其实一脸话的烦人样儿。退潮了一般，熙熙攘攘的游客一下子稀稀落落了。老陶坚持要给我买点儿鲜花饼。

"我知道你不吃猪油，"他特别恳切地说，"这几天我侦查好了，有一种是植物油做的，还加了益生菌。"

在他给我买鲜花饼的时候，我望着店铺外的一块广告牌出神。牌子上是一位端庄、消瘦的女士，广告语写着："我这辈子最有成就的事就是把鲜花饼做成云南的名片。"这句话竟让我难过起来，也许我是想到了自己这辈子吧——我将以什么实现自己的成就？成就不成就的，当然也没什么紧要，但"一辈子"这种规模，不免总是会令人莫名伤感的吧。

拎着两袋植物油做的还加了益生菌的鲜花饼，我对老陶说："我得回去了。"

"我愿意陪你翻过雪山穿越戈壁，可你不辞而别还断绝了所有的消息……"真要命，他又唱起来了，好在是低声吟诵。

"别这样，老陶，酒劲儿差不多也散了吧。"我恳求他。

"对不起，麦吉。"老陶戛然失声，站了会儿，肩膀觳觫起来。张开双臂，他不遗余力地将我紧紧地搂在了怀里。我们大概又一次都感到了被伤害。

接下来，他需要找回最初的那家酒吧，将他的女朋友弄回租住的民居去。

"扔那儿不是个事儿。"他说。

"是，不能那么做。"

我支持他，好像忘了他没少这么对待过我。许多次，我被他扔在地安门外大街，每每从醉酒中苏醒，远远望着夜空下的鼓楼，怀着瞻仰丰碑的敬意，我都觉得那古老的庞然大物在皮影一般地随风起舞。

老陶走在我前面，步子倒还稳当。我也不知道干吗还跟着他走，可能还是被他身上那种居于灰暗却葆有明快的风格所吸引吧。古城的巷道扑朔迷离，谁都不敢保证我们是否迷了路。走过一条清冷的巷子，一条土狗迎面向我们小跑过来。老陶回身再一次将我揽在了怀里。还好，他还记得我最怕狗了。

月光下，我偎在老陶怀里，看着那条狗沿着光滑如水的石径宛若一匹尊贵的骏马一般优雅地跑近，我心里面平静极了，一点儿也没感到惧怕。

我们开始接吻。那条狗围着我们转圈，继而在我裸露的小腿上厮磨，在我们四条腿的间隙挤进挤出。恰似天堂或者一个奇迹，我真的一点儿也不害怕。欲望升起，我被老陶抵在了巷子边的石壁上，他掀起了我的裙子。

"瞧，这就叫狗练蛋。"老陶喘着气儿在我耳边咕哝。

我侧脸看到了那一幕：不知什么时候，又一条狗也加入了小巷的剧情中。月光下，夜风中，它们在沉默而自由地交媾，它们在肃穆而庄严地交媾。

但这真的是扫兴。老陶他就是这么不识趣。他管不住自己，就算使出了浑身的解数，依然还会无数次地后悔，无数次地拿自己无能为力，仿佛他最善于做的就是把好事儿给搞砸，唯一会做的就是在好运气面前却笑了场。于是，他只能无数次地，失败在前戏里。

"去吧，老陶，"我挣脱开他，"赶紧去把人家姑娘扛回去。"

"别走，麦吉，"他说，"我们看看它俩能练多久。"

他的表情既兴致勃勃，也为自己的兴致勃勃而感到错愕。我这可怜的爱人，我发誓对他永不心怀狭隘的偏见。

"再见，老陶。"

我回身朝着相反的方向走了，走着走着，就开始小跑，感觉自己突然间又怕起狗来了，而且，怕的还不仅仅是狗，还有像狗一般追咬着我的命运。

绕来绕去，我又回到了玉河广场。这时候已经没几个游客了，不过是有人坚毅地扛着一条浑圆的麻袋走，有人浑圆地被人坚毅地扛着走。也不知道如火如荼的欧洲杯战况怎样了。找了块地儿，我席地坐下。我得缓口气。

在这云游的夜晚，无所事事，我用手机查看"打尖儿"的确切词意——

打尖儿（京津一带方言）：指京津一带行路途中吃便饭。这在小说和杂剧中也俯拾即是。打尖儿，实际上是打发舌尖的缩略词。舌尖是人对味道最敏感的地方，赶路的时候饿了，好赖吃点儿东西，打发一下舌尖，而后继续上路。广东方言"打尖"是指人不守秩序而插队的行为，称之为"兼队"或"尖队"。有种童年的游戏也叫打尖（茧），二至四人参加，用一根比拇指粗、三寸长的圆木，两头削尖，即为玩具"尖"，因外形酷似蚕茧，也作"茧"。

我觉得有知识真好，找个知识分子没准儿是对的，那会让你的许多灾难得到短暂的豁免。你看，这真的非常有意思，"打发舌尖""不守秩序而插队"，以及"二至四人的游戏"，凡此种种，都与我们的境遇完美相关。老陶真他妈的是个天才。

我吃着鲜花饼，自感有益生菌在体内发挥着正面的效用。不是每一个古城都必须有一座鼓楼啊，我涌泪感慨，如同得到了一个有待擦亮的真理；间或仰望夜空，灰筒瓦，绿琉璃，旧日重现，我又一次看到了冉冉浮现的鼓楼，在星月下，在高原上，皮影一般地婀娜摇摆。

· 作者简介 ·

弋舟，男，1972年生，现居西安。现任《延河》杂志副主编。中国作家协会全委会委员、青年工作委员会委员，入选中宣部全国文化名家暨"四个一批"人才。曾获鲁迅文学奖等多种重要奖项。

难说的告别

□ 陈 武

1. 试 衣

唐池子把最近新买的十几件衣服，花了半天时间，一件一件地试穿了一遍。这些衣服都是她精心挑选的。

唐池子试穿每一件好看的新衣服，都要从窗前，走到门后。一来找找感觉；二来可以从门后边的穿衣镜子里，看到自己的神态。这段距离有十几步——如果正常行走，是十一步或十二步。如果走猫步，会多走两步或少走两步。她的猫步是临时起意，自我开发，无师自通，和真正模特儿的猫步相去甚远，总之，带有完全自我表演的独特风格。半天了，她都在对着镜子搔首弄姿，忸怩作态，看着花样百出的自己，开心一阵，怨艾一阵。她的房子不大，开间，建筑面积五十多平方米——在北京打拼的外地人，住各种房子的都有，住别墅的当然是极少数。大部分都是住在群租房里。能住两室一厅的也不多，要么是刚刚晋升的公司高管，要么就是事业已经起步的小老板。像她这样，能住开间的，算得上是事业稳定的白领阶层（她在国贸附近的写字楼里做涉外文化交流工作，简单说，就是翻译外国进口产品的说明书）。几天来，她躲在自己的小天地里，疯狂购物，疯狂试衣，看着镜子里不停走动的自己，仿佛看到的，就是一场别开生面的时装秀。只可惜，这场盛大时装秀的表演者和观众都是她自己。

不过明天就不一样了。

明天就是另一个舞台了——新公司的新员工。

明天，在新公司出现的，就是不同于往日的另一个自己了。

一周前，她决定换公司的时候，就想要改变自己的形象。没错，为改变自己的形象而换公司，就是她的真实想法。这个想法不仅是在一周前。在数周前，她就暗暗下决心了，只是当时新工作还没有着落，就一直没有递交辞职报告。上周一，她投档的一家公司，通知她去面试，居然心想事成，被录用了。于是，她立即实施计划，辞职。公司的所有人，包括她的主管、老板，乃至同事，都用异样的眼光看着她，辞职？唐池子辞职？不可能啊？她拿着员工界最高的薪水，是公司的业务骨干，老板面前的红人，怎么会辞职？谁辞职也不会是她啊？但是，她还是义无反顾地辞职了。好同事兼好朋友胡丽晴在微信上问她："干吗？有人挖你了？"

唐池子回了她三个笑哭的表情，又说："倒是想啊。"

胡丽晴也回了她三个笑哭的表情，又问："是不是汪星人胁迫你辞职的？"

胡丽晴口中的汪星人是唐池子的男朋友汪稼句——当然不是姓汪的胁迫了。现在，他就是想胁迫，也没有机会了，他们已经处在分手的状态了。

唐池子没有立即回复胡丽晴。

胡丽晴意识到玩笑开大了，立即又回到现实中，表示晚上要请唐池子吃饭，请她吃最爱吃的湖南菜，就是她们常聚的三里屯的那家。唐池子不吃。唐池子心想，要吃也等形象改变了再吃，那时候，你们才大吃一惊呢，你们才无地自容呢——包括老板在内，公司所有人都认为她穿衣服没有品位，一年四季，都像裹着花地毯，花色各异的重彩地毯。她开始也没有注意，她从小就爱穿大红大绿倒是没错，后来她的审美趣味一直没变，读研究生时，她的导师，还曾夸过她穿衣讲究，说她红绿搭配协调，大花小朵靓丽。开始工作的那家公司也没有人对她的穿着指指点点，品头论足。怎么你们就要挑剔呢？当然，没有人正面来挑剔她的衣装，是她无意中听到或发现的，在卫生间，在电梯里，在楼梯口，她都听到过同事们对她每天一换的衣服的窃笑和恶评。她居然能让这种窃笑和恶评维持了三年多，直到遇到她的第 N 个男朋友汪稼句并不出所料地分手，她才体悟到穿衣的重要——当然，已经处于分手状态的男朋友并没有嘲弄和奚落她的衣装，她只是多心地以为，穿着也可能是汪稼句这个理科生突然不理不睬她的部分原因。同时，她还联想到这些年的穿衣史，联想到从本科到硕、博研究生的情感史，之所以接连失败，都怪自己的衣服装扮啊。所谓"佛靠金装，人靠衣装"的道理，直到现在她才真正体悟到。这下好了，一周后，当你们再见到本姑娘时，不是傻眼，而是非常非常惊讶地傻眼了。

唐池子不仅在形象上改变了自己，还给自己重新制定了处事标准，她决定，除了胡丽晴等几个前同事，不再和以前熟悉的人相处了，特别是那些说话不经大脑、满嘴脏字、既抽烟又酗酒、穿着毫无品位的女人。当然，她也喝酒，也爱吃零食。唐池子还做出一个惊人的决定，节食。虽然她不胖，但节食也是势在必行。因为她是通过这次改变形象的行动发现，许多好看的衣服，模特们穿出高雅品位的衣服，经她一试穿，就不是那个感觉了，不是腋下勒出了肉浪，就是肚子上鼓出了隐约的游泳圈。如果不做自我改变，如果任各种口味的酒品和高热量零食继续伴随着她，她就会变成又丑又胖又没有朋友的肥婆。

没想到，自我改造并没花太多时间，节食也相当成功，不过是短短一周，连她自己都不认识的、全新的自我，就打造完成了。瘦了四点五斤，加上好看的衣装，她成功地变成了另一个人。不过，且慢，总觉得哪里不对劲——哦，天啦，发型，怎么还是老套的发型？长发，略微染烫过，发梢带有显著的酒红色，这也太俗了吧？不行不行，明天就要去新单位上班了，这个发型，显然配不上那些华丽、高贵而不艳俗的时装。虽然，这个发型，是在理工男的大力建议下做的，正好也借这个机会，表示和他彻底告别。现在、立即、马上——她迫不及待就要改头换面了。

2. 美　发

还是在一周前，她辞职的当天晚上，从草房站地铁口出来，走在草房西路上，心里正五味杂陈着——明天就不用上班了，不用奔跑在地铁的进口和出口通道里了，也不用匆匆行走在国贸附近的马路上了，可以睡到自然醒了，可为什么还是开心不起来？这一切都是自己决定的，应该开心才对呀。路过一家发艺店门口时，一个灰头发的帅哥递给她一张美发优惠卡，她没有心情地接在手里，走到垃圾桶边时，准备随手丢掉，丢掉之前又仿佛不舍地瞥一眼，发现美发优惠卡还有代金券的功能，可以抵二百元现金，又收回来了。现在，她在包里找出了那张准备扔掉的美发卡。

唐池子就是带着这张美发卡出门的。

这个叫红楼别样红的发艺店，生意并不好，现在是傍晚六点十分，唐池子居然是他们等来的第一个顾客——唐池子看到，五六个理发师闲散地坐在理发椅上或顾客等候区的沙发上玩手机。唐池子甫一进屋，就被五六双目光聚焦了。那些目光像是带有弹性，只在她头发上轻轻一瞥，就被弹了回去，继续玩手机了。

"剪发。"唐池子说，声音轻漫，表情从容，举止优雅，努力让自己和这身漂亮的衣服相匹配。

"有预约？"那个灰头发男孩问，眼睛依旧盯着手机屏幕，随手递给她一本大画册，"看看，选个发型。"

唐池子接过画册，才觉得，做头发的事，还真不能急，要用心好好选选的，毕竟头发是自己的，随便做个发型，要是不满意了，糟心的还是自己。唐池子专心致志起来。看着看着，便看出了一些门道，什么脸形配什么发型是有讲究的。她自己是鹅蛋脸，是鹅蛋脸中的大鹅蛋，这种脸形容易发展成猪腰子脸，如果发型不对，也容易让人感觉是个大猪腰子。如何避免呢？她觉得这款直发，很适合她。因为直发偏自然，人工打理的痕迹几乎看不出来，这和她的心理预期非常匹配，就是要做一个貌似平常、细看又很讲究的那种人。唐池子一抬眼，看到灰头发帅哥正在看她。唐池子心想，看来新穿的衣服还是起作用了——她特意挑了一件七分袖的香云纱连衣裙，抹茶绿是一眼所见的朴素，也是透心的凉爽，斜襟左衽，一粒珠扣，恰好点缀出她婉约的气质，既显得高雅、坚贞而不寡味，又能保持气质上的清脱，内心的快乐是穿上后才发现的。现在，她的衣着，成功地引起发艺店小帅哥的注意，把他从手机上吸引过来了。这可是个好兆头。唐池子心里突然美起来，冲灰头发帅哥报以友善的一笑——只可惜灰头发帅哥没有看到她的笑——他目光又回到手机上了。她并不介意灰头发小帅哥的无视，就说："选好了。嗨，叫你呢，这款可以吗？"

灰头发小帅哥过来了，他伸手接过画册，说："小姐姐真有眼光——拉直了是吧？"

"是的。"唐池子说罢，再一次问自己，真要改变发型吗？她听到心里的两种声音同时响起。一种是她自己的：对，一定要改变，否则，等于革命成功了一半。可另一种声音就像齐声合唱，伴着她的声音更为强势：不行，这个发型多好看啊。这个声音是她的前男友汪稼句发出的。她现有的发型就是在汪稼句的顾问下做的，确实好看。汪稼句还用他的专业知识加以评价："漂亮，简直就是一个聚变，你的头发和我的意见，就是两个较轻的核，在融合过程中产生并释放出巨大的能量，就产生了这个漂亮的新发型。"唐池子也在同事们羡慕的夸奖声中自豪了一周。可她和汪稼句的爱情也像同事们对她头发的夸奖一样渐渐淡漠了——从认识到热烈——汪稼句说是核聚变——到淡而无味再到互相不联系，也就两个多月的时间。可真要改变发型，唐池子又觉得和汪稼句的关系也许还没有死透，或者说还有死灰复燃的可能，万一哪天和汪稼句见面了，看到她的发型改变了，他会怎么想？他对爱情的感受也常常套用他的专业知识，唐池子听不懂他的云山雾罩，但能基本理解是什么意思，比如说情感聚变的方式，主要有三个约束：一个是重力场约束，一个是惯性约束，还有一个是磁约束。聚变包括结合和分手，可重力场、惯性、磁又是什么鬼东西？她也似是而非，似懂非懂，解释全靠汪稼句自己，或许他就是由着性子胡说八道呢。但是，唐池子心里的声音就像水泡一样经不住轻轻一吹就破碎消散了——灰头发小帅哥已经领着她走进了洗发间。她犹豫地想，发型一改变，不仅和过去告别，也预示着和汪稼句彻底再见了。

3. 语音剧

周一,九点钟上班,她提前半小时就到了。

上班第一天,她可不想卡着时间到单位。可她来得也太早上了,公司在二十九楼,门口冷冷清清的,整个楼层都冷冷清清的。她没有钥匙,进不了屋,从透明的玻璃门向里望望,能看到一格格卡座,还有一两盆鲜艳的绿植。她自己的位置在主任的对面——那天面试时,面试官就是主任,主任姓武,一个面部精致、口齿清晰而衣着休闲的小女人,她就坐在武主任对面的那格空档里——可能她的前任也刚刚离职吧,桌面上干净、整洁。而所谓面试,其实就是交代公司的制度和重复一遍公司的职能,简单说就是给她安排工作。她的工作是编剧——听起来高大上的编剧,事实上和人们理解的编剧完全不是一回事,甚至大相径庭。没错,公司的主业是推广并售卖一种新兴剧种,叫语音剧——不是广播剧,不是电视剧,不是舞台剧,也不是现在流行的读书,就是语音剧,就是靠语言来发展故事、推进剧情的剧。她一开始也不知道语音剧是怎么回事。反正是编剧嘛,她本来就是中央戏剧学院中外戏剧比较学的博士,误打误撞做了三年多各种进出口产品说明书的翻译:进口的,把英语翻译成汉语;出口的,把汉语翻译成英语。算是没有学以致用,耽误了自己的专业。目前这个公司虽然不是从事戏剧研究,可也和她的专业靠了点边。何况,语音剧,料想也不比传统的剧本难写,就欣然来应聘了,又顺利地被录用了,办公桌就在武主任的对面。

时间还早,唐池子拿出手机,找到那天武主任发给她试听的语音剧《红楼梦》,虽然只有三集,一集二十分钟,她也一直没有听。不是她对工作不积极,也不是她胸有成竹、已经掌握了工作的诀窍,而是她实在没有时间听。她把时间都用在买衣服上了。如前所述，买衣服可不是一件简单的事，那要看多少样本啊，要有多少比较啊，她又没有人参考（她故意不想听别人的意见），一切都是自己拿主意。所以，语音剧《红楼梦》就没有听——还有一个不便说明的原因，就是下班了，就要像下班的样子。听语音剧，那应该是工作的一部分，要听也应该在公司听，不能占用她的下班时间，何况，她还没有上班呢。

现在不一样了，人到公司门口了，又正好闲着，正好可以听一集。

原来，语音剧类似广播剧，只是语音剧的音乐更为简单，也不像广播剧那样有多人参与。语音剧就一个人，对话、陈述，甚至还有议论，都由一个主播包办了。当然，语音剧也不是读书，照着原文读就是了，最多在语气上有所改变。语音剧有剧的属性，既把原书的结构重新做了调整，还要根据剧情需要，把故事加以改变，又不能脱离原著，还可以适时地加入议论和评价，当然，配乐和其他音响效果也是语音剧的另一个特色。唐池子听了一集《红楼梦》语音剧，基本上弄明白了语音剧的写作方法，心里算是有了一点底，记忆里那点编剧的历史（她曾把莎士比亚的《奥赛罗》改编成小剧场话剧）便慢慢地涌现出来。就在这时候，公司来人了。

真是巧，来者正是武主任。

唐池子朝武主任友善地一笑。但她发现武主任愣了一下，没有认出她来，眼神似乎在问，你找谁？唐池子打内心里得意自己的发型和衣着，和颜悦色地说："我是新员工唐池子，今天来上班。"

"……噢——啊？哎呀，哎呀哎呀，我一下子没认出来，唐老师啊！"武主任惊讶地说，"你这也太漂亮啦！哈哈……来这么早！"

"也刚到。"唐池子听了武主任的话，更加开心了。她的目的真的达到了，她依然穿昨天去做头发的那套衣服，显得古典、高贵、优雅，一看就气质非凡，这也从武主任的目光中和口气里得到了验证。

进了办公室，唐池子走到自己的桌子前，看了眼椅子，上面应该有灰尘。她用手轻轻一拭，果然。唐池子便拿出湿巾纸，擦椅子，又擦桌子，擦干净后，又拿出喝水杯子，去接了一杯冷水。就在她收拾的过程中，武主任把唐池子那台电脑上的QQ号和登录密码写在一张纸上递给了她，这时候，上班的人就陆陆续续进来了。大家纷纷坐下来，开电脑，收拾桌子，洗茶杯，一番骚动之后，在混合着各种早点的气味中，耳边响起键盘的敲击声——大家都在闷头干活了。唐池子也接收到武主任的QQ信息，没有问好，也没有寒暄，直接发来两个文件包：一个是全本文言文《聊斋志异》，一个是选本的《白话聊斋》。武主任在对话框里说："由你来改编《聊斋志异》。公司准备选三十个聊斋故事，编成一百二十集语音剧，这个工作就由你来启动和负责。先把三十个故事选好，多几个也行，下午开会时讨论一下。"

明白了，选三十个聊斋故事，再改编成语音剧，这就是她的工作了。唐池子的脑海中立即出现了《小谢》《画皮》《鸦头》《莲香》《宦娘》《促织》《梅女》《王子安》《席方平》《于去恶》等经典故事，选三十个倒是不难，是选那些经典的，还是选一些较冷的？是选爱情故事，还是选反抗封建礼教的？这些都没有领导的明确指示。上班第一天，她也不便多问武主任。那就先选吧。唐池子对《聊斋志异》还是比较熟的，只看着目录，就从四百多个聊斋故事中，初选了三十篇。这三十篇故事，有的她读过或看过改编的电影，有的只知道个大概。另外，她又找篇幅较长的，选了十篇备用。初选工作很快就结束了，突然就无所事事起来。那就尝试着写一篇。唐池子想，无论怎么选，《小谢》《画皮》肯定会选的。《画皮》大家太熟了，那就先改编《小谢》，《小谢》篇幅较长，人物多，故事也较为复杂，能改成三集或四集，甚至五集。唐池子决定上午把白话版的《小谢》读完，再草拟个提纲。但是，另一个玻璃房间里传出的嘈杂声，影响了她的阅读。唐池子工作时一向喜静，不喜欢闹腾。不要说她现在的阅读是带着思考性的，更不要说她还准备把《小谢》分割成三集或四集的语音剧，需要把情节延展，就是平时，也不喜欢身边的吵闹。而小房间里持续传出的吵闹声，确实影响到她了。

那是一间房中房，在进门右侧最里边，可能有两三个员工。唐池子原先不知道为什么吵闹，仔细听听，才判断出来，那应该就是语音剧的制作间了。果然，武主任也在QQ上对她说："正在录剧。"唐池子对录剧已经有了基本的判断，让武主任这么一说，她反而不淡定了，觉得这个武主任的心思真缜密、真敏感啊，她只不过有点小小的心理反应，就被武主任发觉了。由此，唐池子感觉到，办公室的其他员工，肯定也在注意她了。本来，她有心理准备，她的服饰会引起大家的关注和议论，没想到不仅是服饰，自己的心理反应或情绪都有人感觉到了。

第一天上班，还是新鲜的。不仅是环境新鲜（包括新同事），所从事的工作也让唐池子觉得新鲜有趣，到了下午五点左右，她不仅把白话版的《小谢》读过了，还把文言文版的《小谢》也读了，更重要的是，她编写了四集《小谢》语音剧的大纲。早上她一接触这个工作时，还有点摸不着头绪，到下午快下班时，她俨然成为一个熟练工了——虽然，真正的剧本还一个字都没写，但她通过听了一集《红楼梦》，已经心中有数了。此外，她还收到一个快递通知，一件新的快递放在菜鸟驿站了，她想不起来自己还网购了什么，漂亮衣服该收到的全收到了，莫非还有遗漏？完全有可能，因为她前一段时间，网购得太多了，多到自己都忘记多少单了。

突然通知开会。

唐池子有点蒙了,还有十几分钟就下班了,开什么会?莫非是欢迎她的会?或是新员工的入职仪式。唐池子暗自嘲笑自己,你想多了。确实,唐池子想多了也没想多,老板在会上说了句欢迎新员工的开场白,还自豪地宣布,她是公司第一个博士。但接下来每人类似于述职一样地把自己本周要干的工作在会上通报了一遍。轮到她时,她已经从别人的发言中听出了门道,赶快把自己早上的计划在心里整理一遍,结合一周要编的剧本,侃侃而谈,甚至准备一周编出一集的计划也透露了。老板听了她的陈述,疑惑地问:"一周一集?"说罢,眼睛不是看着唐池子,而是看向了武主任。

武主任说:"还没有到那一步,我只是告诉唐老师来改编《聊斋志异》。准备选三十个聊斋故事,编成一百二十集语音剧。具体选哪些篇目,一篇编几集,还要再商量。"

武主任的话,既是说给老板听,也是说给唐池子听,同时也推脱了责任,非常得体。

老板沉吟着——他一直都是这种表情,脸上的毛孔很粗硕,口型像是哦了一声,又像是什么声音都没有发出,只是喉结滑动了一下。老板是个四十多岁的中年人,黑而油腻的圆胖脸,穿一身黑色的衣服,立领的黑衬衫,配同样黑的黑裤子黑皮鞋,也是油而发亮的黑色长头发,还扎了一个短短的马尾巴小辫子,戴一副黑框的不规则菱形眼镜。他身上除了牙齿是白的,别的地方都是黑的,就连眼白似乎也比别人少。他黑眼珠转动一下,这才从镜片后边投向唐池子(那眼神也像是黑的),说:"先选好篇目,编一百二十集提纲,交给武主任,武主任通过后,再交给录制、导演那边看看,没有问题了,再动手编写。另外,提纲通过后,不是一周写一集,一周写一集那是退休老干部,我的队伍是一天写一集。"

老板的话，是说唐池子一周写一集太慢了、太老化了，同时也是间接批评武主任，工作没交代清楚嘛。但是，唐池子却纳闷了，一天一集，这是写剧本吗？写剧本有那么容易吗？

4. 啤　酒

在地铁上，唐池子觉得今天出了洋相——老板把她比喻成退休老干部了，这不是好兆头，至少上班第一天就没给老板留下好印象。唐池子不仅觉得被批评了，被奚落了，还觉得被轻视了。这种轻视，不仅来自老板，也来自她自己，人家的定量是一天一集，你要一周一集，就算一周是五个工作日，五天一集，和一天一集相比，不是自己轻视自己吗？会议是在隔壁老板的办公室开的，老板的办公室超大，四周的书橱里摆着不少书。大家围坐在会议桌四周，有二十来个人，年轻女孩居多，特别是武主任领衔的编剧部门，八个人全是女的，高矮胖瘦都有，只有她身材最适中——不是自信心作怪，也不是自恋，她一眼看下来，数自己最漂亮，穿衣打扮就更不用说了，可她为什么没有一点成就感？开会时，加上武主任，编剧们自觉地坐在一起，像是气息相通一样。甫一坐下，唐池子就发现了，如果仅从衣着上看，她是极具品位的一位，其他人都太随意和简单化了，可没有人多看她一眼，也没有人露出赞赏之情，除了早上在门口时武主任的一句夸赞式评论，就再也没有收到崇拜的眼光了。唐池子还是挺在意自己的新装扮的——毕竟她是刻意地做了选择，如果没有一点反应，就像一滴水落在大海里，那她为什么处心积虑地要改变自己？还是保持原来的形象不行吗？可话说回来了，要是为了保持原来的形象，那辞职又没有必要也没有意义了。但她马上就想通了，衣服是自己穿的，自己觉得舒服就行，自己觉得美那才是真美，才不管别人的眼光呢。再说了，她们也不一定欣赏得了。

到了像素小区，她去位于北区十号楼底层的菜鸟驿站取了快递——居然是一箱啤酒。莫名其妙地收到一箱啤酒，让她大为惊异了，再核实一下运单，确实是寄给她的。一箱啤酒她可拿不动，便借了驿站的小推车推回来了。

路上，唐池子的心再次不淡定了。啤酒肯定不是她买的。她爱喝啤酒也是假象，那是因为有人要喝，她也便喝，恰巧又喝出了自己喜欢的口味。那是谁送的呢？不需要多想，一定是汪稼句送的了。这款啤酒是经过改良的，不是黑啤也不是白啤，是一款加了无花果精的精酿啤酒。可汪稼句为什么要给她送啤酒？他们不是已经心照不宣地散了吗？她回忆着分手的经过。经过也没有什么值得回忆的，无非是双方都感觉到对方的冷淡了，先是饭局少了，微信上不互动了，电话更懒得打了，在一起也不亲了，然后，然后就没有然后了，就像一对陌生人了。她以前的几次恋爱经历不是也这样的？但汪稼句似乎略有一点反常，比如他们最后一次吃饭时，是在三里屯的一家淮扬菜馆，本来不是汪稼句召集的，是胡丽晴召集的——湖南菜和淮扬菜，都是胡丽晴喜欢的。一般情况是，谁召集谁买单。可那天汪稼句一定要买单。五个人吃饭，她和汪稼句，还有胡丽晴和另两个同事小会、小庞，花钱也不多，还争来争去的。可能是汪稼句知道结局了，不想让大家觉得他太小气。那天还发生了一件事，汪稼句说肚子有点隐隐地疼，又说也不是肚子，就是在裤腰带的位置上，偏右一点儿，就是跑步跑岔了气的地方。胡丽晴朝他那儿看了一眼，调侃说没事，要怀上了也不应该是你，说罢还狡黠地看了一眼唐池子，还朝唐池子的肚子上瞟了一眼，见唐池子没搭话，又说："汪老师，你别在这儿吓唬我们，明天就近找个医院，查一下就明白了。"那天饭局散了后，和胡丽晴一起去地铁站时，胡丽晴还拉拉她说："你们怎么啦？都不在状态呀？要掰？你可别傻啊，你要敢跟他掰，本姑娘可就上了啊。"唐池子说："拿走不谢。"接下来，她就没有再收到汪稼句的任何信息了，她开始还盼着，还想问问他肚子还疼吗？去医院查了吗？但一连三天，一个字的信息都没有，又过三天，还是杳无音信，依她的恋爱经验，这就是分手的征兆了，或者换一种老辈人的说法，她被抛弃了。她要是再主动联系，就是自找难看、自取其辱了。接下来，就是她辞职的一系列计划了。从她酝酿辞职，到辞职后一周的购衣行动，算下来半个多月了，她和汪稼句再没有任何联系，这突然地送了一箱啤酒，又作哪门子妖呢？有什么含义呢？

在像素小区的夜色中，唐池子推着小推车行走在楼间的路道上，灯光把树的影子照射在路中央，小推车的轮子哗哗啦啦地从树影上碾过，凌乱而没有节奏。唐池子的心跳也像乱了节奏一样，毫无规律。

唐池子将啤酒送回家后，把小推车还给了驿站。唐池子没有急于回家。她在小区的步行街上散漫地走着，原想理理自己的心思，却无心思了。理什么？怎么理？今天的工作，并没有多少新鲜之处，既不陌生也没有挑战，尽管同事都变了，公司位置也不在全北京最豪华的商圈了，可坐在办公室里，依然是面对电脑，依然是面对一堆烂俗的文字。就是新换的衣装，也没有引起预想中的波澜——想想自己都三十多岁了，还会萌生如此天真的想法，实在可笑。这些似乎都不是重点。重点是什么呢？现在她才隐隐感觉到，从辞职，到寻找新工作，再到大量网购、变发型，这些都是无厘头的，都像她这些年的生活一样，空洞，无当，了无生趣，味同嚼蜡。

她散漫地走着，身边总有人和她擦肩而过，或从后边超越，都没有引起她的注意。她拿出了手机，不，手机一直在她手上，翻了翻朋友圈。朋友圈也没有什么好看的,她直接就搜索了汪稼句(早就从置顶位置卸了下来)。正如她所料,汪稼句也是三周多没有更新了。再看聊天记录,同样是三周多没和他说话了。但是,唐池子还是谨慎地跟他道了谢:"收到啤酒了,谢谢。"

立即就收到了回复:"夏天到了,可以喝啤酒了。"

也是不温不火的话——夏天没到时,不是也喝嘛,认识三个多月了,可没少喝啤酒。

唐池子想再回一句什么的。可说什么呢?亲密的话,显然不需要再说了。但,好奇,加上忍不住,还是问了句非常非常无聊的话:"你有新女友啦?"

汪稼句没有正面回复,理工男的本性又显露了出来,以其人之道反治其人之身地说:"你有新男友啦?"

这就没劲了,不正面回答,还把球踢回来。唐池子就决定不再回复了。

前边绿荫如盖的北京槐下有一张长条椅子,一对情侣刚离开。唐池子便走过去坐下,又看了一遍他们的聊天记录,试图从字里行间发现点什么。当然是什么都没有发现了,要说发现,就是冷淡和毫无趣味了。倒是手机突然响了——汪稼句打来了微信电话,唐池子接通了,听到对方在说:"喂,在哪儿呢?"

"还能在哪儿?"唐池子的口气悠悠的,立马又觉得这样的口气不对,不能流露出失败的情绪,又清清脆脆地说,"你呢?干吗呢?"

"不干吗。"

"不干吗是干吗?"

唐池子没有听到他的回复,却听到手机里传来一些杂碎的声音,接着是一个女人亲切而温柔地说:"抓紧把这些吃了。"

"有事，先挂啦。"汪稼句慌忙说一声，微信通话就结束了。

唐池子听得明明白白，这才意识到，人家送来的酒，是分手酒。唐池子也没再犹豫，把汪稼句的微信拉黑了。

5. 旧同事

是唐池子约的饭局。

周末了，唐池子突然想念从前的同事了。简单说，就是想念胡丽晴了，当然还有小会小庞一干小姐妹了。她们几个"狐朋狗友"有一个微信群，胡丽晴经常会在群里扔两句经典语录般的话，不时也会有小姐妹们接两句，然后就是一番嘻嘻哈哈的闹腾了。星期五下午，临下班时，有人在群里说："谁不怕骨头疼去爬个山啊！大周末的。"胡丽晴发了几个乱七八糟的表情，表示心情错乱的意思，又@了唐池子，说："好久没见到老唐了，到哪里高就啦？转眼就忘了我们，太不够姐们儿了。"唐池子就接话了："明天中午，各路人马向三里屯出击！"胡丽晴也说："好久没吃了，是时候大吃一顿了。"唐池子说："直接到'人仰马翻'吧，那家的菜好吃，十二点，不见不散！"一直潜水的小庞也冒泡了，发了个笑嘻嘻的大金牙，又说："妈呀，减肥计划要泡汤！"

周六早上，唐池子一睁眼，就想着要穿什么衣服去三里屯。衣服多了也是烦恼，就像百花丛中的无数朵鲜花，哪一朵都漂亮，不知如何采摘了。

"人仰马翻"是她们对一家好吃的湖南菜馆的昵称，就在那家淮扬菜馆的边上。那是一家时尚馆子，也是年轻人的聚集地。她和胡丽晴等几个前同事在那里聚过好多次了。让她们印象深刻的是，那里的服务员也都是帅哥美女，看着养眼。唐池子想着要穿漂亮一点。在新公司上班五天了，她按照自己的计划,一天换一套新衣服,除了周三是T恤加裙子,其他几天都是连衣裙。所以,她每天都是以不同的面目和形象出现在公司的。渐渐地,她也发现了,新同事们终于关注她了,虽然口头上都没有说,她们的眼神中,已经瞒不住对她的仰慕了。穿新裙子,还有一层意思,就是胡丽晴说过,她很适合穿裙子。那就印证胡丽晴的话是多么伟大正确吧。上班五天来穿过的裙子就不再穿了。她拿出那件一次也没有上身的裙子,在身上比画一下,这是件短袖子的连衣裙,也是香云纱的工艺,绣有轻轻薄薄的提花,布料上还有暗纹涌动,散发出一点淡淡的光影,这是桑蚕丝本身具有的诱惑力,宽松、自然,不会让人感到拘束,前襟是不常见的琵琶襟,又融合了现代、时尚的裁剪风格,细碎的捏褶让裙摆有层次的流动感,既沉静,又有飘逸的活力,关键是这种铁锈的颜色,能呈现人类心底的善意。鞋子一定要穿那双咖啡色的平底休闲小皮鞋了,长长的直发要不要拢一下呢?要的,正好有同款色的发卡,这样才能和裙装更搭。她想象一下,当她以这样的形象出现在她们面前时,会不会惊掉一大堆下巴?

唐池子临时又做了个决定,把头发再吹洗一下,让发丝更加柔软顺滑,让自然更加自然。

三里屯是年轻人的天下。混迹在年轻人中间,唐池子的脚步立马就自信了起来。从那些玻璃墙上看到自己的影像时,觉得自己和他们一样年轻漂亮。更让唐池子开心的是,她在STUDIOUS TOKYO门口,碰到了胡丽晴。胡丽晴还是和以前一样的穿着打扮,一件普通的长袖T恤,一条牛仔裤,一双白色旅游鞋,一看就是个安分守己的邻家女孩,不像她的名字那么风骚——几个调皮的前女同事都戏称她狐狸精。她此刻的扮相真是愧对她爹妈给她起得好名字了。正如唐池子所料,胡丽晴甫一看到她,嘴巴就惊成了O形:"我的个妈妈咪呀,这是谁呀?是我眼花了还是认错人啦?"

这正是唐池子要的效果。唐池子看胡丽晴的惊诧不是装的——脸都变绿了，眼珠子都要掉出来了，O形嘴半天没有还原，直愣愣像静止不动一样，心里便也美滋滋的，但表情上还是不能让胡丽晴看出来，假装随意地说："就两周不见，你就认不出我啦？你可是一点没变哦……你瞧你，别吓我了好不好？来来来，给姐抱一个。"

"我能变到哪里？我是以不变应万变。我都逛了一个小时了，腿都逛酸了。"胡丽晴说话依旧很快，跟唐池子碰了碰拳头（代替拥抱了），朝STUDIOUS TOKYO望一眼，"你逛这个店啦？男装店哦，大品牌哦，世界一流哦，是不是给汪稼句买衣服啦？瞧你这身打扮，要结婚的节奏啊。不会是挑结婚礼服吧？"

"别逗了，正好走到这儿——你知道的，我们分了。"唐池子的口气尽力保持平静，尽力不以为然。唐池子知道，如果她不早点把真相公布了，胡丽晴还会没完没了地提到汪稼句的。

"分啦？"胡丽晴几乎是大叫了，朝四周看一眼，仿佛要防着谁似的，才小声道，"真是，怎么就分啦？算了，不想说你了，说了也没用，鞋子合不合适，你自己知道。唉……不说了不说了……说真话，你这衣服真漂亮哎，网购的？我穿合不合适？"

"这是大众款，谁都合适的。"

"你怎么把头发也变啦？这个发型我喜欢，大气，自然……花不少钱吧？"胡丽晴说话不仅语速快，转换也快，"你还没告诉我找了个什么好工作呢，快快快，说来听听，新公司帅哥多吧？是不是又相中了一个？我也想跳个槽新鲜新鲜呢。时间还早，我们找个地方坐坐吧？喏，那儿有个椅子。"

唐池子几乎被胡丽晴拉着，来到一个略微僻静的长条椅子上坐下了。她们就像久别重逢一样，突然都有说不完的话。其实说来说去，也就那几句，说完就完了，都没心情再说第二遍。有些话，说了和不说一个样。有些话，回答和不回答也一个样。但，一个愿说一个愿听，就是好朋友了。唐池子对新工作还算满意。但见到胡丽晴，也流露出对前同事的怀念。同理，胡丽晴见到唐池子，也越发怀念过去在一起时的美好时光。因此，不知什么说不清道不明的原因，说着说着，突然就都沉默了。可能许多人都有这样的体会——这就好比树上的一群麻雀，叽叽喳喳地欢闹个不停，突然就都不叫了，然后又一起欢叫起来。唐池子和胡丽晴的同时沉默，也就像那些麻雀一样，无理由无原因。两人沉默了片刻，几乎同时说："走吧。"胡丽晴乐了，唐池子也乐了。这就是心照不宣，这就是声息相通。唐池子说："还有谁啊？小会、小庞？"

"小会没来，那个小美女，一定被某个帅哥拐走了，随她去吧，半个月前才做过手术。熊大、熊二也没来，估计爬山健身去了。就小庞，我们三人。"胡丽晴突然神经兮兮地拉一下唐池子，"要不要把汪稼句叫来？"

"拉倒吧，你真能想。"唐池子差点儿把拉黑汪稼句的事都说了。

"我看你们不像已经分手的样子，没有道理嘛，他哪儿不好啦？高学历，理工男，你也是高学历，文艺范儿，你们俩很搭的，天造地设啊。小矛盾还是可以磨合磨合的。要不，我来叫，我不说你也在……就叫他过来吃个饭。"

"什么意思？你敢叫他来，就你们一起吃啊，我走人，我可没心情。"

"你真不怕我们中的哪个把他抢走？"

"早说过了，拿走不谢。"

"好好好，姑奶奶消消气，瞧你这小脾气，一看就还想着人家。你自己讨巧卖乖把人家哄回来吧，救你还不领情。走，吃饭去！"胡丽晴拎包要走，突然又放下包，朝公共卫生间望一眼，笑道，"等我一下啊。包放这儿。"

唐池子看胡丽晴从包里拿出一包卫生巾，走进卫生间了。唐池子心里一冷，才想起来自己好久没来例假了。好久是多久？唐池子在心里迅速计算着。她在这方面是个粗心的人，实在是想不起来上一次例假的具体日期了，但至少延迟了一周了。一周？这也太久了吧？唐池子下意识地摸摸自己的肚子，心里突然抽搐了一下，天啦，要是怀孕了怎么办？

6. 真　相

唐池子真的怀孕了。

没有再比这个更糟心的事了。唐池子首先想到的，是她新买的这一大堆衣服，随着肚皮像气球一样一天天地鼓起来，马上就不能穿了。随即又修正了自己的想法，和怀孕引起的后续麻烦相比，几件衣服不能穿算什么啊！问题的严重性不在衣服，而是在怀孕。唐池子的手离开了平坦、结实而光滑的小腹，仿佛那儿已经敏感到不能碰触了，怎么办？要不要告诉汪稼句？告诉了又能怎么样？告诉汪稼句也只有两种可能：一种是要这个孩子，一种是不要这个孩子。要这个孩子可能吗？那是要领证结婚的，分手啤酒都寄来了，他身边都有女人了，难不成要求他？如果不要这个孩子，还有必要跟他说吗？要是让她自己决定，同样也是这两种可能：一种是要这个孩子，一种是不要。要这个孩子也是两种结果：一种是和汪稼句领证结婚，一种是做个单亲妈妈。前一种已经确定不可能了，她和汪稼句事实上已经处于分手状态了，更何况，汪稼句的新女友，仅从声音上就能判断出，是个温柔亲切的女孩，以她对汪稼句的了解，他是喜欢这款的。后者呢？那就真的要做个单亲妈妈了。唐池子心里激灵一下，她有这个能力把孩子养大？不要这个孩子也简单——她听说过，怀孕初期的手术并不复杂。可是，那有多不甘？凭什么要让她一个人承担？唐池子靠在三里屯医院门口的路灯杆上,心里是五味杂陈。其实,早在中午吃饭时,她就走神了,胡丽晴的话,好几次她都没有听到。小庞对她头发和衣服的多次赞美,她也没听进去。她最爱喝的啤酒,连一杯都没有喝完,其实只是湿了湿嘴唇——她可是能喝四罐的,有一次和汪稼句喝过八罐都跟没喝一样。最让她失态的是,最后是胡丽晴结的账——本来她是要买单的。所有这些反常现象都说明,她的心智已经凌乱了。在饭桌上,她就暗暗做了决定,饭后,去医院做个检查。她知道三里屯医院就在附近,和汪稼句散步时,也多次从三里屯医院门口经过。其实根据经验,不需要检查,她已经知道结果了。唐池子后悔没有把胡丽晴留下来,要是有个人陪在身边,心理上还有个依靠,总比靠着这根硬邦邦的路灯杆要踏实点啊。何况,刚过午后,天就变阴了,风也刮了起来。阴暗的天空下,吹来的风还是有点冷意的,而且,最后一场春雨也像她的肚子一样在飞速孕育了。

唐池子看看天色,心里也大面积地阴郁着,忍不住,给胡丽晴发了条微信:"在哪儿?"

"回家的地铁上。你呢?到家啦?"

"没有。还在三里屯。"

"哈,怎么不早说?早说我也陪陪你啊。看看帅哥、过个眼瘾也好呀。对了,你不是有新约会吧?"胡丽晴还是那样没心没肺,继续说,"中午吃饭时,我看你老走神。"

"变天了……要下雨。"唐池子嗫嚅着,语无伦次了——她是在说天气,也是在说自己。

"怎么啦?"敏感的胡丽晴还是听出来了,"你说谁?"

唐池子没再回复她。再说就要露馅了——唐池子还没有勇气把怀孕的事告诉别人。

唐池子只好准备回家了。今天是周六，至少明天还有一天的时间让她来仔细想想，车到山前必有路。唐池子只能这样安慰自己了。可在自我安慰之后，唐池子还是流下了两行清凉的泪。

"池子？真是你啊？怎么在这儿？"汪稼句突然出现在她身后。汪稼句不认识似的上下打量她几眼，脸上的表情既非常好奇，又特别欣慰和感激，"你是怎么……快进来吧。"汪稼句赶快拿出一张面巾纸，帮她把眼泪擦了。

唐池子也蒙了，完全蒙了。唐池子当然知道自己怎么在这儿了，可仿佛汪稼句也知道她为什么在这儿，只是两个人所知道的并不一致。而且，"快进来吧"又是什么意思？上哪里？是带她去做手术？可他怎么知道她怀孕啦？心灵感应？那也太神了吧？但是，从汪稼句的眼神中，还有帮她擦泪的手感中，她感觉到他满心的温情和体贴。懵懵懂懂中，唐池子就跟着他走了。唐池子看到他手里拎着一个大大的塑料袋，里面塞满了零食，甚至还有毛巾、牙刷、拖鞋等日常用品。这是为她要做手术做的准备吗？

唐池子跟着汪稼句穿过门诊大厅，一直往住院部走去。在门诊大厅里，犹豫的唐池子被汪稼句牵住了手。汪稼句的手挺大，挺柔软。汪稼句就一直牵着她的手，穿行在迷宫一样的走廊里。不时有来往的人从他们身边走过。唐池子不说话，她还在自己的情绪里没有出来，同时又混杂着巨大的疑惑和不安。汪稼句却显得轻松，不以为然，甚至带有一点点乐观的情绪。他们最终走进了一间整洁的病房。

"坐吧，正好买了好吃的，你挑挑看，有没有你爱吃的。"汪稼句把塑料袋放在靠窗的那张病床上。

唐池子这才意识到，这是汪稼句的病床。床头卡片上赫然写着他的姓名。唐池子非常惊异，同时也紧张和慌乱起来。汪稼句病了，住院了，可能还不是小病，否则不会住院的——就是上回的肚子疼？肚子疼会这么严重？她可从来没拿他肚子疼当回事啊？

"本来不想告诉你的。"汪稼句有点抱歉地说，"开始查，怀疑是肠癌，我就绝望了，准备一个人面对，谁也不讲，悄悄……悄悄等待那个时刻的到来。后来确诊了，只是普通肿瘤，但也要切除。一高兴，就给你网购了一箱啤酒，你喜欢的那款口味的……也是祝你有新的人生吧。"

唐池子听了，心里震颤一下，想说点什么，可未曾开口，鼻子一酸，说不出来了。

"你也太聪明了，护士让我吃药的话让你听到了，因为手术前要吃几天抗生素，还打了针——你是怎么打听到这儿的？其实，不用陪护，现在的医疗先进了，这就是个小手术，微创而已。"

唐池子听明白了，也后悔了，她误解了汪稼句，敢情汪稼句这些天的不理不睬，是瞒着她查病来了，而她的任性和自以为是，又给了汪稼句错误的暗示。汪稼句一定知道她把他拉黑了。他们微信交流虽然不多，但在这个时候，他一定是想得到一份支持的，拉黑了，他就得出错误判断了。而那天电话里听到的，不过是护士监督他吃药的话。唐池子心里不好受，脸上的阴郁化不开——主要是悔恨自己的任性同时也埋怨汪稼句的隐瞒，差点造成双方的误解。唐池子一肚子的话只憋出了一句："那也不能不对我说啊。"

"对不起啦小可爱小美女小姐姐，我想让这件事就像没有发生一样。然后我们就妥妥地在一起啦！"

"你呀……还需要什么？我去买。"

"不用了，采购差不多了。"汪稼句这才对她完全改变的发型和装束夸赞道，"做头发啦？好看。这件裙子漂亮哦，款式挺时尚的，颜色也好，好眼光。"

"谢谢夸奖啦。"唐池子终于还是笑了，她一笑就不能闭口，一副乐不可支的样子，还想告诉他，好衣服马上就不能穿了。但她觉得，现在还不能把怀孕的事告诉他，让他安安静静地做了手术再说吧，"告诉你呀，我一口气买了好多件漂亮衣服，知道为什么吗？我要向过去告个别，把自己变成另一个人，就是你喜欢的那个人——还怕你认不出来呢。"

"再怎么变我也认得出来。你在医院门口不是被我认出来啦？不过，我还真差点没敢认，变美啦！"汪稼句的话匣子一打开，也便滔滔不绝了，"我在门口看到你的时候，还想，头发这么美的小姐姐是咱家的池子吗？你不知道啊，两三周前，我都吓尿了，化疗可是要掉光头发的，我还专门去网上搜了搜，有的人化疗几次，就掉了几次头发，头形好看的还好，像我这个歪瓜头，不是会难看死啦！"

7. 一首歌

又是一周以后了。

汪稼句病愈出院。唐池子又约饭局了，还是在前同事的群里。这次饭局，是祝贺汪稼句出院的。

响应最积极的，还是胡丽晴。胡丽晴在群里说："你终于出现了，我也松一口气。"

"什么情况？"小庞问。

唐池子先是向胡丽晴道歉，说上次没有喝开心，这次为了弥补，把小汪也叫上了。

胡丽晴却说："小汪是谁？是你家大帅哥吗？"

唐池子反怼道:"你说呢?"

胡丽晴骂道:"就说嘛,你这个狐狸精,经常胡言乱语,发出一些不明就里的信息,不知道哪句真哪句假。真不想吃你这个饭!"

跟着是几个人一连串赞成的表情。

群里的欢乐也感染了唐池子,大家七嘴八舌起来,说着说着就乱了套,还把唐池子变了的发型也说了。更离谱的是,小庞发上来一张照片,是唐池子的一张背影(那天吃饭时偷拍的),唐池子身穿那条漂亮的铁锈色裙子,婀娜的腰肢尽显无疑,裙裾的随意摆动,又有着迷人的飘逸感,美丽的身形更是无可挑剔。虽然只是个背影,也能看出来主角的气质和相貌非同一般。唐池子很喜欢这张照片,送给小庞好几个飞吻和拥抱。

在过去的一周里,唐池子请假了,她每天只请半天假,就是上午上班,下午去医院陪护汪稼句。同时,她的工作也得到了公司的肯定,由她主创的一百二十集《聊斋故事》语音剧最初的十集大纲,通过了公司的审稿,目前已经在着手《小谢》的编剧了。

唐池子吸取了上次的教训,和汪稼句一起,准备早点到那家湘菜馆,好好点几个菜。没想到比他们早到的依然是胡丽晴。他们互相打了招呼,共同研究菜谱时其他人也陆续到了,围坐了一大桌。关于汪稼句生病的事,根本没有人关心,因为除了汪稼句自己,知道他生病的只有唐池子。也没有人关心唐池子的怀孕,她对谁都没有说,包括汪稼句。不过喝酒时,唐池子和汪稼句都露馅了,别人都倒了啤酒,就唐池子和汪稼句喝果汁。大家就不愿意了,特别是唐池子的前同事,都知道唐池子能喝啤酒,爱喝啤酒,怎么能滴酒不沾呢?但是唐池子还是不喝,说什么也不喝。她今天上午才帮汪稼句办了出院手续,正准备散席后,告诉汪稼句她怀孕的事,她怕汪稼句也劝她喝点儿,就说:"稼句不喝我当然也不喝了。"

还是胡丽晴精明，恍然道："啊？晓得了，你们两个这是要封山育林啊。"

唐池子笑嗔道："就你懂得多！你一个未婚女青年怎么懂得这么多呢？"

这等于不打自招了。

汪稼句果然疑惑地看着她，随即就搂了搂她的腰。两个人对视一眼，都幸福满满地笑了。

"受不了你们了，这狗粮撒的。"胡丽晴说，"不喝正好，我们喝！"

酒局临散的时候，不知从什么地方，悠悠地飘来了一缕音乐，似有若无的，但还能听出来，是那首非常熟悉的、好听而感人的《醉鬼的敬酒曲》："……敬所有人吧，敬谁都好，敬谁都好，敬恒星，敬行星，敬天杀的黑洞，也敬吵闹的流星……"

大家都在喝酒，只有唐池子一个人在听，听着听着，唐池子的眼里就泪光闪闪了。她本来是想着向过去告别的，不仅要从造型上、装束上，还要从心情上，未承想，兜兜转转却又回到了原点。但她又确实是告别了什么。告别了什么呢？

· 作者简介 ·

陈武，男，1963年4月出生，江苏东海人。曾在《人民文学》《中国作家》《十月》《作家》《钟山》《芙蓉》《花城》等杂志发表文学作品，多篇小说被《小说选刊》《小说月报》《中篇小说选刊》等选载。出版《三里屯的下午》《自画像》等作品集六十余种，代表作有小说《连滚带爬》《中介》《像素》等。

识鸟音

□ 金岳清

1

涉及丈的案件发生时，丈父亲作古已经三十年，但丈的案件与他父亲有关。所以，话应该从丈父亲说起。

丈祖上历代经商，到丈父亲这一代，已是"生意兴隆通四海"。丈父亲开米行，这是承袭上代的，上代又承袭上代。丈父亲在世时曾经追溯过，但只能半途而废。因为，家族史料记载的仅数代而已，丈父亲也只好放弃后半截追溯。在有限的追溯过程中，丈父亲有两点欣慰而悲哀的发现：其一，从丈父亲开始上溯，先人逐渐满腹经纶，呈阶梯式递进；其二，从丈父亲开始上溯，米行的气魄却逐渐递减。丈父亲自愧前者弗如祖宗，但后者却能让他聊以自慰。有时三两黄酒润过喉，捻须小嚼，倒也踌躇满志，但想起眼前，膝下并无一子半女，又常常暗自落泪。

　　某一日，丈母亲忽然告诉丈夫，自己已有身孕。丈父亲立即喜形于色，搂着妻子，不停地抚摸妻子柔软的肚皮，又每每在妻子熟睡时，把耳朵贴在妻子的肚皮上听胎儿的躁动，以致每次都把妻子从甜梦中惊醒。日里丈父亲更是温酒不离手，小曲不离口，怡然自得。但好景不长，正当丈在母亲肚子里住到七个月左右，丈父亲却和人家打了一场关于米的官司。结果，因少喝墨水之故，以输得焦头烂额而告终。丈父亲咽不下这口气，一下子病倒，卧床不起。又一日，他自知难以支撑到孩儿出世，便让妻子眼泪汪汪地坐在床边，对着妻子姣好的面目说："要是男儿，让他读书吧！"丈母亲凝视着面目憔悴的丈夫，顿时声泪俱下。他伸出右手在妻子抽搐的肩上轻轻抚摸。妻子收住眼泪，默默点头。这天夜里，他便瞑目了。也许天知人意，半个月后，他妻子生下一男孩，取名丈。但丈父亲却无法目睹这玲珑剔透的孩儿。

　　时间又过去二十年，丈母亲在丈二十岁那年匆匆谢世。她一生最大的遗憾是没有在有生之年目睹丈金榜题名，聊以慰藉的是她在行将瞑目的时刻，她的丈已是乡里秀才，她觉得她已对得起九泉之下的丈夫。另一个是她在有生之年给丈娶了一位如花似玉的妻子。小夫妻如胶似漆，一年之后，她自己却悄悄谢世。谢世的那天夜里，她本来也不想惊动这对小夫妻，但她记起该留点遗嘱。所以，才把丈叫到床前，淡淡地说："读书吧！"丈便把这话记在心上，一直到行将就木时，他还能亲切地回忆起那晚灯光暗淡时母亲说这话的情形。相依为命的小夫妻过了三年，丈那位如花似玉的妻子经不起生活的磨难，也早走一步。丈记得妻子撒手而去时，家中已经绳床瓦灶。丈还清晰地记得妻子走之前，她最喜欢的那株春意盎然的紫藤骤然间枯萎。这是那天早晨发现的，他妻子路过后院的紫藤，当时尖叫了一声。第二天，妻子的脸便同那株紫藤一样也开始枯萎。后来紫藤连同妻子都没了，丈舒舒扬扬地哭过一场，把妻子葬在紫藤生长的地方。此后，丈仍然每日里摇头晃脑，读他的之乎者也。

2

七年后，红灯县出了一起人命案，罪犯很快被捉拿归案。据说案发时，正下着鹅毛大雪。被害者是一个商人，出事地点在一条山间小径。两个当差的执行某一差使路过那条山间小径时，发现山间小径上有一具被积雪掩埋的死尸。被害者死时留下的一摊血早已凝冻，周围的雪却被衬托得一派通红。现场除留下一排脚印外，还留下一根有十二个花纹图案的白色带子。因为脚印落在积雪上，所以格外醒目。这很方便，两个当差的便趁这脚印追踪。大约过了两里之遥，脚印在一座破山庙门口戛然而止。当差的从破庙里抓出一个书生。书生乃是丈，丈见当差的如狼似虎，战战兢兢说自己不明白为什么吃官司，当差的没有回答。他又问是否是他父亲留下的官司，当差的说不认识他父亲。其实，他母亲早已告诉过他，他父亲的官司老早以一败涂地而告终，并无留下什么后遗症。当差的不说话，如虎似狼地用麻绳把丈反捆个结实。

丈说："我要告你。"

当差说："你告你自己。"

丈说："我为什么吃官司？"

当差说："你比我明白。"

丈说："我乃一介清白书生。"

当差说："清白书生不清白。"

丈说:"为什么?"

当差说:"不为什么。"

丈说:"不为什么你为什么抓我?"

丈想听当差的话。当差的没有动嘴,却动了水火棍。丈的屁股颤抖了一下。丈觉得屁股被人割去一块肉。丈又记起《水浒传》里李逵将冒充李逵的李鬼打死,在他腿上割了两块肉的情节。丈突然想到自己要死,和李鬼一样的死。不同的是李鬼先死后割肉,自己先割肉后死。丈想不到自己比李鬼还惨,丈想哭。

丈和当差的一行三人沿着老路走,老路上有了六排脚印。丈恍惚记起这条路好像走过,当时只留下他走的两排脚印,现在却有六排。

当差说:"走过这路?"

"走过这路。"丈说。

当差说:"哪个时辰?"

丈说:"午时。"

当差的又不说话,雪在三人脚下发出脆响。临近那具尸体时,丈脸色十分难看,当差的脸色十分好看。当差的还露出满意的一笑,在当差的这一笑完毕时,丈开始清醒,于是丈感觉到某种灾难的降临。而在当差的这一笑的动作没有完全完成时,丈已完成了对那个神奇故事的复习。

3

相传春秋时期,有一奇人能听懂鸟语,此人名叫公冶长。一天,公冶长坐在破败的山庙里,对着牖,牖外面是纷纷扬扬的鹅毛大雪,大雪把大树小树山岩全盖了。

突然间，公冶长听见有鸟音，像是叫他。公冶长把头探出牖外，牖外的一块雪地上有很多鸟，鸟们摆出觅食的姿态。公冶长环顾左右，见瓦灶边的缶，公冶长在缶中取粮，缶中唯底壁而已，公冶长有饥肠辘辘之感。俄顷，公冶长又听见有声音叫他，公冶长复把头探出牖外，四周全是白得灿烂的雪和在雪中觅食的鸟。公冶长很纳闷，他怀疑这鸟音与饥肠辘辘有关。公冶长把头缩进牖时，又听得真切，有声音真的在叫他：

公冶长、公冶长、公冶长，
后山有只虎咬羊，
你吃肉来我吃肠。

四周仍是没有人，唯见一羽毛十分鲜艳的鸟，停在树杈上含情脉脉地看他。少顷，那鸟真的又张开嘴叫公冶长。公冶长大骇，惊得书从手中滑落。公冶长以为奇鸟，犹豫再三，决定去后山找羊。

那只羽毛十分鲜艳的鸟在前面飞，公冶长跟在后面走。公冶长走得很快，鸟飞得不紧不慢，但公冶长还是跟不上鸟，总是相距五十步上下，这距离后来一直保持到那个预定地点。预定地点到了，鸟先停下来。公冶长走过去一看，鸟停在死羊肚上，死羊颈项已被咬烂。地上血已凝冻，好像红宝石一样灿烂夺目，把周围晶莹的雪映得通红。这晶莹的雪和灿烂的血交相辉映，形成辉煌世界，公冶长感觉一片温暖。

接下去仍是那鸟在前面飞，公冶长跟在后面走，羊在公冶长后面。公冶长与羊之间多了一根白带，公冶长腰间却少了一根裤带。公冶长记得那带子是母亲在他十岁那年的冬天给他结的。

后来的事情，公冶长知道自己错了，错得明明白白又稀里糊涂。公冶长拿那羊饱餐数日，鸟一直蹲在公冶长身边没有离开半步。当公冶长将最后一块肉咽下，摇摇晃晃地去提羊肚肠时，鸟跟在公冶长后面。公冶长把羊肚肠提到后院，鸟跟到后院，公冶长看了鸟一眼，发出阴冷的笑，鸟颤抖了一下，落下一根疼痛的羽毛。接下去是公冶长把羊肚肠扔进粪坑里的声音。

又一日，公冶长坐在破败的山庙里，对着外面纷纷扬扬的鹅毛大雪。大雪把大树小树山岩全盖了，大地一片银装素裹。

公冶长又听见有鸟叫他，鸟说后山又有虎咬羊，鸟又说公冶长吃肉它自己吃肠。公冶长想起羊肉味，口水止不住流在书页上。公冶长用宽大的衣袖轻轻拂去书页上的口水。鸟又在叫公冶长：

公冶长、公冶长、公冶长，
后山有只虎咬羊，
你吃肉来我吃肠。

仍然是那只羽毛鲜艳的鸟，停在树杈上看他叫他。公冶长这回没有犹豫，合上书，掩好门出去。鸟又飞在前面，公冶长仍然跟在后面。鸟飞得快，公冶长跑步走。公冶长仍然追不上鸟，鸟折回老路引公冶长。出事地点到了，鸟背着公冶长骑在尸体鼻梁上，又有很多鸟飞过来停在尸体的脸上。公冶长看不清，远远看见以为这只羊大，公冶长解下腰间的裤带。公冶长走近时，鸟"轰"的一声全部飞走了，公冶长这回看见的却不是羊，而是一具死尸。死尸脸色苍白，颈项稀烂，地上的血已凝冻，周边是血色的雪。公冶长觉得血是自己身上流出来的，冷得发抖。公冶长头皮发麻，牙齿打战，两脚发软，转身想逃走，裤子掉在地上差点把他绊倒。公冶长两手抖抖地提着裤腰,裤带落在雪地上。裤带是上次的裤带,是母亲给他结的。公冶长没有捡,逃命要紧,公冶长就提着裤子逃回破山庙。

4

县官坐在府堂上,三响鼓鸣之后,有人高叫升堂。声音宽阔而洪亮,结尾时却把余音拉得如缕缕青烟袅袅升腾。差役分立两旁。县官令差役押上罪犯,差役把丈带上来。丈见了堂上气魄,一时昏昏然,怀疑自己是否已进入天堂。差役见丈木讷,在他屁股上狠狠踢了一脚,丈两膝着地。丈看见穿绿袍的县官正襟危坐,头上乌纱帽两边长出两块长方形的小黑布,县官说话时,小黑布上下跳动。丈觉得当县官很有意思。丈记得母亲在世时对他说过:"官是书读出来的。"丈想,县官也肯定是书读出来的,可自己读到现在还没当官。丈感到悲哀,自己不及坐在府堂上的县官。正当丈悲哀时,丈忽然发现县官胡与须都很长。丈摸摸自己的胡子,没有县官长。丈觉得县官年纪大,读的书多,所以当官,所以坐府堂,等自己胡与须也有县官这么长时,自己肯定也会当县官。丈希望自己的胡与须快长,越快越好。丈又发现,县官座位后面有一幅画,画面上是一只大老虎。丈想,虎是什么意思,是否代表县官?虎会吃人,那么县官是否也会吃人?丈又想,坐在府堂上的县官是好官还是吃人的官?

丈正想时,惊堂木被县官拍响,丈突然间被惊堂木惊醒。

县官说:"姓名?"

丈说:"丈。"

县官说:"姓?"

丈说:"丈。"

县官说:"名?"

丈说:"丈。"

县官觉得好笑,觉得好笑的县官没把笑露在脸上;县官又觉得好气,觉得好气的县官把气表现在脸上,脸气歪了半边。

县官说:"何方人氏?"

丈说:"红灯县。"

县官说:"红灯县什么地方?"

"山上。"丈说。

县官说:"山上什么地方?"

"山上庙里。"丈说。

县官说:"什么活儿?"

丈说:"读书。"

县官说:"读书算屁活儿。"

丈嘴上没说,心里在说:"县官算屁县官。"

县官说:"你杀人?"

丈说:"我没杀。"

县官说:"那是谁的脚印?"

"是我的脚印。"丈说。

县官说:"是谁的裤带?"

县官说是谁的裤带时,差役李把那根有十二个花纹图案的白带子掷在地上。"噗"一声,丈抬头看见地上的裤带就在自己眼前。

"我的裤带。"丈说。

丈捋开褴褛衣衫,县官看见丈裤腰上多了一根草绳。

县官说:"你杀人。"

"我没杀。"丈说。

县官说："先打三十大板。"

丈还蒙着,丈正在想应该怎样回答。水火棍落下来,丈先是杀猪般嗥叫,后不再嗥叫,单是呻吟。缓了好一会儿,丈气若游丝,趴在木凳上断断续续地讲公冶长的故事。丈讲完故事时已满头虚汗,脸色白得吓人。

5

县官听完故事,似有所悟。离开大堂案,慢慢转到丈的边上,轻轻地说："你亦有此遇?"

丈抬起头来,吃力地说："是。"

县官俯下身说："会听鸟语?"

丈又低头说："是的,老爷。"

县官捻须沉思。当县官再次把目光落在丈身上时,县官说退堂。差役们都发呆,互相对看几眼再看堂上时,县官只留给他们一个可笑的背影,差役们在莫名其妙中退堂。

县官传差役李。差役李在西书房里见了县官。县官反剪两手望着窗外世界沉默不语。差役李站在他后面不敢抬头。过了好久,差役李才轻轻地说："老爷有何吩咐?"

县官转身的动作十分缓慢。差役李在心里寻思:老爷心里可能又在酝酿着计谋。因为老爷过去酝酿计谋时转身动作都这样缓慢。县官轻轻挥了一下手,婢女们都退下,连师爷也退下了。屋里只剩下县官和差役李,差役李受宠若惊。

县官说："去抓把米。"

差役李说:"是。"

县官又说:"去倒杯卤。"

差役李说:"是,老爷。"

差役李完成这两件简单事情后,县官指点差役李把米倒在卤杯中搅拌,又把搅拌后的米放在一个青瓷碟里。接下去县官和差役李耳语了几句,差役李有惊愕之色呈现于脸上。差役李又有欣喜之色呈现于脸上,因为他又一次证实自己的猜测。

又是一个阳光灿烂的日子,丈醒来时,见一缕阳光漏进狱中,坐起来伸伸懒腰。丈见一狱卒走近,丈对着狱卒说:"我要读书。"狱卒给他一个凶恶的眼神,还有一张狰狞的脸。丈身上起了鸡皮疙瘩,丈记起水火棍落下时差役的眼神和面容也是这样的。丈不再说,丈怕水火棍。丈木然时,狱卒踱开,丈又轻轻说:"我要读书。"

"读鸟书。"狱卒说。

有人叫狱卒,丈听不清狱卒的名字,狱卒没看丈就走。丈想叫他,丈没叫时狱卒就走开,丈把目光留在狱卒的背上,又跟狱卒背影一起被吸进门里。

这时候,丈突然听见有鸟叫,声音在屋檐上,有些嘈杂,似乎在埋怨什么,又有打翻碟子的声音。

有声音高唱升堂,声音仍然宽阔而洪亮,有股蔓延之势。差役们仍然分立两旁,各人手里都拄着水火棍。丈被差役押上,丈这回没有让差役蹬脚就跪下。丈看县官身后屏风上的虎比第一次温和,丈想县官是否温和。丈看县官时县官正好看丈,目光相遇时,丈屁股又颤抖起来。丈忙把目光向下压,目光落在县官靴上,丈感到脚冷。县官把惊堂木一拍,丈冷得发抖。

"半个时辰前听见什么?"县官说。

丈木讷，目光停在县官靴上。

县官又说："半个时辰前你听见什么？"

"有，有鸟在说话。"丈猛然醒悟过来。

县官说："鸟说什么？"

丈抖抖地说："米好吃，咸些。"

县官心里咯噔了一下，变了脸色。

县官说退堂。

6

县官退了堂，背着双手，腆着肚子笑意盈盈地进了西书房。西书房中竹笼里的那只长尾巴鸟叽叽喳喳地叫着。县官高兴，高兴是因为他自己聪明，不费吹灰之力得到了一个懂鸟语的人。师爷见县官高兴，他也高兴，师爷佝偻着细腰，笑着山羊皮的老脸跟在县官一旁，说道："老爷，明镜高悬，老爷明镜高悬哪！"

县官走到书案前做出一个伸手的动作，师爷便捡起案头上的细竹签递给县官，县官踌躇满志，接过细竹签，便拨弄起竹笼里的长尾巴鸟来。长尾巴鸟也十分兴奋，享受着县官的挑逗，上蹿下跳，色彩斑斓的羽毛闪耀着亮丽的光芒。

天快黑下来时，下起了雨。雨不大，但能听见"沙沙沙"的声音。丈很纳闷：县官莫名其妙为什么又退了堂？丈蜷缩在墙角边寻思了很久，也不得要领。到了后半夜，丈想睡，但又睡不着，丈想起妻子曾经告诉过他一个办法：数羊。丈内心狂喜，差点笑出声来。丈调整了一下躺姿，开始默默数羊，但脑子一点都没有混沌起来，反倒越来越清晰，羊数到一千，外面的雨也被丈给数停了，再也没有听见雨的声音。月亮的清辉从牖外面倾泻进来，泥地上似乎多了一层薄薄的雪，搞得周遭寒彻，丈干脆不睡，看着地上明晃晃的白光，在黑暗中想起妻子。

7

多年以前，丈记得是一个秋天。秋天是丈的秋天，一年四季，丈最喜欢的是秋天，每年到了秋天，丈就会感到一身轻松，舒适，时刻有雀跃的感觉。已是乡里秀才的丈，这一天仍然是坐在书房里读书，从书房的牖看出去，外面是一条大路，大路从远处延伸而来，在村口拐了一个温柔的弯，就流进村来。其实，丈早已无心读书，这天早晨穿衣时他就记起邻村徐媒婆三个月前说的话："这媳妇儿恁个标致啊！"

徐媒婆说这话时，喜形于色，那神形依然鲜亮。丈手中捧着书，屡次抬头看看牖外面，大路上是否有他的媳妇儿袅袅走来。从早上一直看到下午，丈真是有点望眼欲穿。后来，丈累了，趴在书案上睡着了。丈做了一个梦，梦见一美人儿在竹林里羞涩地向他招手，那方红手帕在翠竹间闪烁，映得小脸儿通红。丈还在疑惑，一阵风吹来，翠竹林嗖嗖作响，丈刚抬起头，美人儿倏地一下子不见了。丈大惊，就醒了过来。这时候，牖外面大路上锁呐声此起彼伏，一顶小花轿款款而来。丈扔掉手中的书，狂奔而去。到了门口，丈看见花轿上落了一只小鸟，欢快的唢呐声早已把空气渲染成玫瑰色，小鸟叽叽喳喳地在花轿上雀跃。丈远远看去，心头涌上一句：这一队人马喜气洋洋。等到新媳妇出轿那一刻，丈用手去搀扶她时，丈听见站在轿顶上的鸟冷不丁地说了一句：

"百年好合。"

丈内心一振。这在丈听起来既含糊又清晰，丈想倾身再听，那鸟又飞到轿顶上自个儿啄着花布，偶尔抬头看看人群。那天晚上，洞房花烛时，丈几次想问新娘听见没有，又怕骇了她，所以一直不敢开口。当然，丈也怕自己听错了音，这鸟怎么会说话呢？简直是荒唐。或许是自己偶然间的恍惚。

8

天快亮时，丈真的撑不住了，这回，丈不需要数羊就迷糊起来。

第二天，丈醒来时，牖外面阳光普照。师爷来了，师爷说自己奉老爷之命，请丈到西书房茶叙。丈在心里嘀咕：屁茶叙，还不放人。

丈在嘀咕时又担心破庙里熬粥的炭火是否熄灭？如果炭火没有熄灭，那瓦罐里的粥是否会熬煳。丈记得那天差役来得很急，容不得他盖上炭火，就连大门也没有掩上，丈是想先盖了炭火，再关上门，用绳索系上，免得有野东西闯进来。差役不管，差役只知道挥动手里的水火棍。丈看见差役手里的水火棍两股就发抖。结果是连大门也没有掩上，半扇门还敞开着，丈回头往里看了一眼，桌上的书还被凛冽的雪风吹得呼啦啦作响。那头顶上的水珠呢，有无掉下来落在书页上？头顶上的水是从瓦片里渗透出来的，大概是这老庙年久失修，山风把瓦片挪了位置，也可能是瓦片破损了，留了缝隙，这瓦片上的雪化为水，这水便渗透进来。渗透进来的水会沿着梁和椽蜿蜒而来，偏偏到了书案的顶上停下来，不走了，凝聚成水滴，滴下来，落在书上，"啪"的一声，书页上便有了一点圆圆的水晕。丈马上把衣袖按上去，吸去水，才不至于让水渗透下去，坏了书。有时这水珠也落在丈的头上，啪一下，冷不丁掉下来，打在丈的天灵盖上。丈吓了一跳，以为神，慌忙跪在地上，请山神保佑。可跪了大半天，却不见动静，丈又抬起头来，骂顶上这该死的水滴："你这蠢货。"

丈的意思是：你这蠢货，为何不再往前走几步？但水滴不管他，只顾自己爽快，只要是蓄够了，蓄满了，就照样"吧嗒"一声落下来，至于是落在书上，还是落在人上，抑或落在地上，这不管。有几次，丈仰起头骂头顶上的水珠时，水珠冷不丁落下来，不偏不倚，正好落在他的嘴里。丈还没反应过来，水珠就被咽到肚子里。丈大惊失色，"扑通"一声跪在泥地上，对着顶上又在集聚的水滴纳头便拜，口中念念有词：

"水滴大人在上，小的冒犯大人，望乞恕罪，望乞恕罪。"

奇怪的是，硕大的水滴竟然停在那儿，粘在梁上，引而不发，圆圆的，亮亮的，像一只小眼睛看着丈，似乎在笑。丈突然又涌上一句：

"头上三尺有神明。"吓得趴在地上不敢动弹。

9

师爷在前走，丈在后面跟着走，跟在后面的丈惴惴不安。师爷把双手相互插进袖口里，弓着背，深灰色的绒帽已经褪去了光泽。丈也弓着背，踩着师爷的脚印走，清涕不断流出来，落在雪上，太阳已三丈高，天地间一片光亮，没有风的时候有些暖和。

进了大门是二门，过了二门是大堂，往大堂西侧走，出小门是迎宾馆，穿过迎宾馆往北到了西书房。走进西书房，看见中央置一只巨大的铜火炉，火炉里烧着白炭。室内温暖如春，丈伸了一下腰，看见县官一个背影。县官穿绿袍，头戴黑缎帽，后背搭一根长辫。县官正在逗鸟，听见背后有声音，便慢悠悠转过身来，丈早已伏在地上叩首。县官手里拿着一根细竹签，笑意吟吟，让师爷扶起丈。丈看见书案上放着一个鸟笼，鸟笼高大，圆桶形，是青竹丝编织的，泛着淡黄色光亮。笼子里一只色彩斑斓的长尾巴鸟上蹿下跳，叽叽喳喳地叫个不停。丈一时也听不出所以然。

县官让丈坐，丈不敢坐，红木大椅油光水亮的，丈怕自己的屁股脏了红木大椅。师爷也示意丈坐下，师爷给丈来了个示范，妥妥地坐在旁边的红木大椅上，用手捋了一下旁边茶几上的那盆兰花。丈战战兢兢地走到红木大椅边上，用手摸了几下油光水亮的红木大椅，抖抖地坐了上去。

"十万雪花银。"

丈的屁股刚挨上去，鸟笼里的长尾巴鸟突然高叫了一声。这声音饱满、洪亮，中气十足。

丈吓了一跳，从大椅上滑落下来，一屁股坐在地上。县官和师爷都哈哈大笑。丈看见长尾巴鸟眼露凶光，从笼底猛然往上一跃，两只锋利的尖爪紧紧抓住笼壁，回过头来盯着丈看了两眼，又用尖锐的嘴啄了十几下笼壁上的青竹丝，才安静下来。

10

县官让丈留在衙门做个书吏。

这是师爷告诉丈的。夕阳西斜，师爷和丈从西书房退出来走到墙角边时，师爷才兴冲冲地对丈说："恭喜了，老爷有意让你留下来做些笔墨文章。"师爷以为丈会千恩万谢，或者"扑通"一声跪在地上给他叩个响头。但丈没有，丈无动于衷。无动于衷的丈跟着师爷走到西书房北面的两间小瓦房前，师爷推开门，里面早已被人收拾得干干净净，各种家什，一应俱全。书案上还有一叠旧书，书边放着一个粉青色梅瓶，一支蜡梅从瓶口斜出，黄花淡韵，清香四溢。小瓦房西侧是一条大道，大道尽头是绵延的山峦，山峦上白雪皑皑。西沉的夕阳斜照着地上的积雪，房间里明亮、整洁。丈有些喜欢，就住了下来。

这一夜，丈辗转反侧，丈几次想起西书房那只色彩斑斓的长尾巴鸟突然间高叫起来，心里不觉暗自好笑。"十万雪花银，十万雪花银……"丈在被窝里模仿了好几回后，觉得味道寡淡，又在黑暗中胡思乱想起来。丈先是想起如花美眷，想起自家后院那株春花烂漫的紫藤，有一日早晨莫名其妙地突然枯萎下去。

后来，丈又在黑暗中想起已经十分遥远的少年故事。

11

也是一个下雪的冬天。那时候他还小，十几岁吧！十几岁时他寒窗苦读，整天在书房里摇头晃脑诵读四书五经。每天读书前，他都要沐浴、更衣、焚香，然后在父亲的牌位前跪下来，上三炷清香，叩上三个响头，再正襟危坐在书案前，轻轻打开书，认真诵读。他记得是一个冬天的上午，牖外面飘着雪花，他读累了，伏在案上闭了一会儿眼。待他再睁开眼睛时，看见一只羽毛漂亮的小鸟从雪花纷飞中斜穿过来，落在自家院子里，小鸟裹着瘦小的身子，冻得发抖。他已无心读书，出了门，踩着厚厚的积雪到院子里看小鸟，小鸟玲珑剔透，羽毛五彩缤纷。他突然间有了眩目的感觉，也动了恻隐之心，蹲下来。小鸟注视着他，他伸出小手轻轻抚摸小鸟漂亮的羽毛，小鸟啁啾低吟，惹他爱怜。他伸出小手捧回小鸟，把小鸟轻轻地捂在怀里，小鸟轻轻地啾了一声，把落满雪花的身子往他胸口贴过去。他把小鸟捧到书房里，书房要比院子暖和多了，冬天的日子里，母亲都会在他书房里红起炭火，炭火在瓦罐里泛着暗红色的光，蒸腾的热气从瓦罐顶口散发，房间里便渐渐暖和起来。他把小鸟放在书案上，书案上放着一卷《论语》，一把青竹戒尺，书案右上角还有一杯温热的糖水。青竹戒尺是他为自己准备的，用来惩罚有时候昏昏欲睡的自己。温热的糖水是母亲刚送来的，母亲说，冬天太冷，给他暖暖身子。他把温热的糖水倒一半在青花破碗里，放在小鸟面前，小鸟喝得很兴奋，叽叽喳喳在向他诉说着什么，他听不懂，但他看见小鸟的眼睛晶莹发亮，他再看时，小鸟突然跳到他的肩膀上欢呼雀跃。母亲进来是给他送点心的，母亲看见了，没有责怪他，只是转过身去暗暗垂泪，他用青竹戒尺打了自己左右手掌各二十大板。手掌通红，浮肿，火辣辣的，生痛。他又摇头晃脑读《论语》，小鸟蹲在书案上目不转睛看着他。到了午后，雪停了，太阳出来了，大地一片耀眼，小鸟飞出去了，又欢快地飞回来，停在他的膝盖上，不停地啁啾，如此反复了多次。小鸟最后一次是从窗口飞出去的，小鸟在窗上停了好久，看着他，突然开口说了一句：

"谢谢你！"

他大惊失色，抬起头来，看见对面的小鸟对他莞尔一笑，飞了出去。他浑身一抖，手中的《论语》滑落在地上。这一夜，他一直没睡着。

12

县官病了。这是从伙房里传出来的消息。

丈暗自寻思道：怪不得这几天都没有见老爷了。这几天也没有什么关乎人命的诉状，只是本街清河坊南货店的陈三发为半垛墙基与侄儿陈和令发生口角，双方争执不下，陈三发要把侄儿陈和令扭送衙门问罪。侄儿陈和令怒不可遏，认为这事情本来就是叔叔的错，这回还六亲不认，要把他送官处置。所以，他火气攻心，一拳直捣叔叔脸颊。陈三发正好回头，这一拳恰好打在陈三发嘴上，当场就断了两颗门牙，鲜血淋漓，嘴唇肿得与胀了水的海参一样。陈三发一纸诉状把侄儿告到县衙，等待县官老爷重重处置。

丈翻了诉状，放在一边，站起来伸个懒腰。突然听见鸟笼里扑扑作响，抬起头一看，又是那只长尾巴鸟在竹笼里闪转腾挪，那鸟五彩斑斓，腾挪起来更是让丈眼花缭乱，丈只觉得一面斑斓锦旗在他眼前恣意漫卷。丈背着手，慢慢踱到鸟笼前，一缕阳光斜照进来，落在鸟笼上，长尾巴鸟兴高采烈，一边跳跃，一边唧啾个不停，还对着丈，不停地挤眉弄眼。丈想捡起书案上的细竹签轻轻拨弄鸟尾巴，长尾巴鸟倏地蹿下来落在笼底，笼底垫着厚厚的印花蓝布，上面有很多白花花的鸟屎。长尾巴鸟低头啄了几下印花蓝布，又用爪子抓了几下，发出嘶嘶的声音。这时候，长尾巴鸟突然张开翅膀，伸了一个大懒腰，丈眼前忽然间展现出一片宽大的织锦，亮丽而炫目，并袭来阵阵温暖。丈正木讷时，长尾巴鸟突然叫了起来：

"赛西施，赛西施。"

丈听得真真切切，这声音清亮，平稳，有厚度。丈把手中的细竹签惊落在地上，一时傻在那里。长尾巴鸟看见呆头呆脑的丈，嘻嘻哈哈叽叽喳喳地又笑又叫，上蹿下跳个不停，那片美丽的织锦早就收起来，又变成一串抖动的彩色音符。

县官得的是伤寒。夫人传令请医生过来问诊，医生给县官号过脉，又问县官早几天安寝如何？去了哪里？县官表情淡漠，反应迟钝，半闭着眼睛支支吾吾，说得不明不白。夫人怒火中烧，好在能压住，但脸色铁青，柳眉倒竖。医生早有所闻，县官倾心清河坊，醉意摆酒营。那里夜夜笙歌，处处莺语，即使寒冬腊月，大雪纷飞，也春意盎然。县官乐不思蜀，常常陷入温柔乡彻夜不归。医生又让众人且先退下，让夫人也退下，请小童帮忙，揭开老爷内衣，看见一片玫瑰疹。医生附在老爷耳边轻轻说道："不碍事，得的是伤寒。不过，还有，还有，老爷您那个一点吧！"医生诡异地笑笑，县官把刚睁了一半的眼睛又闭上，嘴里嘀咕着："春宵一刻哪！"

师爷把医生引到西书房给县官开了处方。医生看见坐在书案前看书的丈有些异样，师爷说，刚来的书吏，帮老爷整理文案，起草文字，还有，还有……

"闭嘴。"

长尾巴鸟突然大叫一声，从笼顶一跃而下，丈压根儿没有想到这鸟声如此骇人。师爷与医生被弄得莫名其妙，俩人都回过头来看着鸟。鸟又若无其事，自顾啄着青花瓷杯里的米，一边惬意地理理自己色彩斑斓的羽毛。

13

半个月后，县官恢复了状态。

那天早晨，丈在睡梦中听见西书房那边有琴声悠扬。丈醒过来，侧耳倾听，原来是县官在抚琴，弹的是《高山流水》，琴声沉静古雅，又有潺潺流水蜿蜒曲折之韵，丈如饮甘露，豁然间神清气爽。丈在床上回味琴声，再三咀嚼，仍有余音绕梁。过了一会儿，丈又转身看牖，牖外面有丝丝亮光。丈正待起床，门口已有小童在叩门，说老爷有事吩咐，让他速速起来。丈推开门，外面空气十分清新，但琴声更加清纯，仿佛有一丝丝甜意。有几只鸟零星地落在屋檐上，侧着头，似乎也在欣赏县官的手艺。一阵风吹来，空气依然凛冽，屋檐上的鸟都拥进院子里，静静地落在树枝上，丈听见很多鸟七嘴八舌,声音嘈杂,听不真切,好像在抱怨这鬼天气冷得要命。

师爷和县官已在等候。师爷站在县官边上,手里提着西书房的鸟笼,那只长尾巴鸟在笼子里不停地腾挪,师爷手里的鸟笼晃荡不安。

丈在县官面前停下来,接过师爷递过来的鸟笼,三人从县衙出去,穿过紫阳街,向右拐了弯。走在大路上,丈远远看见西山上有四塔,四塔星罗棋布,高低点缀,错落有致,等走近仔细看时,风格也各异。县官指点着四塔,对丈说这都是旧物,隋、唐、宋、元各一,一山四塔,自己为官几十年,南北辗转,也不多见。山下有一亭,亭为六角,飞檐已有损,木柱上红色亦已褪去大半,看上去斑斑驳驳,柱上刻有一副联:

四面云山供点笔,
一庭花鸟助吟诗。

字迹遒劲,又不失风雅。底下石栏杆犹存,栏杆上面留有残雪。亭中有一巨碑,然字迹已模糊不清。师爷说:"县志上有此碑记,内容为修塔记。"丈仔细察看,果然有"重修西山千佛塔记"篆额,篆额虽有残损,但能依稀辨认。

再走过去是一片缓坡,此时天地间一片清亮,缓坡上树木高大,大多为古柏,间或有青松,树林里有很多鸟叽叽喳喳地在诉说着什么。丈手中笼子里的长尾巴鸟也兴奋起来,在笼子里扑腾、欢叫。丈把手中的鸟笼高高举起来,对着树林里的鸟,树林里的鸟鸣声霎时间响成一片,问好声、招呼声、笑声、歌声、嬉闹声,长调短音,高亢的、温婉的、激越的、舒缓的各种声音互相交织,树林里成了一片欢乐的海洋。丈侧耳倾听了半天,感觉这声音里充满了喜悦、快活。县官问丈树林里的鸟说了什么?丈说这鸟音太嘈杂，自己辨不出来，只是感觉到树林里有五彩的流星雨在飞倏，闪亮闪亮的，让人眼花缭乱。县官说这个感觉他也有，关键是如何听清楚鸟们在说什么？丈说自己再仔细听听。县官嘴上没说，心里却打鼓：这小子葫芦里卖什么药？要命的时候听得十分清楚，现在又在装糊涂。县官往前走了几步，站在一棵古柏下侧耳倾听，不想古柏上的大黑鸟往下看了一眼，兴奋地叫了一声："着！"

一坨热屎掉下来，刚好落在县官的左肩上。丈差点笑出声来，师爷慌乱中掏出怀里的手绢一路狂奔过去，看见县官已经跳出三步，苦着脸，杵在那儿。师爷用手绢擦去县官左肩上热气腾腾的鸟屎时，县官哭丧着脸，用手捏住鼻子，嘴里不停地说：

"臭，臭！"

"咯咯咯，咯咯咯咯……"丈手中的长尾巴鸟突然开怀大笑，这笑声十二分清亮，仿佛是一道白色亮光飞入树林里，树林里的鸟全都大笑起来。这笑声宏大，宽阔，震耳欲聋，一浪一浪，此起彼伏，丈似乎感觉到有浪花在飞溅。县官先是一惊，后来就呆在那里，再后来似乎有所悟，才把僵硬的脸渐渐松开来。丈说："好像是笑声。"县官独自浅笑了一下，点点头说：

"我听也是。"

丈内心一惊。丈回头再去看县官时，县官脸上已经看不出喜怒哀乐。

太阳已经两丈高了，地上的雪一片耀眼，树林里的绿意更加明亮起来，树上的积雪开始往下掉，有些尖叫着化为水，雨一样滴下来，这声音清晰可见。县官早已站在一块空地上，他无法判断哪些是水滴，哪些是鸟屎。他只好躲得远远的。树林里的鸟又欢快地在树枝间上下跳跃，不停啁啾。丈手中的长尾巴鸟也在鸟笼里拼命扑腾着，丈知道长尾巴鸟想出去，

121

它也想站在高枝上跳跃，并且一展歌喉。丈有些累，随手把鸟笼挂在枝丫上，长尾巴鸟扑腾了一会儿后，安静下来，裹成一团彩球。树林里的鸟突然间鸦雀无声。县官对着鸟笼掷过一个雪团，长尾巴鸟依然不理不睬。县官走过几步，摘下鸟笼提在手里准备下山，长尾巴鸟忽然瞪着眼睛，歇斯底里大叫了一声：

"人命关天！"

这声音振聋发聩。县官大骇，惊得脸色发青，手中的鸟笼差点掉在地上，师爷赶紧抢过来，扶住县官。丈迟了一步，接过县官手中的鸟笼，用十分诧异的目光打量长尾巴鸟。这时候，树林里鸟声四起：

"人命关天！人命关天！"

这鸟声如山洪暴发，震耳欲聋，汹涌而来，并且一浪高过一浪，有漫掩和碾压之势。三人吓得脸色大变，急忙下山而来，走了好远，后面的声音仍在起伏……

14

第二天早晨，丈踏进西书房便惊呆了，那只长尾巴鸟横在鸟笼里，两翅紧裹，两脚笔直，身体僵硬，长长的细竹丝已经洞穿了它的颈项，细竹丝上留有一截两寸多长的血凝。长尾巴鸟怒目圆睁，看上去好像秋天里一粒刚打下来的白豆。丈啊地叫了一声，冲到院子里，浑身发抖，嘴里发出的全是鸟音。

县官站在二楼，瞟了一眼说：

"这鸟人。"

县官话音刚落，师爷连滚带爬地跑过来大叫道：

"不好了，大事不好了，老爷，鸟……鸟来了！"

县官愤愤地说："怕个鸟。"

县官说话时抬起头来，看见西边有一片黑云正漫掩过来，遮天蔽日，并伴有洪大的声音。县官正疑惑着，眼前已是黑压压的一片，又厚又稠，那鸟们像蝗虫一样蜂拥过来，成群成群地落在县官头上。

少顷，县官头上的肉没了，只剩下一个白骨头颅。白骨头颅下是一袭簇新的绿袍，绿袍上沾满了恶臭的鸟粪。

·作者简介·

　　金岳清，男，1963年出生，浙江临海人。一级作家，中国作家协会会员，中国书法家协会会员。浙江省作家协会主席团委员，台州市作家协会主席。1990年开始发表小说，作品见于《人民文学》《十月》《中国作家》等。出版有小说集《大家的风景》《姐姐在天堂弹琴》《远距离欣赏》《内参》，长篇散文《呼愁》等。曾获浙江省优秀文学作品奖。

浣花溪记

□ 张鲁镭

铁头风风火火抱个痰盂从外面跑进来，开心得像抱个奖杯。他把痰盂往餐桌上一蹾，翠儿嗷一声从椅子上弹起来，他们正吃麻辣火锅，翠儿这么一叫，就把筷子上夹着的牛丸掉进蘸料碟里。火红的蘸料油汪汪地溅在脸上，就像一颗颗红色的泪珠。

翠儿、翠儿，杨树救火似的赶紧用纸巾帮她擦。烫到没？烫到没？然后对铁头吼，哪儿弄来的这玩意儿？铁头往门口一指，他买的。老杨在门口换鞋时，就听到翠儿踩了耗子尾巴似的尖叫。又是火锅，红彤彤的一大盆。痰盂也是红色，上面有喜字还有龙凤吉祥的印花。别说，同桌上火锅的颜色蛮搭。

一个商店清仓，居然还有这东西。才三块钱，我结婚时工会送了一个。那时候还四块二呢！老杨一面说一面把痰盂放到墙角。

晚上老杨去餐厅拿痰盂,看见翠儿正对着它啪啪拍照。痰盂也算稀罕物?现在的年轻人啊!老杨听到翠儿回房间的脚步声才又去餐厅,他要把痰盂拿进屋,装个烟头废纸也好。

喂,你爸是不是有病?虽说听墙根有些阴暗,但老杨还是站住。之前左一把右一把买马桶刷,现在又买痰盂。你爸才有病呢!哎哟!咯咯咯……服了服了……

早晨老杨送铁头去幼儿园,还把萨克斯背上。铁头说班里的于小兵也会吹这个。是翠儿让你吹的?她让你练几个小时?铁头忽然停下,你能帮我个忙吗?翠儿过几天出差,她说让你监督我弹琴。好烦……哦,你想让我睁一眼闭一眼!铁头让老杨蹲下,然后在他脸上狠狠香一口。

浣花溪公园里不少人在晨练,老杨来到沧浪湖旁边的一处空地,支望远镜的周老头没来,那个"免费观看"的牌子仍靠在树下。老杨选个角度把萨克斯拿出来。他觉得现在这块牌子需改写一个字——免费观听。

老杨脱掉外套,里面的衬衫雪白簇新。他又从包里摸出一个黑领结套脖子上。下厨就要扎围裙,吹曲儿就要系领结。干啥像啥。老杨拿出他的看家本事《望春风》,他准备在浣花溪公园冒个泡。

老太婆拉着小孙子走过来,在湖边跑步的小伙子停下来,连白鹭也踏着清水来到岸边,老杨兴奋,一曲结束气儿都没舍得多喘。老杨在老年大学学过好几首曲子,今天他要把会的通通吹一遍,连《我在马路边捡到一分钱》都吹了。

老杨实在舍不得让那几个围观者散去,又不好意思从头再来一遍,体力也欠佳,对,他可以向大家宣传一下吹萨克斯的好处。

吹这个嘛,可以锻炼肺活量,增强人的心肺功能,还可以改善人体的神经系统、心血管系统,从而调节睡眠,促进消化,强心健脑,降低血压。俗话说十指连心，手指头这么一活动，就刺激大脑了。所以啊，吹萨克斯还能延缓衰老，预防老年痴呆。老杨沾边就往上扯。

两个穿保安制服的人走过来，你好，我们是浣花溪公园治安巡逻处的，刚刚接到周边居民投诉。您以后只管来遛弯儿锻炼，这东西还是不要吹了。我吹萨克斯也犯法？老杨很不服气。个头偏高的说，当然不是，只是您在这里吹，影响了周边居民休息。有人小声嘀咕，那边有个"草堂之春"别墅区，住的都是厉害角色。

保安还算客气，您是外地人吧？这话老杨不爱听，外地人怎么了？我把儿子养大，供他读了大学，这小子在给你们做贡献。他不在这边安家，我还不稀罕来呢！

杨树决定留在成都后，老杨特意把那首歌换成手机铃声，真是好听啊，诗情画意地把成都夸成一朵花。"和我在成都的街头走一走，直到所有的灯都熄灭了也不停留……"哟，老头蛮时髦嘛！我儿子在那边。哦，成都可是个好地方，看您这福气！其实在老杨心里，哪儿都不如自己家。

老杨在家活得蛮舒坦，老年活动室的牌局，老兄弟们的自驾游，老年大学的音乐课，老单位组织的夕阳红演出，这些足以把日子填得满满。还有那熟悉的老街巷老口味。老杨家楼下开着一家杀猪菜馆。他和几个老兄弟每周都要在那儿聚聚。这么滋润来成都干啥？还不是杨树一天八个电话！还不是马红霞先撤了！

昨天送完铁头转到浣花溪公园，他看见湖边支着一架望远镜，有个老头一边指着免费牌子一边朝他招手。来，过来看看！不花钱的。老杨在望远镜里看到好多白鹭，他就想到"一行白鹭上青天"的诗句。

老头手里捧着水瓶很热情地向他炫耀自己的装备，这是美国星特朗专业天文望远镜，口径一百零二，焦距一千三百二十五，焦比十三，什么意思呢？用通俗的话说，就是我这台望远镜，连那些白鹭双眼皮儿单眼皮儿都看得清。

你还卖望远镜？卖什么？还准备买呢！就为免费让人看白鹭单双眼皮儿？算慈善公益！当然也图一乐儿。来呀，过来看看，免费！老头继续招呼着。免费谁不会？可人家偏偏不允许他老杨免费。

有人说"草堂之春"那边投诉问题就严重了，老头你还是去别处吹吧，从这儿出去过马路坐二路公交车，过四站下，那边有个广场吹拉弹唱干什么的都有，吹破天都没人管。老杨捧起萨克斯，鼓着腮帮子狠狠吹两口。

他坐在公园长椅上望天，天上刚好有架飞机经过，坐飞机用不上半天他就到家了。他特别想念那些老伙伴，不知道那些老家伙又去哪里开心了。正准备拿手机勾搭，就看见不远处两个小伙子正掏出烟卷儿点。

一个小伙子还金鱼似的嘴巴一鼓一鼓吐烟圈，老杨三步两步奔过去，这里到处都是花草树木还敢抽烟？你还吐烟圈儿，一把火点着，等着吃官司吧。两个小伙子赶紧掐掉，老杨找到点感觉了，来旅游的？是的，叔叔。这里是成都最大的森林公园，号称"城市之肺"，国家5A级风景区，不管本地人外地人，都要爱护环境，这些都是老杨昨晚在网上查到的。两个小伙子一阵风似的跑路，大概怕罚钱。

刚才那两位保安正巧经过，个头偏高的朝老杨竖起大拇哥。他看看一旁的同事，和你商量点事，我们这儿正缺个巡逻，每月一千五百块，干吗？刚才那样蛮可以了。还有这事？老杨本想说回去和孩子商量商量，又觉得一个大男人，不好婆婆妈妈的。

他把萨克斯背到肩上，明天上班？不急，还需要个身体检查。你不急我急，老杨翻开手机，这是电子体检单，身体倍儿棒，吃啥啥香，上个星期儿子带我刚查完。

铁头太喜欢这身保安制服，穿上衣服，戴上帽子，满屋撒欢儿跑，爷爷当保安了，爷爷当保安了。天天逛公园还有人给钱，再说也不耽误接送铁头，老杨这样对儿子儿媳说。晚上翠儿扒着杨树耳朵，你爸怎么想起来当保安了？估计闲得难受……

这事闹的，吹萨克斯竟然吹出一份保安的活儿。老杨不知道那投诉者是男是女是老是少，倒真成全了他。他都快被闲给累死了，这一阵天空总雾蒙蒙的，可老杨心里却钻进一个大太阳，他的新晋身份——浣花溪公园保安。

安顿铁头睡下，老杨套上制服来到楼下。郑老头见了笑，哪儿买的？怎么是买的？我当保安了。帽子被铁头压在枕头底下。在浣花溪公园，时间蛮好，不耽误接送孩子。

郑老头摸着制服上的扣子，以后你每天都可以逛公园了。那地方风景好，赶上过年还有草堂祭圣诗颂新春的活动。天黑了，两个老人坐在小区的亭子里，就算不讲话也愿意多坐一会儿。他们是东北老乡，郑老头已经来成都四个年头，也是来发挥余热的。只是他任务更艰巨些，儿媳刚刚生了二宝，他每天负责买菜做饭接送大宝。

刚来时老杨在小区里转，看见一个老头手指头虾米似的钩着一大堆购物袋。他过去帮忙，居然还是老乡，天下东北人是一家。老杨高兴得直拍手，你会下象棋不？军棋跳棋也行。扑克两人也能对掐。这个，郑老头晃晃手里的袋子，白天太忙，晚上没问题。

郑老头晚上一个人住，儿子那边两室一厅，亲家母刚来时，他睡客厅沙发，进进出出不方便，就在儿子那个单元租一间。老杨去下过几次棋喝过几次酒，郑老头总犯困，老杨觉得他白天工作量太大。

老杨睡不着，看看表还不到十一点。睡了吗？他用微信问马红霞。还没,刚刚把小朋友哄睡。我找了个活儿,就在给你发照片那个浣花溪公园当保安。儿子同意?这事我自己说了算。

看照片那个公园是真漂亮。那当然,有上百只珍稀水鸟在那里繁衍栖息。什么时候来?我带你悠闲悠闲。那边忽然没声了……

马红霞是老杨女朋友。笑什么?老头就不能有女朋友?你说岁数大一般都叫相好的?可老杨腰板挺拔脸上没皱,体检各项指标均合格,他还会吹萨克斯还会唱,关键他还有一颗热爱生活的、年轻的心。综上所述,叫女朋友没问题吧?

如果马红霞不去日本给女儿看孩子,老杨说什么也不会来这边。马红霞走得很坚决,几乎没犹豫,根本没考虑他的感受。正巧翠儿的弟妹生小孩,亲家母要去那边照顾。杨树恳求,帮帮忙,帮帮忙,就接送铁头,碗都不用你刷。

老杨恶狠狠给马红霞发条信息,你走我也走,像谁没地方去似的!

老杨和马红霞退休前在一个单位,当时接触并不多,后来单位组织夕阳红春游,两人才算熟络。他们又搭伴儿报了旅游团,搭伴儿读了老年大学,又慢慢从搭伴儿演变成搭伙。

他们在一起那段日子,进进出出老杨脸上都挂着两朵花儿。马红霞虽一脸平静,可老杨知道她的花儿开在心里。杨树大学毕业那年,老伴走了,日子一下子变得杂乱无章。马红霞的出现,让生活变得更有滋味,一切都那么令人满意,或者说正朝着令人满意的方向发展。唉,美好的东西总不长久!混到这把年纪还搞异地恋。

铁头要吃奶糕,店铺还没开门。成都这地方怪,即便在最忙碌的早晨,人们也迈着方步气定神闲。有人居然还停下来望望树上的鸟,有人居然还在路边的椅子上打瞌睡。这都什么时候了?要说城市也会睡觉的话,成都的睡眠可谓太充足太饱满。那么长的一个大夜，做梦娶媳妇儿都够了。

卖奶糕的小伙子打开卷帘门，很有耐心地搅和着鸡蛋，那么笃定自然，他一点都不急，嗒嗒嗒，唐宋元明清。嗒嗒嗒，上下五千年。得等到什么时候？老杨和铁头商量，咱明天吃吧。铁头说自己肚子里有条小虫，不给吃它要闹翻天。乖，爷爷第一天上班怎么好迟到？铁头拍拍脑袋，把这事忘了，他对正搅和鸡蛋的小伙子说，我爷爷当保安了，看这衣服多帅！

个子偏高那人居然是保安队队长，老杨被分派到白鹭洲巡逻，一个叫老山西的和他搭档。老山西总是眯着一双眼，脸上多数地方黑，应该是太阳晒的。没晒到的褶皱里一条条白，大脸猫似的。老山西提议分头行动，你往东我往西，这样才不浪费人力。老杨心里还是愿意热闹，两个人一起说说笑笑就把活儿干了。

浣花溪公园山水交融曲径通幽，美得一塌糊涂。公园隔壁就是杜甫草堂，之前老杨去过，一张门票六十块！老杨感慨，那杜老爷子真会找地方。这样的环境待久了，俗人也能冒出几句诗。啊！沧浪湖！啊！万树林！啊！那个"一行白鹭上青天！"

老杨热情高涨充满新鲜感，有个小孩在湖边玩，喂，小朋友注意安全。有个男人爬到树上拍照，NO！NO！老杨扯着脖子喊。看见地上的废纸和饮料瓶，他立刻捡起来扔进垃圾箱。老杨吸吸鼻子，一股清凉涌进心田。"和我在成都的街头走一走，直到所有的灯都熄灭了也不停留……"

老杨在湖边看着自己的倒影，早晨刚刚刮过的脸泛着青光，这人都花甲之年了身板还如此挺拔精神还如此矍铄，还被主动邀请当保安，保安是谁都能当的？那要看身体素质要看精神面貌要看思想境界。老杨干枯的生活一下子吸足了水分，安定饱满，嘴角不再起大泡。

支望远镜的周老头看见老杨一愣，你这是？我在这儿巡逻了，每月一千五,以后差不多天天碰面。不为那几个钱,关键是有个事儿干。对,这个岁数谁还图钱?人不能闲着,这活儿巴适得很,周老头感叹,看看我新换的镜片。

老杨又在望远镜里看见白鹭,看它们用长长的嘴巴梳理羽毛,看它们舞动翅膀展示绰约的身姿。对面也由我分管,现在老山西在那边。老山西!老山西!老杨在望远镜里看见老山西了。

老山西弓着腰,两只手正在垃圾箱里忙活。他迅速把矿泉水瓶一个个掏出来,然后装进旁边的黑色塑料袋里,然后拎着塑料袋继续向前……然后老山西的塑料袋越来越鼓,越来越鼓……

队长来电话让老杨去大门口帮个忙,不一会儿老山西也赶过来,他两只手插在裤兜里走得不紧不慢。

翠儿出差,杨树去学习。老杨在超市里买了猪拱嘴,铁头哈哈笑,爷爷你吃它?这是整个猪头的精华,有嚼头!那我要吃汉堡。翠儿规定铁头每个月只能吃一次,现在翠儿出差了。

爷孙俩吃着自己心仪的食物,都很开心,关键是精神上放松。铁头弹了一小会儿琴便去看动画片,不过这一小会儿他弹得还算认真,因为老杨要录成小视频发给翠儿。

老杨和马红霞聊天,他发了好多公园里的照片,还有自己穿保安制服的照片。马红霞把做的寿司端给老杨看,老杨假装伸出舌头,不知道自己啥时候有这口福。其实老杨不爱吃这玩意儿,主要是逗马红霞开心,没话找话呗。

铁头嚼着薯条看看老杨,要是总我俩一起过该多好。老杨说你早点睡,明天还要去幼儿园,铁头只顾低头看动画片。这孩子平时被翠儿管得太紧,又是钢琴又是国学又是英语。听说还要报奥数围棋班。一个五六岁的孩子哪儿吃得消？

铁头上床睡下后老杨赶紧下楼，郑老头在小区亭子里等他。郑老头忙家务没什么娱乐，只盼着晚上和他聊聊天。那个老山西居然捡矿泉水瓶，那么大一袋子，不晓得藏在哪儿。郑老头晃晃脑袋，一把年纪还要为生计操劳，想想他咱也该知足，起码不再为赚钱奔波。

我买啤酒去你那儿喝点儿？手机响了，杨树问，铁头睡了？睡了睡了。我也马上睡了。客厅抽屉里有份文件，你拍照片发给我……

铁头还在看动画片，那会儿是装睡。老杨一离开，他马上从被窝里坐起来。这个熊孩子，老杨赶紧夺下平板。

早晨铁头赖着不肯起，说不准备去幼儿园了，他要一直睡到吃晚饭。老杨急，去不去幼儿园没关系，可他还要上班。老杨说起来吧，起来吧，晚上还给你买巨无霸汉堡。铁头两眼闭得紧紧的，老杨说，起来吧，起来吧，咱晚上就弹一小会儿琴。铁头居然打起了鼾，老杨说，起来吧，起来吧，你可以随便看动画片，铁头一骨碌爬起来。

老杨在他的分担区域转一圈，就去周老头那边看看，转一圈又过去看看，主要是在望远镜里看老山西。他一边和周老头有一句没一句地聊，一边洞察着老山西。

老山西走到小桥下面去，他在草丛里蹲下了，这儿哪儿有垃圾箱，大便？可前面不远就是卫生间！

午休一小时，老山西吃饭快，怕别人跟他抢似的，然后擦擦嘴巴说，上工去了。队长就表扬老山西，说他爱岗敬业，说他有主人翁精神。试想人人都如他这般，我们的城市将变得多么美好，我们的国家将变得……有人关心队长，快吃吧，菜都凉了！

老杨下班就去幼儿园接铁头，路上顺便把各自的吃食搞定，老杨喜欢猪头肉猪拱嘴猪耳朵，铁头喜欢汉堡比萨薯条。到家把大大小小的食品袋堆到餐桌上，铁头两只小脚也搭到桌上。他都快嗨死了！

公园里有好多古树，香樟古桂银杏……搭出个绿油油的天然屏障。绿荫下还有一排诗人雕像，都营造出"绿竹通幽径，青萝拂行衣"的境界。老杨看看四下没人，对着那排诗人说，爱听京剧不？听好了您哪！"一见公主盗令箭，不由本宫喜心间，站立宫门叫小番，小嗷嗷嗷番……"吊门起高了，小番二字唱得像宰猪，连他自己都乐了。

"人说山西好风光，地肥水美五谷香，左手一指太行山，右手一指是吕梁……"原来是老山西，看样子心情蛮好。山西风景确实好，老杨说他去过五台山。那都是我们老祖宗一砖一瓦盖出来的，看老山西那副得意样，就像是他自己一砖一瓦盖出来的。

有空去我们东北玩儿，我请你吃杀猪菜。血肠炖酸菜，张作霖最得意那口。我们山西厉害人物也好多，关汉卿演戏写剧本赚钱，马远和米芾摆摊卖字画，还有武功高强的卫青和关云长……这算啥？我们那儿可出过皇上，老杨想把清朝那十二位皇帝从头数一遍，可惜顺序记不清了。老杨暗笑，一把年纪怎么像小孩子的把戏。

你稍等，我去朋友那儿讨杯茶。老山西端着纸杯抿一口，这是峨眉竹叶青，还蛮懂行。那望远镜老头你认识？我朋友。东北人以广交朋友为荣，现在周老头和郑老头已经被老杨纳入朋友的行列，虽然彼此认识的时间并不长。

他以前在那边喂鱼，后来公园改造，就在这儿支个望远镜。有两个游人经过，老山西目光尾随着，没走多远，一个人把手里的矿泉水瓶扔进垃圾箱。老杨说要去趟卫生间……

翠儿和杨树回来时，铁头脸都圆了。翠儿捧着他儿子脸蛋儿啄个没完，开始还有点担心，谢谢爸，这一阵辛苦你了，翠儿拿出给老杨买的茶叶和衬衫。不辛苦，不辛苦，可好了！老杨实话实说。卧室里翠儿拱到杨树身上，没想到你爸看孩子一点不比我妈差。那当然，我爸是谁！

老山西送给老杨一小包茶，小到什么程度呢？就是只能泡一次的那种小包装。他说那个望远镜老头有点资源浪费，你看他整天又招手又喊免费，人家倒以为是陷阱。不如收个一块两块，看的人也心安理得。他就图一乐！

我家里闲着一台，不如一起合伙。合伙？老杨愣了，就是我把家里的望远镜拿来，我只要少部分利润，你家有望远镜没？有的话也入一股，现买不划算，一年都回不来本钱。你去问问，行的话我明天就把望远镜拿来。

周老头正跟人视频，他把手机递给老杨，我孙子，刚过完一岁生日。都会叫爷爷了。和你住一起？没，在北京呢。老伴在那边照顾，我在那边住不惯，每天嗓子眼都冒烟。

老山西说他家有一台望远镜，闲着也是闲着……那个老家伙就是钱包脑袋，以前他还在那边偷偷卖鱼食。

快看，那个不是老山西？周老头把望远镜让给老杨，老山西直奔桥下，身影很快淹没在草丛中。这家伙怎么鬼鬼祟祟的？

铁头这阵儿添个毛病，就是他弹琴时总要带上老杨那顶保安帽。他觉得这样很威风。铁头脑袋小，弹琴动作稍大，帽子就往下掉。老杨可以睁一眼闭一眼，翠儿不答应。铁头偏要戴，一个喊一个叫，家里开了锅。

你现在不认真将来怎么办？将来，将来我像爷爷一样当保安。铁头，你要气死我啊，没出息！翠儿本来知书达理，现在她给气糊涂了。

老杨听不下去，一个幼儿园的孩子，让他学那么多品种，连个快乐童年都没有。现在给他一个美好童年，将来就会失去一个美好的成年。杨树小时候也没遭这份罪，照样上名牌大学！现在和那时候怎么能一样？谁家孩子愿意输在起跑线上？杨树今晚加班，没人和稀泥。这么你来我往容易破坏和谐，下楼找郑老头去。

当保安很丢人吗？我这也是老有所为自得其乐。她也不是成心针对你，教育孩子罢了。如果你儿子从小立志当保安，你愿意？她可以过后和孩子讲，当着面实在让人受不了。大家在一起就要多担待，我那个亲家母太仔细，装好的垃圾袋都要解开翻一翻，去个卫生间也不开灯，在一个屋檐下不好太计较。

都说知足常乐，如今有多少年轻人坐在家里啃老，儿子媳妇孙子全指望老子，有些老家伙被逼无奈就去捡破烂。郑老头以前在厂工会上班，他总能找到宽慰人的理由。老杨一拍大腿，那个老山西。

月亮的清辉把周遭镀上一层银，墙边的蜀葵开得正好，这种花一长老高，开出的花很有气势！两个老头坐在亭子里，憋闷呀心烦呀一股脑地往外倒。这就是男人，大事面前敢打敢拼，对于这些家庭琐碎却絮絮叨叨的。倘若换成两个女人，遇到这样的话题还不咋咋呼呼跟打架似的？

杨树来电话，说他路上买了夜宵回来。老杨努力控制情绪，汤热在锅里，我和郑叔叔在品翠儿带回来的茶……

翠儿噘着嘴，铁头怎么搞的？居然能三七二十八。弹琴也差劲，之前的曲子忘了好多。杨树两只手搂过去，那一老一小背着咱们搞花活……喂，你爸好像外面有人了，背地里偷偷摸摸打电话。那敢情好，你又多个婆婆疼……

老杨发现一个秘密，什么秘密呢？就是在老山西经常出没的桥下，居然有一片菜地，也不能说一片，是零零星星东一疙瘩西一块，分布极其零散极其隐秘。

大树下台阶旁杂草中，小油菜小白菜小菠菜小香菜小嫩葱……桥墩那儿还有两棵西红柿，已经挂上半红半绿拳头大的果子。小菜们青青翠翠样子可人，用手一碰都能滴下绿汁来。小菜四周还扣着一个个鸡蛋壳儿。这让老杨无端想起过去的日子，都有一份悠久的缅怀在里面。

老杨十五岁才从农村出来，顶喜欢田间地头的感觉。在家时他用泡沫箱种了些小菜，来成都前全部送了邻居。

老杨坐在那儿，心里先就伸出去一只手。他要摸一摸碰一碰尝一尝，看，老杨从心里把手掏出来了。他拔了根嫩葱，甩甩上面的土在河里过过水。咔嚓咔嚓，巴适得很呢！老杨又拔，小菠菜小白菜小香菜，一根一根又一根。刹不住闸了，小葱那儿都快给拔秃瓢了。

老杨也不是没见过世面，上千块的馆子下过多少回，关键还是环境滋生感情。蓝天白云流水潺潺，让老杨心思浩渺口中生津。就算菜场里那些名贵的绿色有机菜也不能比，此时老杨吃的并非小菜，而是一种回忆一种情怀。要是再来点豆瓣酱有张煎饼就更好了！

老杨理亏，便送给老山西一包茶叶，两包五香豆腐干。老山西迟疑着，他们也给了？他们？老杨明白了，这个他们指的是保安队里的其他人。没，两个搭档缘分不浅。那个望远镜的事儿？哦，周老头说他没准哪天就去北京……

午饭时队长拉开他抽屉找打火机，老杨看见里面有一包茶叶，两包五香豆腐干。第二天一早，老山西就把一袋西瓜子塞到老杨怀里。去超市看过，那茶叶二十五块钱一包，五香豆腐干八块，二八一十六，这袋西瓜子刚好四十一……

老杨告诉马红霞，林子大了什么鸟都有，活了这么多年，也没见过老山西这号人。马红霞急着向他展示自己做的土豆饼和炸蔬菜，说还学会了包饭团。看这个，马红霞手里摇晃着。裙子？是和服！女儿给买的，逛庙会穿。对，过几天准备去洗温泉。奶奶的，这娘们儿在那边过得蛮熨帖。

最近老杨却有些郁闷。铁头被管制了，晚饭后翠儿直接把铁头关房间。琴声、哭声、单词、乘法口诀纠缠在一起。

家里的餐桌也比之前丰饶许多，翠儿一面啃着老妈兔头一面宣讲古人精神。孙敬悬梁苏秦刺股，朱买臣负薪李密挂角。还有囊萤映雪还有凿壁借光……翠儿小嘴生得俏，好看得像挂在脸上的菱角，那菱角噼噼啪啪噼噼啪啪，当然也有反面教材，小区对面摆抄手摊子的小伙子算一个，超市旁边卖担担面的小姑娘算一个。

老杨三口两口把晚饭解决，他坐在小区亭子里把撕碎的一团纸扔出去，纸屑像白蝴蝶似的随风飘呀飘。被保安看见要吼的，郑老头一面择着韭菜。他两只手被韭菜染得绿莹莹的。连和铁头之间的玩耍都被剥夺。心情能好到哪去？

过日子嘛，总有许多鸡毛蒜皮的事，鸡毛蒜皮的事处理不好，日子也就不会安生。换成我高兴还来不及，巴不得一个人，郑老头用报纸擦掉手上的绿。

老杨说，等下去你屋里。明天起早到水产市场买鲇鱼，今晚要早点睡，不能下棋了。那什么，我想上趟厕所。上厕所？对，翠儿总是霸占卫生间，早晚两头占，洗了脸不行，还要洗头发。洗头发不行，还要吹头发。吹头发不行，还要做面膜。一三五泡脚，二四六泡澡……那次把我给憋的！哪好意思敲门？本来两个卫生间，一个给改成了衣帽间。

离周老头不远的地方忽然支起一架望远镜，比他那个要高级好多，它被埋在泥土里固定住，上面那个小炮筒可以三百六十度旋转。人们忽然间就觉悟了就不爱占便宜了，举着手机扫到二维码。现在老山西也不时光顾这边，他望着那些人，眼神十分专注。看，有人摇着小炮筒对准周老头那方向，周老头用水杯挡住脸。不许向我开炮！

唉，周老头对老杨叹气，之前他在南边钓鱼，后来公园改造养锦鲤，就开始喂鱼。后来又不养锦鲤了，他就在这儿支个望远镜。这些都是排解寂寞的良方，一边和人交流一边畅谈感想！现在怕是这望远镜也要拜拜了。

公园里有不少背着长枪短炮的摄影爱好者，老杨建议周老头买个相机，周老头说自己有风湿性关节炎，那些费腿脚的娱乐都和他没缘。你还照旧，又不是抢生意。没人看有啥意思？明天，明天还来不来呢？

你在哪儿？什么时候转过来？茶都泡好了。这是老杨从周老头那儿离开不到十分钟收到的信息。周老头缠人，他都开始烦了，老杨毕竟在上班！

再转过去，老杨举着免费牌子朝游人喊，过来，过来看看，不要钱的。真有个人被他喊过来，周老头很开心，明天给你泡碧螺春。周老头随身带着个竹节模样的大暖壶，茶是在家沏好的。热腾腾，香喷喷，没人的时候来几口。

队长正巧经过，老杨你怎么成了牵驴的？老头子怪可怜的。他给你开工资？没。老杨想说，谁都会老，谁都不容易。那一千五百块对他来说不算啥，他从石油系统退下来，退休金不低。你都未见得赶上我。

老杨把这些怨怼的话咽下去，他喜欢浣花溪公园，喜欢这里的山和水，喜欢这里的白鹭和画眉，喜欢脚下这千年的历史。一步一景，移步易景。再说铁头也愿意爷爷当保安。在铁头眼里当保安的爷爷超威风。

翠儿和杨树又双双出差，翠儿不愧学霸，凡事都能找到最好的解决办法。为防止这一老一小不轨，居然在家里安上天眼，现在就算走到天边也无妨。手机轻轻一点，看你们再玩花活？

监控的意义是防贼防盗，这算什么？人家是担心儿子偷懒，你也不用想太多。没准是担心我偷懒吧！以为她学历高，相处上不会有障碍，谁知道会这样？我家儿媳妇的弟弟要来了，到时候家里更热闹了！老杨和郑老头你一句我一句，与其说在倾诉，倒更像自言自语，空气里弥漫着一丝忧伤，却是淡淡地浮在表面。内里更多的是倔强，不让人看见。

老杨很烦很无奈，一切都按翠儿的规章制度紧张地进行着。铁头弹琴时他端坐在旁边，铁头背古诗他手里拿着课本，铁头吃饭他在一旁削水果。老杨快疯了，都想拿弹弓把那天眼射瞎。

伟人说，伟人说哪里有压迫哪里就有反抗。回家路上他们买了汉堡和猪蹄儿。一边走一边吃，一边走一边吃。到家门口把嘴巴一擦，然后等待翠儿订的营养套餐，装模作样吃点。奶奶的，怎么感觉这几天比几个月还长？

等铁头睡着，老杨打电话给郑老头，大宝急性肺炎住院，陪护呢。内急上厕所？走时太匆忙也没把房间钥匙留给你。不急，就我和铁头，现在家里厕所最安全，那小子拿着平板躲在里面。

郑老头不在，老杨就去小区对面的抄手摊子坐坐。就是被翠儿定为反面教材的小伙子，小伙子手脚麻利，分分钟就把一碗抄手放到眼前。这孩子嘴和手一样勤，叔叔长，叔叔短，叔叔给你加勺热汤。摊子上的人吃完也不马上撤，愿意和他多聊几句。小伙子做的辣椒酱颇受欢迎，没问题！临走用塑料袋给你装点，小伙子爽快！老杨喜欢这朴素的市井烟火。他喊，再来一碗！

天上飘着绵绵细雨，这种时候周老头不会来，老杨就坐在小亭子里看水中的白鹭嬉戏。心头忽然涌上一股伤感，不知道马红霞在干什么？凄凉的思绪跟温馨的回忆搅在一起，酸酸甜甜。老山西也到亭子里躲雨，一副很开心的样子，这雨能让他的小菜喝个肚满肠肥。

翠儿推着拉杆箱回来时，后面还跟个人，翠儿妈！她来成都处理之前买的保险。

这老太太喜欢水，水龙头成天哗啦啦响着。她恨不能接一根儿胶皮管子，把家里从上到下冲一遍。她也喜欢太阳，被子枕头，棉衣拖鞋，萝卜干子西葫芦条，全部拿到太阳下面，她一面用扫把敲着棉被，天气巴适得很，都要晒晒喽！

翠儿妈举着马桶刷，看看这东西也放床上。我，老杨有些不好意思。我后背痒，老头乐根本不管用，还是这个有力道。之前买过好几把，翠儿不知情，都给放进卫生间。

晚上杨树加班，翠儿监督铁头弹琴，翠儿妈搞卫生，老杨要去找郑老头。翠儿妈朝他摆摆手，帮忙把桌子抬这边，帮忙把椅子拉那边，帮忙把沙发挪挪……柜子太重一起来，一二，翠儿妈没站稳一个趔趄，没事吧你？没事，再来。一二。铁头在房间里问，他俩在拔河？

老杨很久没料理过家务，之前晚饭都是翠儿和杨树负责，买半成品回来稍微加工即可。如果两个人都出差，那就更省事了。家里有洗衣机、洗碗机、扫地机器人，老杨也自得清闲。

翠儿妈不用洗衣机不用洗碗机，她用一双勤劳的双手，白馍自己蒸，火锅底料自己熬。她熬了好多放冰箱里备用，把家里搞得像火锅店，老杨不喜欢那味道，也嫌翠儿妈折腾。他和郑老头商量，要不我住你这儿？

我倒是愿意，可你儿子媳妇那边？她又不常住，再坚持坚持。到底也是帮你儿子家干活，请个保洁也要给钱。前几天儿媳妇弟弟来了。那小子要么吃要么睡，要么倒在沙发上玩手机。腮帮子一甩，能吃掉一整只鸡。

能住多久？他准备在这边找工作。睡客厅沙发？嗯，现在菜要多买，饭要多做，连碗都要多刷一个。来个翠儿妈那样的，我可美坏了。过几天可能要回趟老家，去换医保卡。郑老头像是很期待，回去先到浴池泡他一天，要上一壶老白茶！

小炮筒望远镜忽然坏了，老杨从那儿经过，见周老头正忙着，过来看看，我这是美国星特朗专业天文望远镜，口径一百零二，焦距一千三百二十五……老杨长吁一口，周老头真是需要望远镜来抚慰生活。

老杨使劲揉揉眼睛，不是做梦，他在公园里看见林黛玉和贾宝玉了，他们戴着头饰穿着长衫，林黛玉肩上扛个小锄头，贾宝玉胳膊挎个筐。拍电影的？老杨天生爱凑热闹。

开始两个年轻人互相拍，然后搭着肩膀自拍。还不时从一旁的旅行箱里往外拿道具，扇子、灯笼、琵琶，后来男孩拿出一把左轮手枪对准自己，咱拍贾宝玉娶不上林黛玉要自杀。

你们这是？我们在拍抖音。老杨虽然不懂，但也觉得有趣儿。

去前面拍，那边景色更好。老杨把他们领到一片竹林，男孩用支架固定好手机，女孩把一包粉色塑料花片交给老杨，大叔，帮个忙，一会儿我俩假装锄地。你把这个撒到我们头上。效果不好，视频里老杨那只手像魔爪一样起起落落。

重来，老杨爬到树上，他用树叶把自己遮严实，塑料花片从上面飘飘忽忽降落，两个年轻人满意极了。大叔你居然还能爬树，我都爬不上去。老杨说自己以前是运动员。大叔一起玩呀，女孩从行李箱里拿出一件红袍子让老杨披上。男孩递过一把扇子。大叔你从竹林那边走过来，开拍！咔！

天上掉下个林妹妹，似一朵青云刚出岫，只道他腹内草莽人轻浮，却原来骨骼清奇非俗流。老杨摇着扇子晃着小步，有点意思，有点意思！

我还想拍个唱京剧的。没问题。女孩又拿出一件黑袍子，还有把宝剑。老杨想要是有头盔就好了，带翎子的那种……用我手机拍，也让马红霞看看我的快乐生活。

老杨好久没这么开心了，要不是去接铁头，他都想请两个年轻人吃一顿。

　　进门正撞上翠儿妈蹬着椅子挂相框，我来，老杨主动请缨。翠儿妈在下面指挥，往左往左，再往左。不对，再往左就能打滑梯了。老杨回头，看见翠儿妈整个身子在往右使劲。哈哈，两个人笑喷了……翠儿妈准备做泡菜，老杨也要露一手，凉拌心里美萝卜。他把萝卜切成条，红辣椒青辣椒切成块。糖醋咸盐花椒面，花生油芥末油小磨香油……要色有色，要味有味。一个做一个装玻璃罐，配合相当默契。

　　老杨把视频和照片通通发给马红霞，等了半天也没有回音，就去楼下找郑老头。老杨举着手机，今天可过瘾了。郑老头笑，你这班上的啥也不耽误。机票订好了，下周五回。去几天？一个星期左右。你走了谁给他们做饭？放心吧，地球离谁都转，饿不死人的……

　　房间隔音太差，老杨听见翠儿对杨树说，喂，你爸是不是看上我妈了。啊！什么情况……嘘……这不是扯淡，不过老杨还是在心里把翠儿妈和马红霞一番比较。一个高一个矮，一个胖一个瘦。马红霞典型的东北娘们儿，翠儿妈一干巴瘦小老太太。这么比着，老杨又觉得自己挺不要脸。

　　队长都瞪眼了，队长都掐腰了，队长都把唾沫星子喷老杨鼻尖上了。你还帮着牵驴，你还又是秧歌又是戏。看把你能耐的，这是工作，这叫上班！你，简直中饱私囊，想想用词不当，你，简直假公济私。

　　从前老杨是个暴脾气，上班那会儿都跟厂长拍过桌子。这会儿老杨却软了弱了敛声了，一般人老了肚子里都能装船。他当保安纯属娱乐。人一旦衣食无忧，娱乐就显得尤为重要，和柴米油盐差不多。

　　怎么是假公济私？他是一边巡逻一边兼顾娱乐。说起来老山西才叫假公济私，又捡矿泉水瓶，又开荒种地。但老杨不会检举，自己被雨点砸了，马上去喷别人，这种事儿他不干。

要么是队长厚道，要么是眼下找不到人，居然没让老杨滚蛋。没滚蛋心里也不舒服。谁被臭骂一顿能痛快？周老头又在微信里喊，你过来看看，飞机粘好了。小炮筒望远镜修好后，周老头又陷入寂寥，老杨就把铁头委托他粘的木板飞机拿给周老头，也算帮他打发时间。

下班后老杨跟周老头去了他家，房子不小，就是太乱。茶几上摆着没刷的碗筷，沙发上扔着枕头……窗台上那几盆花也快干死了，周老头把沙发上一个背心儿团巴团巴擦桌子。他随手打开电视，他愿意开着电视，电视里的人声一按开关就来了。

老杨把路上买的吃食拿出来，猪蹄子扒鸡张飞牛肉，周老头从柜子里拿出一瓶五粮液。酒柜里放着好些酒，周老头说自己平时不大喝，不过看着这些大瓶小瓶，心里舒坦。

嘎嘎嘎，嘎嘎嘎，一只鸭子溜达进来，它左摇右摆挺着胸，好像对自己的模样过于自信。这鸭子确实漂亮，金褐色的头，通体金丝绒一样的墨绿，脖子上那一圈白就像戴着个银项圈。过来，滚呱呱。周老头给它喂了块牛肉。

养了快三年，滚呱呱可聪明了。周老头把刚才当抹布的破背心扔出去。滚呱呱一摇一摆给捡回来。上次带到公园，差一点让人偷走。我在外面就惦记它，周老头滚呱呱滚呱呱地叫，鸭子又一摇一摆过来，其实周老头喊它也没什么事儿，和鸭子能有什么事儿？喊着玩儿呗！鸭子和电视让屋子好不热闹！来，喝酒！

老杨一口干掉，奶奶的，上班那会儿厂长都不敢对他摆臭脸，周老头觉得，保安队队长就是个芝麻绿豆官，科级都不算。老杨说可能和工厂里的班组长差不多。什么？连班组长都赶不上，他也是雇来的。我在那边钓鱼时，他就像你这样天天巡逻。

两人正聊得热闹，马红霞忽然来电话，在周老头这儿老杨本来不想接,可那边很执着。马红霞说她可能闯祸了,今天女儿带孩子出去玩儿,她就在家里搞卫生,窗帘床罩被单通通给洗了,晚上有人开车来敲门,她也听不懂说什么,正巧一位邻居经过,沟通后才知道,他们是自来水公司的,发现这家的水表走得飞快,以为是哪里漏了。不知道会不会罚款!

洗个衣服也这么多麻烦,老杨安慰她,实在不行就回来。你回我也回,不他娘的伺候了。好像有人摁门铃,马红霞赶紧挂掉。

谁呀?周老头问得暧昧。我原来的同事,在日本给女儿看孩子,之前我俩在老家又是旅游又是老干部大学,日子过得有山有水,见日见月。现在也只能靠手机联系。周老头忽然就愤怒了,他一拍桌子,老年人就不能有自己的生活?我现在后背痒痒就往墙上蹭,一口热饭都没人给做!你、你买一把马桶刷!

想到和马红霞在一起那些快乐时光,想到他们在灰蒙蒙的夜空里找星星。老杨悲从中来干一杯,又干一杯!电视里正在演昆曲《牡丹亭》,那年轻貌美的杜丽娘正在屏幕里且歌且舞。"一轮明月照窗前,愁人心中似箭穿……"老杨这边也唱上了。

没看出来你还有这两下子。那当然!老杨把手机递过去,给你看个视频。就因为这个让队长臭骂。

谁?这谁?周老头指着手机,老杨这才发现,视频里一棵大树后面有个人影晃来晃去,两人反复看过几遍,同时喊出三个字——老山西。

两个老头边喝边骂,他居然去告密。这个时候老山西就成了一道下酒菜。不比猪蹄子张飞牛肉差。妈的,周老头说旁边那台望远镜一定是老山西的。之前不是还想合伙?看自己没同意就去贿赂管事的。老杨也想起来,那次送他茶叶,老山西居然转送给队长了。

两个老头喝到脸庞红,喝到脖子粗,喝到两眼一片迷蒙。一个有趣而解恨的念头跳出来，他们挥舞着拳头。周老头说我给你报仇去。老杨说我给你报仇去。我去！我去！他们勇敢得像上战场。

不只说说，都开始行动了。周老头在阳台找到一把铁锹。老杨在桌子上发现一把螺丝刀。周老头还翻出给孙子买的玩具枪。一扣扳机呜嗷呜嗷叫。

他们带上武器跌跌撞撞来到楼下，外面漆黑，已经夜里了。两个老头脸蛋泛着紫红，像两盏奄奄一息的破灯笼。他们就着这点可怜的光亮，搀扶着前行。

两个都不是坏人，只是在酒精的作用下脑门一热，彰显了男人有仇必报的好斗精神，这是动物的本性，人毕竟是动物的一种。

街上的凉风让他们有了一丝清醒，黑灯瞎火偌大一个成都去哪儿找老山西？两个老头开始迷茫，公园，去公园……周老头往前指。马上到了，周老头却一屁股坐在地上，他痛心疾首地从嗓子眼挤出一句，你上，我掩护……

队长给老杨放那段监控视频，老杨脸上一阵红一阵白，他尴尬地笑笑，也罢、也罢。他先把帽子摘下来，然后把衣服脱下来，还没到手的工资留下赔偿。走在街上老杨还在心里回放那个视频。太帅了，他简直太帅了，对着小炮筒望远镜一顿拳脚后开始挖。前边挖后边挖，左边挖右边挖，小炮筒在他强大的攻势下轰然倒下。

看身手哪里像六十岁的人？顶多三十出头！夜晚画面不清晰，那也遮不住他帅气的身姿。视频不全面，之后他又去了桥下，彻底捣毁了老山西那些菜地。

老杨在街上漫无目的地转，他发微信告诉马红霞自己被开了。想想不妥马上撤销，随手拍一张街边花坛的照片发过去。对面不知道谁家在拉二胡，声音过来一下过去一下，过来一下再过去一下，老杨在街边长椅上睡着了。

晚饭后老杨去敲郑老头门，一个满脑袋黄卷毛的小伙子出来，今天下午郑老头坐飞机提前回了，黄卷毛就是那媳妇的弟弟。

这小子也不见外，大叔进来帮个忙，手机支架坏了，帮我拍段视频。稍等，我先准备一下。现在年轻人都爱玩这个？老杨以为他是换衣服拿道具。黄卷毛却端出一个大白盘，盘子里是一只油汪汪的鸡。干啥？拍我吃鸡。

黄卷毛太能吃了，太会吃了！一只鸡腿塞嘴里，三下两下便吐出光溜溜一根鸡骨头。鸡脖子鸡翅膀通通如此，变戏法似的能让骨肉分离。

这小子满脸满手油，一头黄卷毛就像开在日光灯下的向日葵。老杨对他竖起大拇指，厉害！真厉害！只要功夫深，铁杵磨成针，我练了大半年了。老杨都开始羡慕了，现在的年轻人就是聪明，总能找到让自己开心的办法。

早晨老杨照样送铁头去幼儿园，现在他只负责送，接的任务归翠儿妈了。老杨在街心公园看人打牌，其间跟马红霞通个电话。那边一片哇哇哇，老杨以为马红霞在池塘边。掉进青蛙池子了？带孩子打预防针呢，正忙着，挂了！

玩具店门口放个大水盆，里面泡着几只黄色橡皮鸭。老杨打电话给周老头，唉，可累死了！周老头那边气喘吁吁，他在整理东西，过两天儿子同学去北京也把他带去。你不怕嗓子冒烟？到时候喷西瓜霜，总好过天天吃凉饭。嘎嘎嘎，嘎嘎嘎，到阳台玩去！滚呱呱也带去？嗯，飞机托运。

翠儿妈来了十几天，不知道她什么时候回去？

老杨想到对面台阶上坐坐，对面是一家超市，超市台阶上坐了不少人，细看都是些耄耋之年的老头老太太，他们坐在那里发呆，坐在那里等死。老杨还没到等死的时候，没过去。

老杨在小区里碰到黄卷毛，他举着手机，真没看出来，大叔你还蛮火。火什么？老杨听不懂。这个不是你？老杨在黄卷毛手机里看见自己穿着戏装在唱。

你怎么有这个？上抖音全世界都能看见。呵呵，我的粉丝也在涨。那个吃鸡视频又吸了不少粉。你也看见，我那是真吃，不像有些人弄虚作假一边吃一边偷着吐。做事要讲职业操守，下一步我准备一次吃掉一只鹅。

我不会抖音，谁给弄的？一个叫宝哥哥的人发的，连微博上都分享了。能知道是哪天发的吗？这简单，黄卷毛说了时间。就在那天拍完视频之后没几分钟，这事儿闹的！！

杨树来电话，翠儿妈过几天要回去，等下过来接他们去饭店，老杨心里一下子亮堂许多。

饭店很高档，老杨还是头一次下这种馆子。都是人手一盅一份的菜式，精致又清爽，每吃完一道，便有服务员收走，再上下一道。服务确实到位，却是吃得匆忙。生怕吃不完浪费，压力很大。

老杨愿意喝白酒，可杨树翠儿都说红酒，那就红酒吧。除了上菜，还有专门倒酒的服务员。拿着醒酒器一圈圈转。丢手绢似的暗中留心，看谁的杯子空了，立马续上。

铁头拉着老杨说要到外面转转，原来他从窗户看见外面有个卖棉花糖的。一个男人正拿根筷子一圈圈转棉花糖，车把上挂一块牌子，一只两元。

那人朝老杨点点头，原来是浣花溪公园的一个保安。两人都有些尴尬，不去那边了？白天去，晚上帮老婆卖棉花糖。老杨出来没带手机。还好身上有五元钱，来一个。那人朝旁边一努嘴，掌柜的收钱，一个女人从矮凳上站起来。这个画面让老杨心头一热，他就想起杨树妈。老杨递过钱，不用找了！

老杨拉铁头回去，不行，翠儿看见要骂的，就在外面吃光光。

来这儿吃饭？是啊！你们都是有钱人，这里很贵的，一顿饭要好几千。知道吗？那个老山西，他居然住在"草堂之春"别墅区，"草堂之春"就在浣花溪公园旁边，那是多少人的梦，有人甚至连梦都不敢做。你说老山西住"草堂之春"？

他儿子是大老板，在郊区有块地，他去那边种地了。他不去浣花溪了？不去了。说起来那也是个怪物，家里那么有钱还去公园当保安，还一边巡逻一边捡矿泉水瓶，都藏在公园的一个山洞里。昨天他儿子派人来拉，整整装了一车。我们几个保安也跟着帮忙装，每人给了两百块。那车破瓶子也不值两百……

你也是个人物，还会唱戏，挺像那么回事，队长给我们看了那个抖音。老杨拉铁头回去。爷爷刚刚你付了五块钱。棉花糖是两块钱一只，可以再吃一只，还剩一块钱。那人笑笑又给铁头转了两只。

晚上马红霞向老杨诉苦，说她腰疼，说她腿疼，说她背疼，说她哪儿哪儿都疼。老杨一拍胸脯，那就回家，你定下日子我这边就订机票。隔天老杨再问。马红霞说她贴了日本膏药，这膏药太神了。过几天马红霞又说她腰疼、腿疼、背疼，哪儿都疼。然后继续贴她的日本神仙膏药。

去年老杨和马红霞到丽江旅游，那边的东西多是旅游品，价格很贵。为了有纪念意义，他们买了一盏台灯。那种景泰蓝花瓶的样式，环绕着两只铜质的小鸟，在枝头彼此依恋。花了三千多块钱，售货小姐说这叫长相依，寓意特别的好。临走时有一只鸟忽然掉下来，老杨觉得这辈子和马红霞见面的机会不多了。

两个月了，郑老头还没回来，说是下楼梯摔断了腿！那天老杨跟他打视频电话，郑老头缠着绷带坐在床上喝茶，滋溜一口，滋溜又一口，哪有半点腿被摔断的痛苦？！

翠儿妈又回来了，翠儿怀了二胎。她有点贫血时常头晕，现在像大熊猫一样被一级保护着。要不了多久，呵呵，老杨就会接过郑老头的衣钵……郑老头说过，人一忙就顾不上烦了，人一累就只知道睡觉了，人一睡觉就什么都不想了……

那天他走到浣花溪公园，看见那个小炮筒望远镜依旧傲然矗立，只是下面多了几个加固的铆钉。小桥下面一片荒草萋萋，谁能想到这里曾经青菜片片，那些鲜嫩的小菜，用手一碰就能淌出绿汁来……不知道老山西郊区那边菜种得怎么样了。他让朋友寄来不少菜籽儿，一种叫甜青的小菜，碧绿得像蒲扇一样圆圆的叶子，生着吃，炒着吃，煮汤喝。不知道什么时候才能看见他……

· 作者简介 ·

张鲁镭，女，1969年生，中国作家协会会员，文学创作一级，辽宁省作家协会主席团成员，辽宁省作家协会签约作家，现工作于大连市文化艺术研究所。作品发表于《人民文学》《中国作家》《当代》《十月》《北京文学》《小说月报·原创版》《青年文学》等杂志，并被《小说选刊》《小说月报》《新华文摘》《长江文艺·好小说》等杂志多次转载。小说集《小日子》曾入选2008年中国作协"21世纪文学之星丛书"。曾获第五届、第六届、第七届、第九届、第十届辽宁文学奖，第二届"禧福祥杯"《小说选刊》最受读者欢迎小说奖，第六届《中国作家》"剑门关"文学奖。

遥远的筒子楼

□ 夏鲁平

1

我努力想象罗强的形象，是因为他打来的几个电话。我不认识他，又不能说完全不认识，起码小时候我们两家是邻居，经常见面。他那双晃动的大眼睛，极深刻地印在我的脑子里，由此我的眼前很快浮现出一群人的影像，虽然年代久远，却画面清晰。

影像的主人公无疑是罗强的父亲罗叔叔，他是我父母常挂在嘴边的人物。有一段时间，我父母在厨房做饭时讲，在饭桌上讲，上床睡觉前也讲。反正说不定什么时候，罗叔叔的名字罗志贤，就会从他们嘴里溜达出来，铺展开去，信马由缰，最终落在罗叔叔炒菜这件事情上。我母亲说，男人下厨房跟女人不一样，他总是把锅碗瓢盆随手乱放，每次做饭，都能看到他家的铲子、勺子扔到我家灶台这边儿到处都是,我不得不帮他收拾起来,刷干净了放回原处。我母亲不得不承认,罗叔叔干活虽然邋遢,但在筒子楼炒菜味道是一流的。在我印象中,罗叔叔炒菜不仅香,还特别,别人都是左手握大勺把柄,右手挥舞菜铲,而罗叔叔却是反着来的,左手挥铲,右手握大勺,那动作怎么都让人看不惯。

其实罗叔叔炒菜的香味,完全来自油锅里的一种食材——辣椒。罗叔叔一家是湖南人,辣椒是必不可少的作料,他家经常炒的是大头菜或菠菜。菜放进大勺,他便大把大把地往里投放辣椒,那横冲直撞的辣味总是灌满了整个走廊,呛得人不住咳嗽,流眼泪,然后又努力回味那刚刚飘散的辣香,荡气回肠的。

那时,我们家住在我父亲单位分配的筒子楼里,十几户人家,都是自视清高的知识分子,这些人也把那筒子楼带动得极为扎眼。筒子楼的特点是,每家每户共用一条走廊、一个厕所,生火做饭的厨灶全搭建在走廊里,厨具铁架子挤占了走廊一半空间。这样一来,过道就过于狭窄、逼仄了。有人在那里做饭,身后屁股时常剐蹭到过路人的身上。这时,不管手头多么要紧,都要直起身,缩紧屁股避让行人,嘴里还要打一声招呼:"回来了?""做饭哪!"或是"出门啊!"也有不打招呼,直接走过去的人。

筒子楼里的人说话南腔北调,他们来自全国各地,对什么事情都好奇,说话也吵吵嚷嚷。一到做饭时间,走廊里挤满了一群戴着围裙、个头高矮不齐、穿着花花绿绿拥挤忙碌的身影。这些人有的默不作声,有的有说有笑。一通热闹之后,饭菜做好了,端起盛有饭菜的碗回到自家屋里,人流散去,欢喜的日子就包裹进了自家的房间里。

我们这座城市很早就有了煤气,筒子楼更不例外。每次打开煤气灶,那蓝色的火焰,会让那些楼外住平房的人家好生羡慕。那些人家用的全是煤烟炉，也有烧木柈的。漆黑的油毡纸房顶，常年歪歪斜斜竖立起一根又一根烟囱，袅袅炊烟从烟囱里钻出来，在天空指引着风的去向。

筒子楼顶没有烟囱，这显得平房屋顶的烟囱也格外突出。这些平房里的人家，为保持室内的温度，冬天晚上从不弄灭炉火，睡觉前往炉中添加一层湿煤，闷住炉火，一不小心，就造成煤气中毒事件。那些住在平房里的人不仅羡慕筒子楼里的煤气，更羡慕暖气，而我们筒子楼里的人羡慕的，与他们不同，是罗叔叔炒菜的香气。据我母亲讲，罗叔叔炒菜除了用葱花、花椒面、味素、酱油、辣椒这些作料外，很可能得力于对煤气的火力控制。可以调控的煤气灶，加上罗叔叔的左撇子，炒出的菜自然卓尔不群。

有一段时间，我母亲把罗叔叔左撇子看成是干活不得要领，她曾尝试加以纠正，手把手教他如何使用大勺，如何挥动炒菜铲。罗叔叔很是虚心，及时采纳了我母亲的意见，几次操作后，竟然满脑门是汗，不但左撇子毛病没有改过来，反而两手不知如何使用，也不会炒菜了。

后来得知，罗叔叔只是照顾我母亲的面子，才不得不临时改正一下原有的习惯，属于不得已而为之。

那时在筒子楼里，每个楼层只有两个厕所，男女各一个，且紧紧相连。厕所每天安排一户人家值日打扫，门口挂着小牌，写着户主的名字。有的人家打扫不及时，就有人操起扫把顺手收拾几下。干这活最多的，女厕所这边是我母亲，男厕所那边是罗叔叔。因为打扫厕所，我母亲和罗叔叔就有了很多次交集。每每打扫完厕所，两人磕磕扫把，都会给对方一个敬佩的眼神。

有了这层关系，我母亲每提出一个建议，罗叔叔都虚心采纳，照搬不误。细心的我母亲后来发现，罗叔叔的毛病不但没改过来，反而增添了新毛病——他往大勺里放酱油时，也是反着来的，握有酱油瓶的手总是往外翻,这一翻,手背朝下,手心朝上。当一股细流涓涓溢出瓶口的时候,罗叔叔对酱油拿捏的准确程度叫人十分惊讶,我母亲不得不得出这样一个结论——他炒菜发出的香味,完全出自奇特的思维。

2

在故事展开之前,有必要说说我们家的屋子。那十几平方米的房间里,除了放一张床、一个衣柜、一张书桌,再很难挤出多余的空间。我家的床比较窄,每晚睡觉,我父亲用几个板凳拼凑在床边,上面铺上被褥,床面才变宽了。我母亲说我父亲一辈子就会对付。可不对付又能怎样?屋子就这么大,想不出更好的办法。

每天早晨起来,我父亲将被褥掀开,叠起,撤掉板凳,屋里又腾出一定的空间。我们家书桌兼有餐桌功能,平时在那上面看书学习,到了吃饭时间,弯起胳膊往桌面上一划拉,书本立刻飞落到床铺上。再端来刚出锅的土豆炖豆角、高粱米饭放在桌上。

那时家里只有我一个孩子,吃饭时母亲有足够的耐心教我怎样用筷夹菜,怎样扶碗吃饭,告诫我不能把筷子直插进饭碗里,那是给死人插的;夹菜更不能在盘子里乱翻,那动作会遭人嫌弃;饭粒也不能随便掉在桌上,"锄禾日当午,汗滴禾下土。谁知盘中餐,粒粒皆辛苦",这是半导体收音机里的声音,也是我母亲常挂在嘴边的诗句。

我家有一台半导体收音机,如一块整砖那样大小,镶有蓝白相间的塑料壳,里面放两节一号电池。每晚吃饭时,我母亲把这金贵的玩意儿移到餐桌上,我们边吃饭边听半导体收音机,那里面好听的声音常让我忘记对饭菜的吞咽。

在半导体收音机之前，我家使用的电匣子，也叫戏匣子，体积如同现在的微波炉大小，固定在一处，用插销通电。由于使用年头过长，电匣子一天比一天老化，像上岁数的人不可避免生病，不住咳嗽。每当电匣子出现吱吱啦啦或咳嗽声，我便使劲儿拍打其外壳，说不定哪股寸劲儿，里面的声音又完好如初。

不管是收听电匣子还是半导体收音机，都是我了解外界的重要工具，也是我们家的精神食粮。那里面的风声、雨声、雷鸣声，常常把我们带入流连忘返的神奇境地。我还能从播音员甜甜的声音里，猜测他们长的样子。想象是有力量的，能够生出美丽的翅膀，在我脑子里长久萦回飞翔。那男播音员，我会把他安装在罗叔叔身上；那女播音员呢，我自然会想起罗婶。这样一来，那虚幻的美也就落到了实处。

罗叔叔家没有电匣子，也没有半导体收音机，他所知道的国内外大事，多数来自我们家这台半导体收音机。罗叔叔在走廊做饭、炒菜时，总是支棱起耳朵收听我家里的广播。听到关键处，他停下手里的菜铲，得寸进尺地歪起头，将耳朵凑到我家门口，听得如醉如痴。知道罗叔叔有这一爱好，我母亲就把屋门打开，让收音机的音量顺畅地跑到走廊，跑到罗叔叔的耳朵里。我家遮挡屋门的半截布帘，会随着半导体的音量，一鼓一荡，我也时常看到帘外立着的一双腿，如施了定身术般一动不动，久久不肯离去。

我母亲说，多亏那时没有电视，要是我家屋里播放电视新闻，罗叔叔脑袋非探进屋里不可，那样，我家就没有隐私可言了。

罗叔叔只是在门帘外面听，无论如何也不越雷池半步，他严格遵守这一规矩，从没打破。听了广播的罗叔叔，对于全国各地的大事小情如数家珍，嘴里也时常挂着北京、武汉、南京、重庆还有我记不住的城市名字。

他身处东北长春,却眼望着全中国,视野大开着。

罗叔叔家屋门也挂着半截门帘,是块蓝花布。有时我跑出家门,跑到罗叔叔家门口,从那半截门帘下面往罗叔叔家看。那屋里跟我家不一样,床宽,书桌子比我家的大,有一堆书从地面摞到屋顶,上面夹着一个个零乱的纸条。他家棚顶有木杆滑道,从上面坠下一扇布帘,偌大的床铺就被一隔两段。床上盘腿坐着一个老奶奶,她对小孩很不友好,看见我张望,嘴一抿,吐出一口假牙,红乎乎一团,吓得我撒腿跑掉,她借机鬼魂一般消失在布帘后面。

老奶奶是罗婶的母亲,严格讲我应叫她姥姥,但我们习惯对所有老太太称之为奶奶,就像现在我这一把年纪的人走在街上,总有年轻者称我为爷爷一样。老奶奶户口在湖南乡下,没有城市户口,就没有粮证,她来这里,等于挤占了罗叔叔家的口粮,所以他家的日子比谁家都拮据。据我母亲讲,罗叔叔每月会抽出一个星期天,将自己乔装打扮成工人或农民模样,鬼祟地走出家门,去黑市上购买粮票,再用粮票为家里添补粗粮。有一次,罗叔叔在黑市上进行交易,让人盯上了,被扭送到公安机关。遣返回单位那天,他衣服上一只袖子从肩膀处撕开了一个大口子,脖颈上有明显的抓挠血痕,别提有多狼狈了。

罗叔叔活得窝囊,三天两头跟罗婶打架。他俩打架很特别,总是事先压抑着声音关好门,然后低声吵,吵着吵着,控制不住,加大了嗓门,随之噼里啪啦打斗起来,乱了阵脚,有碗盆摔在地上,四周灰尘腾空而起。罗婶是典型的辣妹子,动起手丝毫不怯懦,从力气上较量不过罗叔叔,就使用惯常的招数,一头撞过去,以迅雷不及掩耳之势抓住其裆部,拉、扯、拧、撒,罗叔叔立马老实了,脸色煞白,冷汗涔涔,呼救着我父亲前去拉架。他们每次打架,我父母的原则是,能装听不见就装听不见,实在听得不能忍受，才去咚咚敲响罗叔叔家的屋门。我父亲在隔壁苦口婆心相劝，我母亲这边也没闲着，她拿起家里利用率极高的搪瓷茶缸，轻轻扣向墙壁，歪起头，耳朵贴向搪瓷茶缸底部。茶缸有扩音和拢音的效果，落到茶缸底部的耳朵，如同探进了罗叔叔屋里，什么声音都听得一清二楚。有一次，我母亲离开屋子去走廊拎暖水瓶，我趁机拿起搪瓷茶缸也扣在墙上，耳朵贴上去，里面不知怎么突然炸开一声巨响，震得脑子嗡嗡疼。

在厮打最为惨烈的时候，屋里那位老奶奶什么话也不说，拽起她的孙子罗强往屋外跑，紧迈碎步来到街上，肌肉扭曲的脸冲向空旷的天空，嘴里发出愤怒的叫喊，那声音里分明是对罗叔叔不满。罗强年龄和我差不了几岁，我们在走廊里相见，也不说话，只是彼此用眼睛看，静静看，没有敌意也没有友好。他的眼睛又大又圆，像刚刚从水中捞出来的黑葡萄，晶莹剔透。

不管罗叔叔和罗婶打得如何，一旦休战，两人关系立马逆转，似乎比以往更加亲密。在这种亲密期里，罗叔叔像打了鸡血，乐颠颠跑到走廊炒菜、做饭，罗婶也心甘情愿当起了配角，跟在罗叔叔背后，手忙脚乱择辣椒，准备葱姜蒜。那副样子，看着有点让人肉麻，我母亲为此不知偷笑过多少回。罗婶很会与外人相处，全楼暂停煤气的日子，她会从家里端出半盆玉米面，走出筒子楼，一溜烟儿消失在胡同平房里，不到一个小时，又端回一盆油亮亮、黄澄澄的玉米饼。撞见我母亲，脸上羞涩地一笑，不由分说掀开盆帘，塞过来两个玉米饼。我母亲不要，说什么也不要，她知道罗叔叔家粮食不够吃，这些玉米饼来之不易。两个女人像打架一样撕撕扯扯好一阵儿，最终我母亲还是强行把塞到怀里的玉米饼送回到罗婶的盆里，彼此又都心无羁绊地分开了。

3

  腊月是东北最冷的时候，所有的东西都冻得咔吧脆响，做什么事都容不得怠慢和犹豫，于是这里的人性子急，做事直截了当，来不得含糊拖延。而对于那些来自全国各地的温和清高的知识分子来说，有些不同，他们做事三思而后行，极为含蓄，也极为隐蔽，就像那时许多单位需要保密。保密单位都是用数字代替的，比方说，长春航空液压厂，叫133厂；长春第一汽车制造厂，叫652厂；厂办小学叫652小学，中学叫652中学。652厂职工住着苏联老大哥帮助修建的家属宿舍，冬天从生产车间流出的余热，顺着暖气管道注入每家暖气片里，屋里热得需要将窗户四敞大开，热气腾腾的白雾会冲破室外的寒冷，缥缈地散开。

  这些科研单位的知识分子，工作性质也都是保密的，所以做事含蓄、隐蔽十分必要。我觉得我父亲的工作没什么可保密，看上去他也极为平庸，但每年年终他会准时捧回家一个印有"先进工作者"的竹篾罩保温瓶，或者带有"为人民服务"的搪瓷缸，我又认为我父亲不平庸，只是他对工作上的事守口如瓶，我就以为他平庸罢了。

  我父亲和罗叔叔在同一科研单位，同一个科室，两家又同住在只有一墙之隔的筒子楼，这样的关系很是微妙，有一种说不清道不明的微妙。

  我母亲常说，我父亲是个没有人生规划的人，他懒散、随遇而安，在单位又是个不可缺少的中坚力量，却心甘情愿湮没在集体荣誉之中。我母亲还说，我父亲脑子简单又好使，单位那点工作对他来说轻松自如。于是他每天下班回家吃完晚饭，有闲心干些没用的事，比方找借口说屋子小、太闷，溜到楼下跟人扎堆聊起国内国际形势，或借助晚风下一盘酣畅淋漓的象棋。我父亲棋瘾太重，左邻右舍没人是他的对手。为吸引更多人跟他玩耍，他常把自己一侧的棋盘剔除车马炮，少了棋子如缺胳膊少腿，我父亲一路歪歪栽栽杀过去，照赢不误，气得对方抓耳挠腮百思不解。这时我父亲坐在那里，嘿嘿嘿咧嘴窃笑，幸福地从兜里摸出一根烟，神仙般叼在嘴上，点上火，狠狠吸一口，半天也不见烟雾吐出来。可以看出，我父亲是个没有多少城府的人，喜怒哀乐常暴露在脸上，借棋讽刺对方，得罪了不少人，自己还不知道。

我父亲有时强拉硬拽罗叔叔下棋。罗叔叔对下棋不感兴趣，他是个很自律的人，对棋可玩可不玩，他喜欢议论从广播里听到的国内外大事，议论北京、南京、上海这些城市同行业的崛起与发展。不管怎样议论，他都被我父亲强行按到棋盘上，硬着头皮搬起棋子，又冷不丁对我父亲来一将。罗叔叔脑子同样好使，他在棋盘上认真起来，我父亲很难受，也会抓耳挠腮，抠起鼻孔，唉声叹气。严重的时候，会张开两手十指，深插在厚密的头发里，咯吱咯吱挠个不停。这时的罗叔叔从不拿我父亲取乐，他只是浅浅地一笑，推掉棋子，两人悄然失踪了，不知去了哪里，直到半夜才各自回到家里。

罗叔叔可以跟罗婶打架，可以在黑市上被人扯坏衣袖，但绝不随便伤害我父亲，也不贬损任何人，后来他在工作上走得更高更远也可想而知。这点我父亲自愧弗如，永远学不来的。

4

筒子楼里最热闹的时候，是每年过春节。春节是大节日，楼里人平时可以很少来往，过春节就不同了，大家同处在一条大走廊，需要在这时间走动走动，表明彼此友好。这种表达方式是相互送饺子。过年我家煮出的头一锅饺子，要盛出一碗又一碗，然后庄重地端给左邻右舍，左邻右舍也同样送来一碗碗刚出锅的饺子。饺子在走廊里被端来端去，散发着诱人的香气，烘托起节日热烈的气氛，很是温暖人心，其乐融融。每家的饺子各不相同，吃到不同人家包的不同味道的饺子，无论咸淡、浓厚还是清爽，心里还是欢喜的。我们家给邻居家送去的饺子常常是单独和馅，这馅里的肉比自家吃的饺子肉多，这是个脸面问题，也是为人品德问题，必须这样做。在这样热烈的气氛里，罗叔叔家异常尴尬了，罗婶不会包饺子，他们家过春节从不包饺子，但办法还是有的，就是把东家送来的饺子送给西家，西家的饺子送给东家。有一次，罗叔叔端起一碗饺子刚出门，脚跟不稳，猛地被门槛绊了一跤，整个人摔出门外，碗打碎了，饺子散落一地，人狼狈得趴在地上半天不肯起来。

那碗饺子很有可能是送给我家的，我们都这么认为。事后不久，罗叔叔果然敲响了我家房门，是轻声，像特务接头暗号那样见不得人。当时我们家正在吃自己包的饺子，我母亲手攥着筷子前去开门，见罗叔叔手里拎着一只网兜，没等说上一句话，罗叔叔自作主张往屋里挤。网兜里装有三条冻鲤鱼，我们全家知道罗叔叔是送鱼来了，以补偿那次没有送来饺子的尴尬，热烈的情绪随之高涨起来。

我母亲嘴里发出："哎呀呀，啧啧！"

我父亲马上撂下筷子跑向门口，同样回应："哎呀呀，哎呀呀……"他们只能用"哎呀呀"代替千言万语的感谢之情。

罗叔叔闷声拎着网兜，没工夫回应我父母的热情，执意往屋里闯，很害怕我父母这时把他拒之门外，他说："进屋再说。"

我父亲，包括我母亲怎么好意思让罗叔叔顺顺当当进屋呢，罗叔叔要是轻易进来，显得我父母太不知深沉，太那个了。两人就极力向外阻拦，不管怎么阻拦，罗叔叔还是没费多少力气就挤进屋来，随手关上了身后的门。

总不能让罗叔叔一直拎着鱼，我母亲从书桌底下抽出一只盆，接过罗叔叔手里的网兜，将三条鲤鱼倒进去。再客气就絮烦了，我父亲从桌底拉出一个板凳，拉扯罗叔叔衣袖，亲热而实在地让他坐下，一只手紧紧握住罗叔叔的手，半天不肯撒开。

我母亲嘴里不停地说："你看这事，这事，你们留着吃多好。"

罗叔叔很为自己的得逞而得意，他坐在板凳上，挣脱出我父亲紧握的那只手，使劲搓着带有腥味的两手掌心说："这鱼刚从水库打捞上来，出水不到两个小时，吃着新鲜。我看你家总也不吃鱼，给你们拿来三条。"

我父亲脸上堆积着膨胀的笑容，说："真是真是，我家总也想不起来吃。"

罗叔叔忽然说："三条鱼，我也不多算，给我四块五毛钱就行。"

母亲的脸咯噔怔住了，手僵在了那里。我父亲脸继续膨胀着笑，但那笑已凝固成一块硬团，别提有多难看了。原来罗叔叔这三条鱼不是白送，是卖给我家。我母亲缓过神儿，为自己找台阶说："好，好，我现在给你拿钱。"回身从书桌抽屉里拿出一个铝饭盒，掀开盖，找出四块五毛钱。可能钱币之间有所粘连，不愿离开，我母亲用食指和拇指对每张纸币强行挤捻几下，递给罗叔叔，不受控制的手簌簌抖动起来。

罗叔叔的行为，搞得我父母一时转不过弯来，三条鱼被收下了，收得勉为其难。送走罗叔叔，我母亲认真端详三条鱼，心里掂量着这到底值不值四块五毛钱。我父亲大大咧咧地说："四块五毛钱，不贵，咱家的确应该吃一顿鱼了。"

当天晚上，我母亲收拾出三条鲤鱼，拿到走廊炖在大铝锅里。

我母亲说，就是这次炖鱼，险些与邻居发生矛盾，酿成事故。也不知罗志贤安的什么心，好事都他做了，反倒显得我们里外不是人。

原来是我母亲炖鱼时间过长。只有长时间煮炖，鱼才能好吃，有一句老话叫千炖豆腐万炖鱼。这平平常常的炖鱼，暴露出厨房一个十分尖锐的问题，就是煤气的使用。因为一层楼所有人家使用一个煤气表，到月底用掉多少煤气，平均分摊费用。这样一来，有的人家做饭简单，使用煤气有限，月底拿出的煤气费却不比别人家的少，吃了哑巴亏，又不好意思声张，只能暗自较劲儿、生气、制造事端。

我母亲炖鱼是悄无声息的，也是低调的，等鱼香飘满了整个走廊，就有人提起鼻子往走廊里嗅，看谁家做这么好吃的东西。三条鱼炖了一个多小时，我母亲觉得时间不够劲儿，要继续炖下去，这时，住在靠近厕所的那家女人，出门朝我家这边看了两眼，也打开炉灶，烧上一大铝锅水。这户人家平时做饭比较简单，爱干净，炉灶无论什么时候都擦得油光锃亮。这家女人还有个习惯，每天晚上要烧上一大铝锅开水，端进屋里，去洗澡。春夏秋冬从不间断。那哗哗啦啦的撩水声，清脆而响亮。那家男主人为了不让木桶里的热气散发得太快，特意用一大块塑料布制作了一个木桶罩，女主人钻进木桶，男主人把塑料罩扣上，不管女主人在木桶里怎么撩水、擦洗，水珠都不会溅到桶外。这样一来，塑料罩表层往往蒙上一层迷雾，女主人晃动的朦胧身影，如同在演一场皮影戏。

虽然这户人家做饭简单，但女主人每天烧水用去了不少煤气，也不算吃亏。在我母亲炖鱼的时候，那边却不这么想，而是把她家的煤气灶也点燃了，比平时烧洗澡水提前了两个多小时。据我母亲讲，罗叔叔那天晚上，特意在神不知鬼不觉的情况下，掀开那家铝锅盖，发现那里面除了水，还有一块石头。罗叔叔说："我过高估计了他的科学精神，原以为那家男人在做什么实验，其实不是的，纯属是为了赌气。"因为煮过石头的水，很快被那家女人倒进了下水道。这种赌气方式，使这层楼煤气使用量明显超标。

面对用锅煮石头女人的不满，是罗叔叔前去解的围。他也炖上了鱼，炖的时间不长，炖鱼的香味从锅盖缝处飘出来，丝丝缕缕弥漫到走廊时，他关掉灶火，端起炖鱼锅，送到煮石头的女人面前。对于慷慨的罗叔叔，那家女人无话可说，她关掉了炉灶，跟罗叔叔你推我搡谦让一阵，不得不接过两条炖好的鱼，直夸奖罗叔叔的鱼炖得好香。

这期间，我母亲与罗叔叔之间发生了一件极为秘密的事，我是当事者，只是年纪太小，一直没搞明白是怎么回事。出了那件事后，我有好长时间没看见罗叔叔，他也没脸面再见我母亲了。

没过两个月，罗叔叔去南京出了一趟差，回来时，他身穿一套崭新的西装，衬衫领口打了条歪歪扭扭的领带。罗叔叔要调走了。没过几天，筒子楼下开来一辆大解放车，跳下一群工人，帮罗叔叔搬家了。那是一个早晨，罗叔叔和罗婶早早起床，罗婶身穿一件我从没见她穿过的真丝旗袍，整个人显得焕然一新。罗叔叔还穿着他那件崭新的西装，手握一把木梳，反反复复梳理头发。他的头发平时很不规整，罗叔叔就不断往木梳齿上吐上口水，再梳在头上，湿润的头发成绺地贴向头皮。有一只飞虫落入发丝，怎么也不肯离开，他头顶那只飞虫，浑然不知地跟人打着招呼，然后走出楼道，走下楼梯，来到楼门外，一头钻进那辆装满他家物品的大解放汽车里。车缓缓开走了，整个筒子楼里的人的心好像一下被抽空，而我看见罗叔叔头上还顶着那只一动不动的飞虫，不停地挥手与大家道别。

5

很多人不知道罗叔叔调走的真正原因，我母亲敏感地意识到，罗叔叔这次调动绝非偶然,他是因为与我母亲之间那个秘密而毅然决然调走的。那是个见不得人的秘密,他必须离开。

前面讲过,罗叔叔因为吃饭问题总跟罗婶打架,自从他当了科室小领导,一切风波都消失了。罗叔叔变了,看上去格外刚毅,还有点鬼鬼祟祟。那些日子他是怎样从困境中走出来,安抚住罗婶,稳固住他的家庭,不得而知,但他在单位带领大家奋勇攻关,获得两大科研成果奖励,尽人皆知。

有一天,我母亲点燃了走廊里的炉灶火,淘米下锅,加水熬粥,回身进屋给我扎辫子,两条辫子。我母亲喜欢女孩,就把一个活蹦乱跳的男孩当女孩打扮。她给我买花衣裳,穿裙子,扎小辫,由着性子任意摆布,简直不可理喻。

我头上小辫子扎完一条,准备扎第二条时,我母亲想起了走廊里的一锅粥。她手握着我一条辫子打开房门,看见粥已经开锅了,热气鼓动着锅盖啪啪作响,浓稠的米汤溢出来,顺着锅沿汩汩流淌,浇得蓝色的灶火一惊一乍。我母亲掀开锅盖,放小了灶火,手握我头上的小辫回屋,继续编织,编完了,还在辫梢扎了两根大红绳。我母亲又想起屋外那锅粥,她拉着我的手打开屋门,准备再看一眼锅里的粥,也就在这时,她猛地定住了,牢牢定在那里,因为罗叔叔那只左撇子手,正握着一把大勺子从我家的锅里抔出米粒,投放在自家锅里。他家的锅也在灶上烧着火,里面同样翻滚着清爽的米汤。看样子,他从我家锅里抔出米粒不止这一勺,那左撇子动作如行云流水,顺畅无比,他怎么也没想到这时我母亲会出现。

惊诧地定在那里的我母亲,表现出少有的机智,赶紧撤身说:"我没看见,我什么都没看见。"她还试图从脸上展现出宽慰的笑容,可最终没有笑出来。罗叔叔那只左撇子手,就那么握着勺子,不会动了。隔了几秒,他慢慢转身回过眼神,目光软软地看向我母亲。我母亲极力退缩,加了个摇摆的手势，嘴里不停地说："我没看见，什么都没看见！"那时的罗叔叔，我父亲的领导罗志贤，眼里忽然布满了哀伤，他努力地看向我母亲，可我母亲根本不看他，她想的是怎样快速退缩、退缩。罗叔叔眼神猛然低落下来，落到我母亲的膝下，他把目光投向了我，投向了我的眼睛，随之身子矮下去。那时我只是个孩子，不懂他的肢体语言，一个劲儿往我母亲身后躲，试图让母亲遮挡住我。罗叔叔就扑通一声坐在了地上，两手揪起自己的头发，痛哭。他的哭，没有发出一点声音。

我母亲终于缩身退回到屋里，她关上门的工夫，一下把我扯倒了，随之，她的手扣住我的嘴巴，没让我发出一点哭声。

对于这事，我母亲后来极为愧疚，甚至是痛苦，这痛苦一点不亚于罗叔叔当时的痛苦。她说："千不该万不该我在那时出门，鬼使神差地撞见罗志贤，见到他，又千不该万不该反应过激，我们为什么反应那么激烈呢？谁还没个难处，没个缺吃少穿的时候。"

我母亲因为没机会跟罗叔叔说上这些话，总像藏着一块心病，一直到晚年，她还念念不忘。

6

二十世纪八十年代，也就是罗叔叔调走没两年，我父亲单位盖了几幢家属楼，那个让我们骄傲的筒子楼早已光环不在。我们家搬进了新楼三室房子里，我父母时常想起罗叔叔，认定他没能住上这样的新宿舍，真是可惜，亏大了。但据去过南京回来的人讲，罗叔叔在那家单位发展得很好，已成为声名显赫的大领导，大得让人可望而不可即，有时报纸、广播里都能出现他的名字。

这几天我连续接到罗强打来的几个电话，他说他出差来东北，参加一个医药会议，受罗婶嘱托来看看我父母。我告诉他，我父亲去世十年了，我母亲前年冬天也离世了。罗强在电话里沉吟起来，我问，罗叔叔身体还好吧？他说，上个月去世了。

那一代人很快过去了，我们后辈也进入了人生下半场。

我提出在我家楼下附近咖啡馆里见个面，罗强很高兴地应允了，随即我们加了微信，我给他发了个位置图。一个小时后，罗强乘坐出租车过来。那是一个我完全陌生的人，陌生得不敢相认，但他那一双晃动的大眼睛，又恍惚唤起我的记忆，小时候我们是时常见面的。罗强说，他有很多话要跟我说。

他说，他在整理罗叔叔的遗物时，发现了两个厚厚的日记本，里面零零碎碎记录着我们两家的来往，似乎有许多只有当事人可以看懂的暗语。他想知道他父亲当年经历了什么，受到了什么刺激。罗强说罗叔叔晚年脾气一直不好，发作起来他简直无法忍受，有一段时间他对父亲失去了耐心，厌倦透顶。

经过窒息般的沉默，罗强回身拽过身边的兜子，打开拉锁，他说他父亲留下的日记也不全晦涩，有些页码能看懂，里面的内容很有意思。他手颤抖着拿出两本发黄的日记本，一股陈年的气息瞬间扑面而来，掺杂着刺鼻的辣味，萦绕开来。他说："我原准备把这些日记全部烧掉，虽然里面有很多见不得人的隐私，但我还是留了下来。"

我接过日记本，一页页地打开，停留在一则记录上：

今天腊月小年，室外大雪飘飞，我与朋友Z去水库打鱼。年关刚过，那里管理很严，也许是大雪天的缘故，冰面不见一人，几米之外视线极差，这正是捕鱼的好天气。我与Z在冰面开凿一个大窟窿，由于冰底缺氧，无数条鱼向窟窿拥来，我们捞得十余条，各分一半。回到家中，想着这鱼自家吃掉有些可惜，遂想到邻居夏家，春节过后便送去三条。那一家人见到鱼，高兴得不得了，我随即改变主意，向他们索要四块五毛钱。场面虽有些尴尬，但夏家欣然接受。其实之前我做过调查，那三条鱼在副食商店里顶多卖三块五毛钱，我多卖出一块钱，夏家竟然不知，老夏聪明只是小聪明，实则愚也！四块五毛钱虽然不多，却解决了生活大问题。可是，我又觉得老夏没那么愚蠢，他很可能看出问题，只是留有情面，不想捅破罢了。念及此，我心生悔恨，恨不得拿起刀来，将自己的这只手剁掉，剁掉那污秽不堪的手。

蓝色的钢笔字体已经浅淡，那一笔一画的蝇头小楷浸染在黄色易碎的纸张里，呈现在我的眼前，剧烈跳动。我的脑子里再次出现一幅黑白画面，生动而活泼，那是罗叔叔炒菜做饭时的身影，是他立在我家屋门外偷听收音机的模样，也是他拎鱼敲门强行挤进我家的情形……在日记的后半部分，有半页搬家的描述：

……今年春早，室外树叶婆娑扶疏。调离东北，是我个人急迫需要，也是组织的需要，我必须抓紧实施，离开这个单位。正如一张白纸能画出最新最美的图画来，去一个陌生的地方，一切重新开始吧，做个堂堂正正的人……

后来，我父亲知道了我母亲与罗叔叔之间发生的事，他觉得有必要跟罗志贤把话说开，只有话说开了，我们家和罗叔叔家关系才会如同从前。但罗叔叔始终躲避着我母亲，而且匆忙调走，一直没给我母亲说话的机会。调到南京的罗叔叔，开始步步高升，已不是一般人想见就能见到的人物了。这样一来，我父亲觉得更有必要把话说开。那时，常有些人带着套近乎的心理前去南京拜访罗叔叔。这些人中，大多是东北的老同事，也有来自全国四面八方的人。对于那些人，罗叔叔没有全部拒绝，他会有选择地与那些风尘仆仆远道而来的老同事见上一面。每次接见他们，罗叔叔说话都小心翼翼，显得有些矜持，生怕哪句话出现什么纰漏，伤害自己，也伤害他人。更重要的是，他像爱护羽毛一样爱护自己的形象，与人说话，总是不停地检查自己的西装前襟或衣袖，只要上面有一点不洁之物，他都要认真地择掉。每当有人不知好歹想与他回忆往事，罗叔叔立马沉下脸来，长时间不语，或顾左右而言他，眼神里全是含混、迷离，魂儿也飞走了，飞到不为人所知的世界。

这期间，我父亲获得了一个去南方出差的机会，那是一个大夏天，他利用星期天绕道赶往南京，去拜访罗叔叔，或者是想跟罗叔叔把话说开。那时打电话很不方便，我父亲一路打听着摸到罗叔叔家，是罗婶开的房门，她见到我父亲，大呼小叫把他拉进屋里。罗婶告诉我父亲，罗叔叔刚出门，没说出门干什么。我父亲坐在他家的沙发上等，左等右等，也不见罗叔叔回来。这时，我父亲完全可以跟罗婶把话说开，让彼此不必心存芥蒂，可是我父亲觉得这事太小，怕在罗婶跟前越涂越黑，反倒解释不明白，所以我父亲一直没张开这个嘴。这时已到了中午吃饭时间，罗婶扔下我父亲去厨房做饭。我父亲是个屁股很沉的人，也有点死心眼，他非要等罗叔叔回来，说出心里计划好的那些话。我父亲就这么留下来吃饭了，他想边吃饭边等，等饭吃完了，罗叔叔还没回来。我父亲坐在沙发上，难受地抬手嘎吱嘎吱挠起头皮，内心的矛盾、煎熬由此可想而知。我父亲觉得再这样耗着，连自己都说不过去了，他不得不遗憾地离开，那些憋在肚子里的话最终没有说出来。

7

罗强坦诚地透露，其实那天罗叔叔并没有出门，而是坐在书房里看书，听到门口罗婶大呼小叫，知道是谁来了，他赶紧起身钻进身后的大衣柜里。他以为我父亲见不到他会很快走掉，想不到我父亲在他家里不仅长时间喝了茶，还留下来吃了饭，害得罗叔叔在大衣柜里整整蹲了两个多小时。要知道，那是个大热天，大衣柜里闷得密不透风，罗叔叔就那么狠心咬牙蹲在大衣柜里，一声不吭。等我父亲离开，罗婶打开大衣柜的门，看见浑身大汗淋漓的罗叔叔已经不会动了，罗婶强拉硬拽费了好大的劲儿，才把罗叔叔从大衣柜里弄出来。他缓过来的第一句话竟问："他走了吗？"

罗强说他准备将罗叔叔的日记整理出来，完成一段回忆录，所以他与我这次见面很重要。我努力合上日记本厚厚的纸页，心情复杂得半天无语。罗强起身去室外吸起烟，隔着厚厚的茶色玻璃窗，我看见罗强点烟的动作很是特别。究竟特别在哪里？我恍然发现，他也是左撇子，他的动作竟与当年的罗叔叔如出一辙，又在某些地方与他的父亲有着脱胎换骨般的差异。

吸过了一支烟，罗强重新坐到我对面。他说他父亲死得很蹊跷，本来父亲在床上躺了半年，人轻得像一张纸片，有一天却非要从床上坐起来不可。他让罗强把他移动到床下的椅子上，他坐在上面，脸不自觉地朝向了东北方向。罗强几次帮他矫正坐姿，可他的脸还是转向了东北。罗叔叔就以这种姿势在椅子上咽下最后一口气，他从椅子上滑落的方向也是东北……

罗强提出要去看看筒子楼。

我说："那楼早就拆掉了。"

罗强说："我看看那个原址也好。"

我说："那你更不必动身。"

他问："为什么？"

我说："就在你的脚下。"

我还对罗强讲，当年拆掉筒子楼时，发现地下有一个密室，据我母亲讲，我父亲和罗叔叔曾在密室里一举攻克两大科研项目。罗强怔怔地看着我，满眼全是惊奇、惊讶，还有些难以置信。他慢慢站起身，再次走出室外，眯着眼仰头冲着四周的楼群，冲着天空眺望。眺望着，恍惚间，他那一双晃动的大眼睛竟然潮湿了，从里面默默滑落出两滴清泪。

· 作者简介 ·

　　夏鲁平，男，满族，1963年生，中国作家协会会员、长春市作家协会副主席。曾在《人民日报》《光明日报》《人民文学》《作家》《中国作家》《民族文学》《花城》等报刊发表作品百余万字。出版小说集《风在吹》《参园》《去铁岭》《棒槌谣》等。曾获中国作家出版集团征文奖、《人民文学》征文奖。多篇小说被《小说选刊》《中华文学选刊》转载并收入《中国当代文学选本（第5辑）》《中国短篇小说年度佳作》《金石榴·中国少数民族文学作品年度精选（2018）》《中国好小说（2019-2020）》等多种选本。部分作品被翻译成韩、阿拉伯、哈萨克文等多种文字。

桥头羊肉店

□ 朱文颖

那天晚上,我、画家莲生、作家重生,以及歌手咪咪,我们在一个私家庭院里喝茶、聊天。院子在小巷深处,巷口有杉木做成的巷门,看起来很高很牢固。巷子两边则是年代久远的旧楼。

我们这一刻谈艺术,下一刻谈生活,再下一刻则聊起了生意。

外面的天气同样变幻莫测。我记得,刚进院子时开始下雨,不大。后来,我们聊天的时候,屋檐上的雨掉落到青石板上,就仿佛电影《金刚》里那个金刚,在生气时使劲朝下掷石块。

我们准备出门找东西吃,雨又小了下来。我和画家莲生走在前面,作家重生和歌手咪咪随后。我们一前一后地走,但距离一直不远。

没有两座小山是相同的,但是世界上任何地方的平原都一模一样。我在平原的一条路上行走。

我和莲生说起了博尔赫斯小说里的这句话。

我说:"我现在也是同样的心情。"

莲生笑了笑,表示他也同意。莲生是一个艺术感觉极好的画家。比如说,我和他聊起全景小说这个概念的时候,他立刻会用唐宋界画来回应我。

刚走出巷门,雨突然变得疯狂起来,铺天盖地。一道道白茫茫的水帘阻断前路。我们几乎看不清道路和方向。

"跟上来!跟上来!"我朝着后面的重生和咪咪大声叫喊。声音很宽阔,也很空洞。

也不知道过了多久。我们走进了第一家清晰出现在面前的建筑。

"你们吃羊肉吗?"一个声音响了起来。

随后有一个人,跟着这个声音走了出来。他穿着麻质的小麦色衣服,在空间里因此减少了某种存在感。我并没觉得他和我们有什么不同,包括身形以及由此估摸的体重。唯一比较特别的地方是,在他脸上,眼睛的比例显得很小,非常小。给人的感觉,他是靠眼睛以外的东西判断事物的。或者说,他对人对事的态度,淡漠而疏离。

只有我一个人听出了他说的是克里奥尔语——一种由葡语、英语、法语及非洲语言简化而成的语言。因为这段时间,我正在研读一位诺奖得主的资料。他的家族极具传奇色彩,父亲说英语、法语和克里奥尔语。就是这种克里奥尔语——感谢现代科技广泛而便捷的传播,我在资料附带的音频里仔细听过这种语言。

"我有点知道你在说什么。"我对屋子里出现的这个人说。

我说的是中文。他听懂了。但他没有解释，为什么刚开始时他说的是克里奥尔语。

"你当然知道。"他用的也是一种理所当然的语气，"我是这家羊肉店的老板。"

画家莲生、作家重生、歌手咪咪，还有我，我们找了一张桌子，围坐下来。窗外仍然大雨如注，树枝摇晃，枯叶乱飞。作家重生和歌手咪咪叽叽咕咕不知道在说些什么。我正想问问羊肉店老板具体的吃食，一抬头，突然发现这间屋子的窗玻璃是干的，并且滴水不沾。

画家莲生显然也发现了什么。他轻轻拍了拍我的手背。

我跟随他的眼光看向墙上的一本挂历。

挂历上是一幅山水画。前景是凡俗世界，炎夏中，旅行者赤膊扇扇，几头驴背驮重物，步履蹒跚。中景树丛后有一位穿着僧侣袍的求道者。远景则是占画面整整三分之二的主峰，它高得突兀、不合常理。另外，山脚下还有一团非常虚灵的云雾。

挂历的右下方清清楚楚地写着日历表示的时间：二〇八一年。

"你们饿了吧？"羊肉店老板打破了沉默。

有那么一小会儿，我们都没说话。那本墙上的挂历暂时让我们陷入了某种幻觉。虽然画家莲生、作家重生，还有我（我也是一位文字工作者），我们的工作本质上都与想象以及幻觉有关。即便歌手咪咪，刚才在小巷深处的私家庭院聊天时，她也承认，当她进入幻觉状态时，歌声最为动听，甚至能够唱出从未听过的曲调与声音。

但是墙上那本挂历仍然让我们感觉困惑不安。

"这样的事情以前发生过几次。"羊肉店老板不动声色地说着话，"特别是雷暴雨的季节。你们不会觉得奇怪吧？"

我们没有说话。歌手咪咪明显有点不太自在，她的脸色发白。

"其实也简单。"羊肉店老板说，"就像墙上那幅画，用的是散点透视法。中国画最厉害就在这个地方。视角无处不在，脱离客观实际，完全只根据自己的感受。所以，今天晚上，你们一定是因为某种特殊的原因和感受来到了这里。不用担心，你们很快就能回去的。"

"是的，我们刚才确实在谈艺术。"我小声地接了一句话。

"我们几个都是搞艺术的。"我又补充了一句。

"对了，你们要吃一点儿羊肉吗？"羊肉店老板缓缓打断了我说的话，或许他对我说的并不太感兴趣，或许他很早就得出了他的结论。

"今天有新鲜羊肉，这已是不常见的事情了。"羊肉店老板说，"关于是否还要继续以动物为食这个话题，现在变得争议不断。有三种不同的说法：第一种认为它们是人类的朋友，应该受到尊重；第二种认为它们是食物；第三种则认为它们是整个二十世纪以及二十一世纪初期最严重的疾病——艾滋病、疯牛病、埃博拉病毒以及感冒等的致病因素和传播源。学者们认为它们应该从人们的餐食中消失，就像原始文明中的一些野蛮行为一样，应该成为人们的一种记忆。"

说完这些，羊肉店老板推开旁边一扇门。

"你们稍等一下。"他说。

门外应该是后院。我们仍然能听到雨声，好像还有羊的叫声。

过了一会儿，羊肉店老板拿了些绿色蔬菜、豆制品，还有一只大锅子，重新回到屋子里。

"还是火锅的方式比较鲜美，并且健康。"他温和地对我们说，还给我们每个人递上一杯清水。

"你说话的口音有点奇怪。"歌手咪咪小声地说。

"你很敏感。"羊肉店老板一边向锅子里倒水一边说,"在二十一世纪的前三十年,英语还仍然是全球贸易、文化、外交、网络、传媒的第一大语言,是全球第二大交流语言、第四大母语。但后来,情况发生了变化。各大洲根据自己的习惯,在英语中加入了自己的方言和表达方式。特别是在二〇五〇年以后,中文的使用愈发频繁。直到二〇七〇年左右,夹杂了各种不同方言的中文逐渐成为商业流行语言。你刚才说我的口音有点奇怪,"他抬头看了下歌手咪咪,继续说,"那是因为,我的发音里同时夹杂了昆曲和评弹的元素。"

我看到咪咪吐了吐舌头。然而我也心存疑问。

"我觉得你说话的方式也有点奇怪。"

"是的,在成为羊肉店老板以前,我的职业是哲学系教授。"

我们惊讶地面面相觑。

"职业的区别已经不再重要了。"他看出了我们的疑虑,把话题引申开来,"生命的延伸让所有人都保有智慧,时间帮助人们看清了一切,比哲学教授和刻板的理论有用多了。二〇四〇年以后,人类已经可以经过长达两年的太空旅行抵达火星。那些去过火星的人,回来时个个沉默不语,或者终日微笑。他们比所有的哲学教授都更像哲学教授。"

"你去过火星吗?"作家重生接话道。

"没有。对于这个世界,我仍然希望保留一点儿神秘感。"羊肉店老板压低了声音,把这句话非常神秘地说完。

火锅安静而滚烫地沸腾着。

除了暴雨中滴水不沾的窗玻璃、长相确实与我们有所区别的前哲学系教授,以及他神神道道的话,一切,与平常的夜晚似乎并没有太多不同。

我们开始安静地享受羊肉、蔬菜和粮食。而羊肉店老板则从旁边那扇门出出进进。门开与关的瞬间,我们仍然可以听到雨声,好像还有羊的叫声。

第三次进门的时候,羊肉店老板后面跟着一个女人。她的眼睛也很小,比羊肉店老板更小。但看起来既非冷漠,也不疏离。

她用微笑跟我们打了招呼,向火锅里添了点儿绿色植物(其中大部分我能说出名字,还有一部分则并不能),然后就悄无声息地消失了。

"这是我太太。"羊肉店老板介绍说。

"她很漂亮。"咪咪说。

羊肉店老板仿佛对这个方向的议题没有兴趣,开始自说自话起来。

"我是在三十年前偶尔认识她的。世界人口老龄化越来越严重,大部分人深居简出,或者与设定好性别、脾气的智能机器人为伴。世界已经演变成一个孤独、个人愉悦和封闭叠加的社会。全球有一半死者的葬礼无人问津,我和她恰好相遇在一个共同朋友的葬礼上。参加葬礼的人恰好只有两个。"

"这很传奇。"我被"孤独"这两个字所吸引,同时感知着孤独、死亡以及浪漫搅和在一起的化学反应。

"世界不断变化。这几乎是生命延伸的唯一意义。十年以前,世界经济短暂复兴,在那段时间,又诞生了另一种新的消费形式:购买孤独。"

"购买孤独?"我们几个异口同声。

"是的。有钱人花高价购买个人独处和单独观看演出的权利。"

"为什么?"

"感到愉悦。享受真正的存在的感受。"

"不就是包场嘛！"歌手咪咪脱口而出。

我和画家莲生作深思状。作家重生扭头瞪了她一眼。羊肉店老板则微微一笑。

接下来羊肉店老板叽叽咕咕说了一堆话，突然又回到了克里奥尔语，那种由葡语、英语、法语及非洲语言简化而成的奇怪语言。仿佛油浮在水上，分辨出密度的差异。仿佛要把浮在水面上的那层油撇开。屋子里重新返回到意味深长的静默状态。

"我太太以前也是艺术家。"羊肉店老板如同回忆着几个世纪以前发生的事情。

"在某种程度上，我们非常相像。就像有人给予艺术家的定义：那是一群有着全然不同气质的人，他们当中的有些人受到完全不同的动机驱使，有着与别人完全不同的精神活动。那天我们参加了一位共同朋友的葬礼，没有其他人，只有我和她。我们对于别人漠不关心的人和事，有着共同的没有明确缘由的兴趣。这恰恰也是艺术的本质之一。"

我们纷纷点头表示同意。

"我们非常相爱，情投意合。我们的日常生活弥漫着各种形而上的探讨，坚硬的观念、辩论甚至争吵。大约在十年以前，有一个冬天，雪下了三天三夜。到了第四天上午，她很认真地和我谈话，表示她决定要放弃做一个艺术家了。"

"她以前究竟是做什么的？"咪咪又忍不住插话道。

"以前她是一位插画师。"羊肉店老板很有礼貌地立刻回答了这个问题。

"大致是什么风格？"人类延绵不绝的好奇心让画家莲生也开始插话提问。

"她是典型的唯美派。"

这次羊肉店老板没有再给任何人空余的时间，自己说了下去：

"那天上午她和我聊了她的疑惑。她说她开始怀疑她的画笔，因为她只想表达美，而当她只想表达美的时候，她就被美这件事情影响了、左右了。很多时候，当她在表达美的时候，其实只是在佐证一种偏见。"

"后来呢？"我们全都屏息聆听。

"后来，她告诉我她的决定，她不想再做一位插画师了。我说好的。我们彼此凝视了大约十秒钟，我也做出了我的决定。从此以后，我放弃了哲学系教授的职业。"

这时外面传来了细碎的窸窸窣窣的声响。

"下雪了吗？"我顺着羊肉店老板的话题开了个玩笑。

他笑了，扬了扬手。我惊讶地发现，锅子底下的火一下子旺了起来。

"那不是下雪，"羊肉店老板轻声说，"是我太太在准备她的作品。"

"作品？什么作品？"

"她以前是插画师时，很多人请她画像，或者给她寄来照片，再收藏她创作的自己的肖像。这些作品常常会出现在家族房屋的走廊里，让后代回味先辈的不朽与荣光。但是后来，情况发生了变化。随着时间的流逝，艺术渐渐发展成为一种可以亲身体验的项目。也就是说，每个人都可以把自己的生命变为艺术品，有一部分人或者更多的人，将通过自创艺术再现自己的方式来迎接死亡。"

"我还是不能理解。您的意思是？"我皱紧了眉头。

羊肉店老板富有深意地看了我一眼。

"很多很多年以前，我们一贯接受的观点是，事物永远是发展的，而且是向上向前发展的。但后来,特别在人口老龄化、资源匮乏、智能机器人快速更新换代以后,我们意识到,或许,在将来,世界的种种安排都只是为了防止它走向毁灭。它随时有可能走向毁灭。所以,我们中的很多人早早地开始准备一件艺术品,迎接随时可能到来,或者是自愿选择的死亡。"

"您太太……在准备什么艺术品?"

"她在院子里栽一棵树。一棵有着红色叶片的树。"羊肉店老板说。

几个星期以后,我、画家莲生、作家重生以及歌手咪咪重新约着聚会。

在等待宅院主人回来开门的时间里,我们在巷子里闲逛。沉默不语,各怀心思。

我走到一个书报亭前,拿起一本书,随意翻着。

封底有这么一排字:

如果我们找不到外星人,可能是因为我们对外星生命的理解有误,都以为他们是人。

· 作者简介 ·

朱文颖,女,1970年生于上海,现居苏州。发表长篇小说《莉莉姨妈的细小南方》《戴女士与蓝》《高跟鞋》《水姻缘》,中短篇作品《繁华》《浮生》《凝视玛丽娜》《春风沉醉的夜晚》等三百余万字。曾获国内多种奖项,部分作品被译为英、法、日、俄、韩、德、意文等文字。

劝人方

□ 张哲

宋韧自幼爱好相声,没有老师,是个"海青腿儿"。曲艺团团长见其人式好,碟子正,有天赋的聪明,便带着在团里说相声,时常有下乡演出的任务。有个地方给他印象最深,前前后后去过两次,这个地方叫破碎村。村子藏在山里,犹如一本老书,装着至为朴素的定理。

1

将至千禧年。

云从身边擦过,车子在盘山路上起伏,头上的太阳铸铁似的灰着。这是宋韧第一次下乡演出。

车子开了许久,有多久没人记得,恍恍惚惚都合了眼皮。直到速度降了下来，眼前是个人工开凿的山洞，蜿蜒崎岖，只容一车，车绕石头包，七扭八歪。半晌出了山洞，远远便见村口泛起白烟，大人小孩攒聚村口，拥簇之中得见一口大锅，蒸腾着热气。

曲艺团下了车。太阳正挂在头顶，约莫两三点钟的样子，书记上前，宽肩膀，黄黑肤色，穿的是蓝卡其布的上衣，两手端在胸前，粗声大气，很好辨认。他自我介绍说是姓徐。团长问老徐："在哪儿装台？"老徐只说："先吃饭。"团长追问："不先装台？"老徐揾了揾脸，说："不着急，先给你们做肉吃。"

全村老少围聚在锅边，宋韧上前，凑近一看，方知锅里是一只整羊，热气簌簌腾起，水已经咕嘟得差不多了。老徐递来酒，给演员们斟上，不多不少，每人一小杯，暖身子。酒酣耳热，团长见老徐久久不动筷子，便说："你们也吃。"老徐指指旁边的一口锅，说："不急，还有一锅。"只见不远处确实支着另一口锅子，村里老少皆围坐过去。少顷，酒肉穿肠，尽饱一餐，宋韧抹了抹嘴，踱到另一口锅子边，凑前一看，锅里温温地冒起气来，煮的竟全是羊的下水。

半晌，老徐望着团长乐，问："吃饱了吗？"团长睃了眼团里的演员，说："饱了。"老徐慢慢地瞧，笑一笑，说："那就演吧。"团长怔了一怔，心中纳闷，准备的是一台演出，差不多能撑一个钟头，天还没黑就开始演，这时间可咋熬过去。老徐见团长思量，便指了指不远的青黑色石台，说："就在这里演。"石台甚是简陋，正上方红底条幅上贴着一排素净的黄纸，写有几个大字：人间仙境破碎村。团长沉吟半晌，想倒是省去了装台的麻烦，直接开演也罢，至暮而归。

老少都从锅边散开，挤在远处，场子极静，久久无人开口。老徐在台上喊："快坐下。"远远听得有人只低低地"嗳"了一声，无人动。老徐又说：

"快点，坐好了便开始。"老少方稀稀拉拉坐下，挤在后面，墨疙瘩一样。老徐招呼往前挪挪，有的便连着屁股下面的凳子一起，挪走的地方露出袒露的土地，疤癞似的。

太阳已经溜进山坳。台上正演的是段西河大鼓《花唱绕口令》，叮叮当当，两片钢板磕打出脆响，咔嚓一下，鼓键子和钢板置于鼓上，就该宋韧他们上场了。

逗哏的是拨船的，捧哏的是掌舵的。第一次下乡演出，宋韧逗哏，团长给他量活儿。上台前，宋韧发怵，说："万一有个洒汤漏水、崩瓜掉字的……"团长只说："放心，跑了我能给你拽回来。"

宋韧跟着团长，气度俨然，提袍而出。上台前，团长特地嘱咐，垫话是金子，正活是银子。把点开活，看菜吃饭，待垫话的包袱响了，搭上线了，再入活儿。宋韧照做，使了几个小包袱，结果包袱出来没响，泥了。团长见状，承上启下，缓解尴尬，台底下依然是静的。宋韧又抖落个荤包袱出来，还是瘟的，台下照旧没动静，渐渐头上沁出一层薄薄的细汗，喉结一缩一缩的，看一看团长，只见团长脸上绷满了筋，没言语，宋韧便硬着头皮入活，说了个《打灯谜》。按理说，"灯谜"皮儿薄，台底下总该有个搭茬的，谁知台下老少只板着脸，眼睛干干地盯着。使闷子活儿，是遭人耻笑的，宋韧想到这里，脸烧了起来，浑身汗津津的，狼狈而归。

下了台，宋韧问："无磕无碰，三翻四抖，一切都是按着规矩来，怎么就演砸了？"团长只说："演什么节目很有讲究，你跟着团跑的时间长了，慢慢就能摸出门道。平原的观众喜欢贯口快板，山里的观众喜欢山梆子，小孩子听《八扇屏》《地理图》，老人喜好《铃铛谱》《拴娃娃》。路子没摸熟，不能急。"说罢，不再作声，只小口呷酒，身子软着，睇了眼台下。团长也纳闷，不光宋韧的节目，所有的节目完了都没掌声。一台演出便走马观花似的轮番演了,台下不大火炽。

待团里都演完,山坡另一侧还亮着,村里老少端然不动,极静,没有走的意思。团长有些犹豫,对老徐说:"演完了。"老徐拧住口,望望团里的演员,说:"不急,饿了吧,接着吃点饭。"说罢,便起身前去温酒。团长见正是饭点,没多絮聒,只说:"吃饭,接着吃饭。"招呼一帮演员,围了桌子,拾起碗筷便吃。那羊还剩下半只,已经煮得稀烂。老徐折回,给团长满上酒,自顾自仰头喝了起来。

太阳不多时便悬悬坠坠落了下去,天边青了起来,人在下面像是浸了油水,脸上泛着一层清亮。老徐说:"我们村有电,没路灯,挨家挨户拉出来了两股线,挺在杆子上,等会儿就点上了。"宋韧抬头看,果真是两股花白电线被拧成绳,顺到了石台旁侧,分挂于两根细杆上,接着两个不大的灯泡。团长只埋头吃肉,并不理会,不多时便撂了碗筷,按着桌子站起来,只说:"饱了。"老徐起身,手揣在怀里,忽然眼里放出光来,说:"那再演会儿?"团长怔住,睇了眼宋韧,喃喃讷讷道:"节目演完了。"老徐搓了搓手,接着说:"每个演员也不是只有一个节目,再演两个,大伙儿还没看够。"宋韧这才发觉,一旁的锅子冷着,村里老少没吃,守在板凳上虚望着他们。团长调转面孔,沉吟半晌,问起团里的意见。宋韧带头说行,其他人也应和起来。团长寻思,每个人也都有富余的活儿,再演几个也是可以的,便应了下来,又扭过身,压着嗓子说:"来几个撅的,差不多就行。"团里演员心领神会。

天渐渐暗了下来,宋韧唱了段快板《玲珑塔》。半个多小时出去,天便黑透,演员们纷纷停了下来,开始陆续换衣服。两只灯泡幽幽地亮着,像是能淬出火,昏昏沉沉照见老徐的半张脸,另一半豁了似的,被密匝匝的黑啃了去。团长朝老徐摆手,说:"演完了,回去吧!"老徐上前,四下地瞧，说："再演几个。"团长说："演不了了，没伴奏了。"老徐没听明白，跟台底下的老少递了句。宋韧只往那黑暗里瞧，看不分明，只有偶尔一两点火星在暗处里眨，并未有动静。老徐也静静地看着，又偷偷地觑了眼团长。团长不知如何是好，便让宋韧捡了快板再唱一段《武松打店》。

又是半个钟头，蚊蛾乱飞，宋韧没少吃蚊子，绝活都掏干净了，虚汗如注，台底下依然没动静，黑压压的，不知还有多少观众，便停了下来。老徐扭过脸凑到团长身旁，道："要不，把刚才的再演一遍？"两圈光从灯泡里散射出来，暗光烘照，团长恍惚，问："刚才的？"老徐说："刚才的那台演出。"团长凝了神望着老徐，问："重演一遍？"老徐点头，露出碎牙，"你没瞧见，没人走！我们这儿太需要你们这些人了，大家都新鲜。"夜越来越深，台下黑魆魆的，团长说："你瞧见了？没人走？"老徐乐了，说："没有脚步声，没人走，都在，都爱看。"团长又问："都看过一遍了，能行？"老徐欣然，道："行。"

团长把老徐的主意跟团里一说，团里演员都愣怔了，返场不过三，费心费力，累是其次，主要是都演过一遍，谁还乐意看？团长说："那就再演一遍。"转念，定了定，又说，"再演一遍咱们就撤。"团里演员便又演一回，也没有报幕的，谁准备好了谁就上。宋韧和团长开场，还是之前那一套，团长嘱咐："寸住了。"宋韧照做，垫话儿，正活和底，硬着胆再走一遍。抖出第一个包袱，台下依然是静的，谁知停了几秒，只见有零星微光在稠密的黑暗中闪闪掣动，接着便听得呼哨一声，打闪一般，一个脆响在黑暗里碎开，继而是掌声，一阵响似一阵，仿佛从遥远之处传来。团里的演员都愣怔了，宋韧见团长脸上泛出活色来，也喜之不胜，包袱还照旧如前，但听得起承转合，欢喜之处笑声不断，掌声雷动，愈演愈烈，皆来自那片泛着微光的黑暗。

演员们立时来了热情，一个一个顺序而出。不多时，便见台下火光滚动，不知是谁燃了木头，举了火把。宋韧定睛一看，台下黑压压的全是人，老少都站着，人挤人，一张张面孔见过似的，但又瞧不明朗，在光影里跃动，热铁般红着，嘈嘈杂杂一片响，有如汤沸，火把烧着，火焰颤抖抖地，连同那些密集的人影在眼前摇晃。

节目结束，团里上下激动异常，都嚷叫着"痛快"。老徐迎上前来，按住团长的肩膀，冲台下说："行了啊，从六点不到咱们就开始了，现在这天儿都黑透了，该回去了！这回得回去了！"便听得台下呼啦一声，只见老少在光亮里又坐了一阵，方才陆续起身，有的小孩子围着不远的两口锅子跑了起来，嚷闹声渐渐腾起。

"赵大桥，你留下；李玉兰，你留下……"老徐截了人流，点了几个人的名字，台下又静了。须臾，不到十人陆续上前，迎着风头站在光圈里，盯着这个曲艺团看，好生稀奇。待其余的人都走净，老徐指着宋韧对人堆里一精瘦男人说："这小伙子归你，领回家去。"说完又嘱咐宋韧，"你去赵大桥家。"接着指着团里两个女演员说："你们俩去李大姐家，他们家地儿宽敞点。"一对一、一对二地结上对子，十几家各领各的演员。老徐最后对团长说："团长，你住大队吧，大队有张床。"

团里上下收拾起来，熙熙攘攘，随着乡亲们聚作一团，久久不愿分散。

宋韧跟团长在村子的岔路口分开。

分开前，宋韧问："你说为啥再演一遍，村里人就乐了？"

团长想一想，说："那是自然，路子没摸熟。"顿了顿，又说，"乡亲们的心窍是亮的。"声音极轻，似是自言自语。

2

带路的人姓赵，五十出头的样子，话极少，精瘦，背影一挫一挫，左腿短去一截，提着脚跟走在前面，脚下毫无声响。

宋韧紧了步子跟上去，在院门口，停了下来。院子不大，院中央有一棵树，影影绰绰，只见树根，枝干扎进夜空，浓稠一团，隐显莫测，瞧不分明。宋韧不敢多待，跟着进屋，只坐在厅室，安静地等，见老赵从里间出来，依旧无话，闪过身，直接进了院子，不一会儿回来了，胳肢窝下面夹着一小把细柴火。宋韧不得要领，问："夏天还烧柴火？"老赵笑而不答，进了里屋，俯伏着身子，边烧炕边说："土炕凉，被子薄，你受不了。"不多时，便见炉火突突地燃了起来，映着老赵的脸热铁一样红，半晌才起身，叫宋韧坐在炕上试试温度。宋韧照做，身子软下来，炕上的薄被确实有了温度。宋韧没受过这样的照顾，两只眼睛都是红的。老赵出屋，打了水，叫宋韧洗脸，宋韧绞了毛巾，搵了脸，顿觉清爽了不少。沿着炕沿坐下，等着老赵说话。老赵用那盆水也洗了脸，净了脸盆回来，停了一会儿，问宋韧："你困吗？"宋韧摇头，第一次下乡演出，他兴奋还来不及，又是住在老乡家里，困意全无。老赵也乐，出了屋，不多时从院子里捎了一把条凳，沿着墙根放下。

天已黑透，星星愈发亮了，照在身上水波似的，极清透。老赵望了望院子里的光亮，冲宋韧说："要不，再给我演一个吧。"宋韧说："还演节目？明儿再说吧。"老赵说："明儿你该走了。"宋韧起了个念，问老赵："要不我唱段太平歌词吧。"老赵没言语，只凝了神看宋韧，屁股挨了条凳靠墙倚着。宋韧自言自语地说："那我就不用玉子了。"老赵这时出了声，问："啥是玉子？"宋韧说："就是一对竹板，相声艺人常带在身上的东西。"老赵像吃进去了这句话，嘴巴张了，白牙齿亮了一亮。宋韧又说："最早，有个叫恩绪的人，和我一样，也是相声艺人，进宫给慈禧太后唱太平歌词，全凭借着一副肉嗓子，拍着大腿找板。慈禧太后见了，便让李连英截了两块竹片子，二拇指长，大拇指宽，给恩绪。慈禧太后给的东西，是'御赐'，慢慢地，就成了'玉子'。一般唱太平歌词，我们都用玉子打节拍，也能打花点。"老赵听完痴痴地乐了，已经入了迷，一脸高兴的样子，依旧没言语，等着宋韧。宋韧拍着腿打拍子，一板一眼，唱的是《劝人方》。

人要到了十岁父母月儿过，

人要到了二十花儿开了枝。

人要到了三十花儿正旺，

人要到了四十花儿谢了枝。

人要到了五十容颜改，

人要到了六十白了须。

那七十八十争了来的寿，

要九十一百古又稀。

唱罢，老赵沉了声，身子软下去，只说："好，好。"似回味其中唱腔，半晌又问宋韧这段的名字。宋韧说："是劝导人方正的，叫《劝人方》。"老赵听了，连声诺诺，低了眼，跟着念了几遍，声音慢慢小了。须臾，晃过神来，见夜已深了，便叫宋韧休息，搬了条凳从里屋退了出去。

鸟在夜空里发出水泡般的鸣叫，宋韧紧紧被子，翻身睡去。

天还没亮，宋韧便起来了，下炕趿了鞋出屋，这才有机会细细观察这个院子。石板瓦的房子，房后有条土路，沿山能继续往上爬。木头门，几个木杆日字形排出，一端即开。宋韧出了院门，沿路上山，山腰间玩了一会儿，不敢多待，又原路返回。

回到院子，宋韧见老赵端坐于树下，额头在太阳下精亮，正瞧着宋韧。老赵先说的话："我以为你走了，你怎么又回来了？"宋韧笑笑，说："不急，下午才演出。"老赵没挪地儿，依然坐在树下，一手垂在胸前，一手搭着一根干秃的树枝——枝丫崎岖，分枝纵横——按在一大块石板上，看上去不太一样，骨头坚耸，肌肉紧着，惊喏喏地，不愿分神。宋韧凑上前去，只见那枝丫下面压着碎碎的零钱和粮票。

"老赵，你这是干吗呢？"老赵怔了怔，脸上多了些愠色，只说："晒钱。""晒钱？哪里是钱，这是粮票。"老赵说："这就是钱！"宋韧认真了起来，说："这早就花不了了！"老赵的手依然硬着，说："花不了了？""花不了了，这都多少年了。"老赵掸掸脖颈子，似有所悟，只说："腿脚不好，我这辈子，出村的次数数得过来的。结婚时和你大娘去过一次县城，这是最远的，我俩走了三天三夜，你大娘是急性子，见我走得慢，便背着我。"老赵顿了顿，嘴翕动了下，说："钱都发霉了，花不出去。"说罢，把零钱捡了，卷成卷儿，揣进兜里，又一张张地拈了粮票，摞起一把，攥在手心，进了屋。宋韧见老赵半晌没出屋，便推门出了院子。

宋韧去大队找团长时，团里其余演员都在，互相问起，才知道都没吃早饭。问团长，团长说正好找个地方撮一顿。拉着团里的演员四下里找饭馆，别说饭馆了，小铺都没有。团里的人便嚷闹开了，团长拍拍脑袋，只说："找老徐去。"

老徐见了曲艺团，笑脸迎上来。团长说："老徐，我们团里的人都饿了，上哪儿吃早点？"老徐怔了怔，说："我以为你们走了。"团长说："下午去演出，不急。"老徐望一望，问："都没吃？"团里演员齐刷刷地盯着，说："都没吃。"团长问："你们没有个小卖铺？"老徐说："没有。"团里的演员纷纷问开："那你们平时去哪里买菜？"老徐乐了，只说："每周有辆车上来，拉着一车农副产品，卖给我们。"宋韧最饿，说："我们有口锅巴干着啃都成。""没有。""那怎么办？"老徐数了数人头，说："你们跟我来。"

曲艺团跟着老徐走，路是去往大队方向的。进了大队办公室，老徐抄到里屋，寻了喇叭，吹了吹，劈头就问："喂，现在你们都吃饭了吗？"屋里极静，"还有谁没吃饭？"只有老徐的声音，"如果还有谁没吃饭，拿着饭到大队一趟。"宋韧暗笑道："真拿我们当要饭的了。"

曲艺团的人便围在院子里等。不一会儿，果真陆续来了几个人，直奔老徐，其中也有老赵。老徐问："饭呢？"老赵说："我刚蒸了一屉花卷，去我院子里吃。"团里人一听这个，便都说好，起了哄地要随老赵走。

老赵院中间支了张小方桌，团里演员从四下里搬来独凳、条凳个把，围坐四周。宋韧随老赵进了厨房，只见老赵三下两下，白菜连叶带帮在砧板上已碎成一团，拳头包了，一撒，汤汁就出来了，再撒了盐巴，用手搅开，便端了出去。宋韧看了惊奇，跟着跑了出来，老赵只说："吃吧。"须臾，花卷也出锅，腾着热气，发面里杂着绿葱花和小胡麻。曲艺团里没人吃过这么好吃的花卷，欢喜地嚼着，不一会儿蒸屉上连同那盆爆腌白菜，全空了。

团长涎了脸，管老赵再要花卷，老赵问："你们什么时候演出去？"团长只说："中午再走。"老赵笑一笑，又进了厨房。

吃饱喝足，曲艺团的演员直接在老赵的院子里打起了盹，头顶着太阳，好生自在。宋韧歪在一棵杏树下，蒙眬地合上了眼皮。七月的天儿，头顶上的杏早已泛红，宋韧半梦半醒，嘴里溢出酸水，不觉心生贪念，想偷偷摘了头顶的杏解渴，恍恍惚惚间，发觉老赵正在身旁不远，便没作声，只眯眼打量了起来。老赵瘦窄的脸在树荫下忽明忽暗,眉目平静,正柔和地瞧着宋韧乐。宋韧臊红了脸,睁开眼,瞧瞧树上的果子,说:"我渴了,想摘点果子。"老赵说:"摘吧,等过两天熟透了砸在地上,白瞎了。"宋韧麻利地爬上树。老赵又说:"你给我也捎下来几个。"宋韧照做。这一动不要紧,曲艺团上下都醒了,年龄小的演员都觉得新鲜,高叫着围上前来,纷纷争着,团长忙拦了下来。宋韧见状,便说:"老赵的杏不白送,咱们得花钱买。"曲艺团上下纷纷附和,说行,每人拾了一袋杏,又都撂了零钱。老赵摆手,"谁花钱买这个,拿走吧。"宋韧说:"老赵你不知道,山外都卖杏,这是要花钱的。"

不到中午,团长说:"收拾收拾走吧。"曲艺团下午还要演出,便别了老赵,又和老徐作别。

回程,车子走了不远,过了山洞,破碎村便寂然不见。宋韧睡下了,睡了又醒,醒了又睡,不知几个轮回,再睁眼,耳边听团里不知谁嚷了一句:"咱们吃的那只羊,是村里唯一的一只。"

3

二〇二〇年,宋韧第二次去破碎村。二十年间,宋韧离开了曲艺团,辗转于各种商演之中,经常在抖音上直播唱曲儿带货,粉丝人数可观。相声还说,但以新派相声和二人转说得多,因为有市场。

这次来破碎村纯属游玩,外加录制点 Vlog 和小视频。开车的叫绳武,是宋韧的助手,追随其多年,主要负责宋韧的演出安排和宣传。

车子开到山下,准备蜿蜒上山。绳武在路边方便,宋韧下车等他。正当午,太阳照得肉疼,远处群峰围聚,奇峭隆嵩,山间依稀可见雾气蒸腾,宛如巨龙腾动。宋韧看着不觉恍惚,谁能想见,这山里居然还藏着一个村子。车沿着山路走了老远,仍然是穿过山洞,不几步便视觉开阔,民居院落高低错落。宋韧跟绳武说:"这个地方我从前来过。"绳武说:"当真?"宋韧说:"那还有假,不信随我走走。"说着便前去,"这以前是块石台,二十年前,我们在这儿演出过。"手指的方向,便见水泥地面拱起半寸之高,石台痕迹隐约可见。

绳武半信半疑,随宋韧前去。蜿蜒之至,宋韧在一户人家前停了脚步。门已经换成了防盗门,虚掩着。宋韧敲门,无人应答,便推门上前,见院里陈设摆式,未曾有太大变化,眼前的杏树照旧结着满树的红果黄果,大略地认出了,便喊起人来。

屋里极静,宋韧对绳武说:"八成不在。"绳武诧异,问:"这家儿你认识?"宋韧点头,说:"二十年前,我来这村儿演出,就住在这家儿。"绳武闻言,便默不作声,随了宋韧在院子里等,忽见满地的杏子,上前拾起一个,挺一挺腰,用掌心摩挲了土,啃吃起来。宋韧见状,心里不是滋味。半晌,不见人回来,宋韧只说:"准是有事出去,走吧。"绳武扭了身看,脸放出光来,说:"摘些杏带上。"宋韧不快,只说:"你若想吃,我给你买些便是。"绳武退一步说:"我只捡地上的,买来的和捡来的不是一个滋味。"正说时,门口进来一个小孩子,个头不高,五六岁的样子。小孩见宋韧和绳武,先是一愣,接着问道:"你们是谁?"宋韧说:"这户人家是姓赵吗?"小孩静了静,又问:"你们找谁?"

正说着,门开了,进来的人弓背垂肩,头戴一顶草帽,宋韧细看,只见帽檐下一双眉眼极为熟悉,正是老赵。老赵见院里多了两个陌生人,一颠一簸地上前,先是望了望宋韧,又望了望绳武,接着眼睛又回到宋韧身上,说:"我听过你的相声。"宋韧喜滋滋地喊道:"老赵。"老赵也乐。

屋里陈设简单，宋韧似想到了什么，起身望了望里屋，见土炕早已不在，换了板床，多少有些失落。老赵见状，笑着不作声。小孩给宋韧和绳武依次倒了茶，方寸不乱，又抓了两小把花生，一把放在桌上，一把自己揣进怀里吃，偎贴着老赵，眼神光亮，极为听话。老赵说："上午上地里去了。"宋韧问："地里还种着东西？"老赵点头，只有小孩在旁侧说："我跟爷爷在地里等雨。"绳武听了，又问："等雨？"老赵摘了草帽，悠悠地乐，半晌，说："地太旱了，今年雨水少。"宋韧说："那浇地便是。"老赵的脸皱了皱，揩了汗说："浇不得，三伏天，浇了地，若下了雨，便涝了；若不浇，只能旱着等雨。"宋韧觉得有意思，又问小孩："你和爷爷怎么等？"小孩不矜不盈，只说："坐在地里等。"绳武笑笑，说："这干等啥时候才能等到？"小孩不动地望着，半晌方说："办法不是没有，山坡后头有个山洞，村里有人说，里面住着行云布雨的神仙，若前去拜一拜便可降雨，爷爷却不让，只说不急，求雨是急不得的。"绳武听闻，只当是座龙王庙，并未在意。小孩想了想，惊嗫嗫地继续讲了起来。听到最后，绳武醒过闷来，原来那洞口只在山下能看见，爬到跟前便隐匿于荆棘蒿莱之中，茂林丛生，不得其门而入，下了山再望回去，那山洞又清晰可辨。小孩又说："那里有鬼怪。"绳武胆子小，浑身抖了一下，紧紧追问："你可知鬼长什么样？"小孩脸色微微发白，眼神松动了些，说："青面獠牙。"绳武听闻，顿觉蹊跷，脸上已蒸出水汽，便止住了问，再看小孩，正呵呵地笑。老赵说："不得胡说。"

太阳像个白水泡，顶在天上，看样子雨一时半会儿来不了。绳武望望当院，忽然起念，在手机里输了一串字，手指搁在桌上轻轻地敲。宋韧低头看手机，见绳武写道："不如咱们给这场等雨搞个沉浸式直播？"宋韧回道："这算是靠老赵博眼球挣钱。"不多时，绳武又回了话："打赏的钱都给老赵。"宋韧犹豫，寻思半晌，回道："行，但得跟老赵明说。"

老赵欠了身子，问宋韧："现在还说相声吗？"宋韧惭愧，这几年离自己的本行越来越远，他不敢多说，只怪市场使然，便说："还说，但说一些新派的。"老赵耳背，听不清晰，反复嚼着宋韧的话，半晌方点头。宋韧问老赵："如今村里有小卖铺没有？"老赵笑，搓一搓脸面，说："有了，开了两个，现在买东西方便许多。"宋韧道："现在什么都方便，花样百出，特别火的网络直播，听说过吗？"老赵怔了怔，喉咙隆隆作响。绳武说："咱们今天可以做一个网络直播，您和您家的小孙子正好看看，小孩都可喜欢这个了……待会儿，你们就该干吗还干吗。"老赵缩了腮帮，眼睛定定地瞧着，宋韧只说："不妨碍，咱们在屋子里喝水聊天就行，绳武在旁边时不时解说两句，就跟现在一样。只不过，手机那边儿会有人看着。"老赵犹疑，嗫嚅着说："这玩意儿还有人看？"绳武笑一笑，说："多着呢，前天我们直播一场，有九万多人看。"又说，"您家的这些杏啊，或者地里种的农作物，都可以通过我们直播卖出去，这也是一笔收入。"宋韧听闻，没作声，只等着老赵。老赵摆摆手，沉沉地说："我不求那个，你们想直播便直播，但我不卖杏，也不卖地里的庄稼。"宋韧和绳武互相看了下，便说："行，这都好说，您想卖了随时说，我们有渠道。"

手机冲着，老赵多少有些不自在，摸兜寻了烟，草草地点了火，干抽了起来，小孩闪在一边，呆呆地望着。

"家人们！千山万水总是情，宋韧宋老板你爱不爱！吹拉弹唱样样强，还有一身正能量！感谢大家捧个场！喜欢主播的点个关注哦！这是宋老板的故交——老赵，今天我们来他家里耍，正碰上他遇到了一桩难事，大家猜猜啥难事，有猜出来的敲在屏幕上。"镜头推进，对准老赵的脸，不一会儿便凑过来六百多人，都盯着看。

"人活着，钱没了。""媳妇跑了。""我在日照市。""王仟仟送出奶茶×1。""媳妇跑了+1。"

绳武摆摆手，说："都不对……想知道答案吗？想知道的点赞加关注！有钱的捧个钱场，没钱的捧个人场，空闲的捧个留场，喜欢的捧个情场，最重要的，给你们一个笑场！一会儿说答案……把你猜的扣在公屏上，老赵碰见什么难事了？"

"被骗了。""每天来看你一下不说话是什么粉啊？""[坏笑][坏笑]。""刚进来呢。""老赵说句话！""占榜+进粉丝团。"

"家人们，是关于庄稼的。谢谢家人们，平台正在给我们直播间推流，几位家人跟我快速刷屏，大部分家人继续点赞，新进朋友占榜后也一起点赞，谢谢！"

"旱了。""涝了。"

绳武说："老赵家庄稼旱了，我们陪着他等雨呢。宝宝们，点赞加关注！为接地气正能量的宋老板点赞占榜入粉丝团了，家人们！"

"初生芦苇送出粉丝牌×1。""皮皮鲁818送出爱心×1。"

"欢迎新进的朋友加团+占榜[鼓掌][鼓掌]，爱心+点赞漂起来[心][心]。"

"晃得头晕。""正能量。""宋老板好样的。""坐标哪里？""直播不是不让抽烟吗？""怎么等雨？""就是闲的。""干等着？""浇地啊。"

绳武说："浇不了地，前脚浇地后脚下雨，便涝了。谢谢家人们，欢迎牧童、传承人、报之以歌！一毛钱加个灯牌，随时来直播间听曲儿。七级粉丝灯牌送水杯，九级粉丝灯牌送U盘。一大箱子呢！点曲儿等会儿，五万赞开唱！哥，滚动起来。"

镜头扫进老赵的院子，院子里有棵杏树，果子如红霞一片压在枝头，还有不少滚在地上，叫人看了不觉眼馋。"这杏儿卖吗？""杏儿多少钱一斤？"

绳武说："不卖。一会儿宋老板唱曲儿，送给直播间的家人们。一毛钱送个粉丝牌，好处多多包括点歌听曲儿。"

"都掉地上了也不卖，浪费了多可惜！""这是哪儿？""什么地方这么荒凉？""现在农村都是二层小楼，这地儿不行啊，够穷的。""我来过这儿！"——有两位大仙儿通过这棵杏树便打包票说来过此地。

绳武回了句："保准没人来过，这地方极为偏僻，可以说是鸟不拉屎。家人们猜几点来雨，家人们点赞加关注，猜几点，扣在公屏上，答对了有奖。待会儿宋老板就唱曲儿，五万赞开唱！"

"哪里？""这是哪儿？"

院子阴了一块儿，绳武仰头看看，太阳闪闪烁烁，被黄雾蒙了起来，一道亮光从中射将下来。绳武忧忧地看，只觉眼前一黑，"这地方叫破碎村，你们听这名字，怪得很。"

宋韧和老赵只浅浅地说话，时断时续。绳武进屋，跟老赵说："一堆人打听这杏儿！这回要是火了，这儿就得成旅游景点，到时候少不了人买这杏儿。"宋韧转头隔着窗棂望去，山直挺挺地压在眼前，细细地看了，说："若没了这山，这里早就是旅游景点了。"老赵与小孩俱不作声，似无所闻。宋韧与绳武见状，也静了下来。半晌宋韧又问："就指着地里的庄稼过活？"老赵说："除了地里的庄稼，每年还养两头猪，送给村里小子们一头，另一头差他们给我送到镇上卖，卖了的钱再给我捎回来。"宋韧顿一顿，低声说："这场直播能变现。老赵，我和绳武商量了，这钱归你。"老赵没了表情，短短地说："我不要，我这没地方花。"宋韧再说，老赵便不作声，跛脚缩着，半边身子垮了去，蜷在椅子里，褂衩空落落的，半晌才说：

"咱们俩有缘,距离上次你来这儿有二十年了,不敢说还有没有下次。"宋韧听罢,便顿住了,脸上多了些异样。良久,宋韧说:"这回没带玉子,还是拍着腿打拍子,我再唱一段。"

绳武见状,冲屏幕说:"宋老板要唱曲儿了,今天列位有耳福!家人们,把'上头'给我扣在公屏上!欢迎各位来到宋老板直播间,每天点赞过五万为固定宠粉环节,所有朋友都可以点曲,只要动动小手指就可以点曲儿,千万不要错过。好听的话加个关注。谢谢俊哥!宋老板的《劝人方》送给俊哥!"

"上头。""上头666666。""你可吹吧。""娜娜送出爱心×1。""风雨同舟送出粉丝牌×1。""回头一折送出粉丝牌并加入粉丝团。"

4

绳武架上手机,宋韧刚一开口,忽觉哪里不对,回过头叫绳武关上手机。绳武摇头,指指屏幕左上方的人数,已经过六万。宋韧咽一下,便唱了起来。

> 人要到了十岁父母月儿过,
>
> 人要到了二十花儿开了枝。
>
> 人要到了三十花儿正旺,
>
> 人要到了四十花儿谢了枝。
>
> 人要到了五十容颜改,
>
> 人要到了六十白了须。
>
> 那七十八十争了来的寿,

要九十一百古又稀。

宋韧正唱着，心里愈发不安，混混沌沌想起二十年前：他跟曲艺团第一次下乡演出，团长为他量活儿，村里老少举了火把在黑夜里看，团里上下一遍又一遍地返场，至夜，尽兴而归。恍恍惚惚半辈子，如今故地重游，当年的曲艺团早已不复存在。想到此处，气短了，声音连着颤起来。

宋韧自学相声，没受过夹磨，早年撂地卖艺，走南闯北，没有归宿，遇见曲艺团的团长，终于算是摸着了个门路。团长从开蒙的贯口、柳活儿开始教他，宋韧说："这些我早就会。"团长笑笑，松弛了脸面，说："得道易，守道难。"

宋韧一心想拜师，团长问："拜师就那么重要？"宋韧眼里有鹰隼的劲道，只说："师徒和辈分是要的，没规矩不成方圆。坟地改菜园，一耙子拉平，那不就卖煎饼果子的摔跤——乱套了。"团长说："不急，这事急不得。"宋韧捅破窗户纸，说："我想拜您，您一直教我，就收了我吧。"团长乐了，只说："胡闹，你别拜我，我教不了你，回头会有人教你。"宋韧便不再言语，只当团长是在搪塞敷衍。后来才知，团长也没有师父，没有门户，无法收徒。

有一天，宋韧被团长带去演出后台，结识了一位老先生。那老先生身形极瘦，面上尽是皱纹，但声音厚实，往台上一站，板了脸，张口说话，夯头子正，喷口好，使的盖是素包袱，发托卖像，极为拢神，听者无不入迷。宋韧知道自己是遇见高人了，一阵窃喜。团长对宋韧说："跟着老师学习吧。"宋韧还未张口搭茬，老先生便先开口了，他只问了宋韧一个问题："你喜欢相声吗？"宋韧毫不含糊地说："喜欢。"老先生顿了顿，凝了神看他，又说："不急，你访我，我访你，三年。"团长替他答应了下来，只说好。事后，宋韧问团长："访我什么？"团长说："通过身边人了解一下，看看你的人性怎么样。"宋韧说："直接接触不就得了？"团长乐了，说："得通过旁人嘴里说出来，你这个人是不是好。"

三年甚是难熬，等熬过三年，仍不见动静。不知其中细情，宋韧不止一次去老先生的戏班，但都没见到他，打听了也不知去向，渐渐便失了兴致。曲艺团被县文化馆分了出来，自负盈亏，渐渐少了营生。

挨至二〇〇八年冬天，宋韧穷困潦倒至极，翻出家里的所有积蓄，拢共不到五千块钱，他抽出四张，剩下的又放了回去，去小铺买了两提白酒、一条烟，直奔团长家。团长开门，他没进屋，跪倒磕头，硬着脸，嘴里说："我等不了了，干这行若不入师门，永远也成不了。"团长拉他起来，他只跪着，良久，说："八成是我考察没通过。"团长听闻，低低地说，声音模糊又陌生："老合们的攒儿是亮的，你是好是坏我知道，其他人早晚也都明白。"宋韧听罢，抹一抹脸，撂下东西起身，从此另谋出路。

想到此，宋韧不觉脚软身麻，垮了下来，嗓子眼嗡嗡响着，猛地抬头，见老赵目光幽幽，心里更烫，便停了下来，泪珠一串串披挂一脸。屋里静了好一阵，宋韧如梦初醒，只说："把直播关了吧。"绳武跟宋韧说："破十万了。"宋韧没作声，绳武见其颜色，不再多说，退出了直播。

四人就在屋里静静地等。

众人皆看向窗外，只见山顶云雾弥漫，山尖挑着云，隐在其间，虚实难辨。不一会儿的工夫，云厚了，浪一样滚，高张放纵的，把山拦腰砍了去。见其状，老赵说："山尖一戴帽，大雨就来到。"

正说时，屋外呼啦一声响亮。宋韧惊异万分，踱到门口，只见院里无风树摇，那棵杏树发出霹雷样的怪响。他浑身抖了一下，仰头，正看见大雨漠漠茫茫，从天而降，锐利如剑，穿入大地。

待雨小了些，宋韧和绳武话别了老赵，回程。

开了车，过了山洞，村子隐而不见。

绳武不解，全身拧过去，又望了望，那山都隐隐约约没了，如梦一般，心忽然跳起来，忙问宋韧："二十年前在这个村子的演出，到底什么样？"

宋韧晃了晃神，心中忽然一松，脸上一小片亮，只说："极其美妙，那是我演过的最痛快的一场演出。"

· 作者简介 ·

张哲，女，1987年生于北京，作品见于《中国作家》《小说月报·原创版》《长江文艺》《西湖》等刊，另有小说被转载。小说集《共生的骨头》入选"21世纪文学之星丛书"。

寻三哥而来

□ 石一枫

那男人不是个一般人，起初孟琳琅竟没看出来。下午，她骑着电动车进小区，就觉得背后有人跟她。心里一虚，停车回望，干道空无一人，岗亭里的保安在刷手机。琳琅再想上车，一个膝盖火辣辣地疼，手也扶不住把似的。

好在家也不远了，她索性推车挪了一段，从车把上摘下菜来。

进屋先洗菜，开火，做的是海带炖排骨、茄子熬鲶鱼；此外切了一盆面。然后才到一楼厅里乱翻，总算找出两个创可贴，随便粘在伤处。这时就听有人敲门。小区装有对讲，但外面那人只是敲，不疾不徐。琳琅心里便又一虚，跑到二楼，蹑脚上了露台，隔着两盆半死的花木往下张望。就见门前站了个男人，穿身工装，已然脏得看不出是灰是蓝，胯上斜吊着一只单肩包。身量不高，也就一米六出头。看侧脸约莫有三十多岁，额前半秃，仅剩的短发形成一个锋利的尖儿。他不像快递员，并且琳琅也没叫快递。

然而琳琅还是下楼开了门。一是因为男人敲得很有耐性，咚咚，咚咚，周而复始，仿佛与屋里的人角力；更重要的是她听见男人叫了两声，河南口音，口称三哥。这几年管三哥叫三哥的人不多，而琳琅知道，三哥的旧相识才叫他三哥。三哥也让琳琅叫他三哥。那么琳琅想，来找三哥的应该不是那种她所害怕的人。

但等开了门，还是反应过来有点冒失。三哥就批评过琳琅：你那脑子转到一半儿，事儿就做到脑子前面去了，这不好。三哥还说：幸亏是个妇女，要是男的就会吃大亏。所以琳琅心里再一虚，没看门口的男人，而是掠过男人耳侧，望向他身后。小路，花坛，树木，远处是个湖。物业的人正在除草，邻居一如既往地不见踪影。将目光收回时，才发现男人的耳朵与别人不同：个儿小，轮廓扭曲，像被揉搓成了一团。那是一只不甚惨烈的残耳。琳琅这时又诧异男人是怎么进来的，不过转念一想，也许门岗把他当成哪户邻居家的工人了吧。这个别墅区入住寥寥，断续有人装修。

她嘴上问：找谁？

男人重复：找三哥。尉三。

这三哥果然是那三哥。琳琅又问：那你是谁？

男人说：我是郑六啊。

六比三小，要称哥。但琳琅说：三哥不在家。说完又后悔——她的意思就是，这里也是三哥的一个家。同时她还诧异，这男人是怎么找到的三哥这个家，不过转念又一想，大概是三哥老家的人口口相传，而三哥也只在这些日子以来行事谨慎，以往对村里亲戚全不提防的。这倒是三哥的大意之处了，琳琅想，有机会也要批评一下三哥。

叫郑六的男人看似远道而来，却没露出失望。又问：什么时候回？

琳琅说：说不好。他忙，到处跑，到处有家。

郑六又问：你是三嫂？

琳琅不知该不该接这称谓，反问：那你看我像保姆吗？

郑六如同吃了一瘪，不语。这时琳琅才细看他的正脸，小眼阔嘴，胡子拉碴。郑六却又低头，看向琳琅膝盖上的创可贴。琳琅穿得满身精致，但他偏偏盯着伤处。又片刻，两人互相把眼挪开。琳琅再问：找三哥什么事？

郑六说：也没大事，回头再说吧。

说完转身，沿小路走出去。也没说去哪儿，也没说还来不来。

琳琅怔了一怔，没叫他，径自回屋。心里却有些悬着，更加后悔刚才开了门。好在呆坐片刻，屋外再没动静，她又出去转了一圈，别墅区里一如既往地寂寥。玉兰没有树叶，花瓣碎了一地。等转回来，煤气灶上的两样炖菜也好了，砂锅里飘出黏腻的香。又换锅开火，做了一盆同样气味浓郁的面，而后将吃食统统装进一个硕大的分层保温桶，出门骑上电动车，重新往小区外面驶去。几年前，她还蹬着自行车满城跑，现在却对两个轮子的交通工具难以驾驭，一摇三晃，差点儿又把自己甩下来。

等琳琅骑着电动车回来，天色渐黑，她又见到了那男人。这次是在小区侧面。一堵两人高的砖墙，墙上拉了铁丝网还竖着碎玻璃，以狰狞捍卫着静谧。郑六端坐在路边一块废弃的水泥板上，一侧放了个包裹，大约是捆扎起来的被子。城乡接合部风尘仆仆，不时驰过的大卡车震得地面微微颤抖。墙影里，面色模糊，身形如钟。

他在这儿待了多久？是不是等了一天甚至更早就来了？而琳琅下午出门没发现他，是因为前往菜市场走的是另一个方向。琳琅忍不住捏了把刹车，硕大的保温桶敲击车头，令男人猝然抬脸。

她尖着嗓子说：我说了，三哥不在。出门了。

郑六的声音仍然又低又哑：出门也有回来的时候。

琳琅便叹一口气，指指那团被子：你就打算睡这儿？

郑六不语。琳琅又说：跟我走吧，天气预报说晚上有雨。

郑六还没琳琅高，在暗处站直的身影却如同耸起一座小山，山上还晃悠着个包袱。片刻，两人行进在马路上。行进的方式也让琳琅略犯了一下难：如果骑车带着郑六，无论从技术还是别的方面来说都不妥，但推车步行她又腿疼。膝盖仍像着了火似的，不仅外皮发烫，里面也承受着炙烤。她一迟疑，却见郑六在身后挥了下手，短粗的胳膊仿佛没关节，直上直下。那意思是你走你的。琳琅只好上车，低速行驶。从后视镜里，就见郑六背着包袱跟在身后，并未奔跑，步子迈得稳当，却始终不曾落后。琳琅有些试探，也有些挑衅地拧了拧油门，电动车跑快了些，耳边嗖嗖有了风，郑六却仍不疾不徐，与她之间的距离像被无形的绳索固定。这男人御风而行，速度与姿态不成正比。

未几绕小区半圈，望见大门却不进去，而是拐上大马路岔出去的一条小马路。这里是镇上的商业街，因为附近建起几个小区而繁华了许多，饭馆排挡鳞次栉比，连网吧都有好几家。琳琅将车停在不大不小一家旅馆门口，下车等待须臾而至的男人。郑六到了，头上没汗，只是微微喘气，呼吸均匀。

又不等他说话，琳琅已经进去开好了一个房间。她这才对郑六道：有熟人求到门上，三哥都给安排安排。三哥不在规矩还在，你也不用客气。

郑六看似懂了琳琅的话，但又愣神瞪着服务员，仿佛搞不明白登记身份证这道手续。该是没住过宾馆吧。琳琅又提醒，只有本人出示证件才能入住，这是规定。郑六便掏兜，掏出来的不是钱包而是一张牛皮纸，像他的耳朵一样皱巴巴的。展开，露出证件和一沓钱，也都是皱巴巴的散碎票子，两毛五毛都有。

这就让琳琅心里一酸。她想起自己刚来北京的日子，不认识三哥的日子。接着就将保温桶递了出去：没吃饭呢吧？

郑六装看不见，半晌咕哝一声：不饿。

琳琅懂得，那是从怯懦里滋生出来的傲慢。不止眼前这男人，自己那些七大姑八大姨也常摆出这副嘴脸。只不过自家亲戚的怯懦与傲慢里还藏有一丝鄙夷，倒像琳琅欠了他们似的；相形之下，郑六的装腔作势就简单多了。她嗤笑，将保温桶蹾在旅馆前台上：东西没人动过——你是三哥的客，不让你吃剩的。

这说的倒是实情。只可惜面条泡了许久，已经软了。而每个礼拜有两天拎着一桶吃食出去，再拎着一桶吃食回来，是琳琅一段日子以来的例行公事。不等郑六再说什么，她掏出手机来交了旅馆押金。房间订了两天。然后才转向郑六，口气里有了一丝同情：来一趟没见着人，也帮不上你什么忙，请体谅三哥。我替三哥跟你道个歉。也别白来，北京好歹转一转，这里离城里远，不过坐车也方便。

又说：我还有事，就不能顾着你了。

又说：想走就走你的，不用再打招呼。见了三哥，我就说你来过。

她还真像个三嫂。交代完一通，这个插曲就结束了吧。处理得有里有面，三哥知道了也不会怪她。对于那些找上门来的旧相识，尤其是从老家来的人，过去三哥的手面还要阔绰许多。有的给介绍工作，安插在自己或上下家的队伍里，有的甚而活儿都不用干，好酒好肉供养半年，走时还给封个大红包。只可惜现在不是过去了，怪只怪这男人运气不好。这么想着，琳琅不容置疑地出门，将郑六抛在身后。无疑，背后的郑六正在目送她，也不知那目光是感激还是不满。总之与自己没关系了。琳琅轻松下来,但没走两步,膝盖一软,差点儿单膝跪下。好容易站稳,心下就是黯然的了。

然而只过了一天,琳琅便第三次见到了那个名叫郑六的男人。这次是在早上,她刚起床,还没弄早饭,就听见敲门声响了。咚咚,咚咚,不疾不徐。

琳琅立刻知道是谁,心里沉了沉,嘴上也没有好声气:等等。

然后开始女人那一套:各种洗,各种抹,各种修。膝盖还疼,昨晚涂了红花油,但不见效果,上下楼梯时都快前腿拖着后腿了。再想,昨天是怎么摔的?还不是觉得身后有人,心里就慌了。所以这笔账就记到了郑六头上。不仅洗抹修,她还坐到餐台前吃了半顿早饭。然而琳琅毕竟不是那么沉得住气,也不是那么端得住架势的人,一杯牛奶下肚,到底坐不住,又到窗口张望一眼,而后悻悻开了门。

开门劈头道:你怎么又来了?不是说了嘛……

郑六抬起短粗的胳膊,仿佛没有关节:走也得把东西还了呀。

琳琅低头,看见保温桶。昨天只想打发他,倒把这个忘了。接过掀开,俩菜一碗面已经不见踪影,不锈钢盆刷得没有一丝油花。琳琅反而有些不好意思,脸也不是僵着的了。吃饭还帮刷碗,这在三哥的客人里从未有过。而听他的意思,这就要走了?她扭身将保温桶放上厨房餐台,然而又一回身,却见郑六也进了屋,在客厅里不疾不徐地逡巡。

琳琅立刻又悬起了心。别说三哥交代过,家里不能来外人,仅说她一个女人住在这里,蓦然闯进脏兮兮的一条汉子,那也……别墅区又是那么偏远,那么空旷。她想制止这男人,却不知说什么,话哽在嗓子眼儿。

郑六却保持着探查的目光,突然又宣布:这房子,缺点儿手艺。

琳琅的目光跟着郑六的目光,沿客厅天花板溜了半圈。昨夜果然下了雨，导致墙壁上方的接角处又有几大团洇湿，泛出浅绿色的霉斑。这个毛病琳琅也知道，前两天还叫物业来修过，不过物业的人客气倒是客气，干活儿就不行了，忙叨了半天，该漏还漏。琳琅还想起刚搬过来时三哥的评价，也是这么一句，缺点儿手艺。那时琳琅不懂，看不出富丽堂皇的欧式装修手艺缺在哪儿了。三哥还说过，要不是人家非拿这房子抵债，他才不想要呢。

也许是想起了三哥的话，当郑六有了进一步行动时，琳琅竟未阻挡。门外檐下就摆着工具和梯子，还有半口袋腻子，是上次物业的人落下的；郑六转身搭了梯子，扛着东西三步两步上了屋顶。屋顶倾斜，垒着层叠的灰瓦，他行走其上却如履平地，两脚好像扎了根。弯腰探查片刻，又对来在院子里的琳琅道：打些水来。

琳琅如同得了命令，上二楼取了个塑料盆，从露台递给郑六。大半盆水在她手上颤颤巍巍，郑六只需单手一端就接了过去。同时对她解释：屋顶返潮，一定是防水做得不到位，而这种房子又有一层保暖材料，里面是中空通着的，哪儿漏补哪儿，当然没有效果，还得找到源头上的漏点才行。嘴上说着，手上不停，将瓦片一块一块掀开细看。又没一会儿，几处漏点毕露无遗，现调腻子封上。郑六干活儿利索，而利索的某种境界仍是不疾不徐。雨后的太阳升上来，照得焦黄的一张脸泼出光亮。

琳琅就在露台上看他干活儿，她现在也没事做。

再没一会儿，郑六起身，顺梯子从房上下去。琳琅这才想到，还没给人口水喝，赶紧进屋，从二楼下来，到一楼冰箱去拿饮料。下楼梯时一震，膝盖又疼起来，前腿拖着后腿。来在面前，郑六并不接她的饮料，而是蹲下身去，一双铁钳般的手从前后两个方向握住她的膝盖，隔着裤子摸索几下，猛然一发力。琳琅只听见咔吧一响，声音直贯头顶，一阵剧痛让她惨叫起来，半个身子像过电般一抖。再看自己的腿，当然没断，不过裤子上多了几道污痕。郑六从琳琅手里摘下冰镇可乐，按在膝盖后面，说了声，夹着。

他搀扶琳琅，在台阶上坐下。琳琅觉得膝盖虽然还疼，但只剩下了外面的疼，里面陡然松快了。一上午的工夫，这男人修好了房顶，也猝不及防地修好了她的腿。当铁罐的冰凉沁入皮肤，她心里的扑通乱跳也缓和下来。郑六这才解释：你的腿扭了关节，到医院也得正骨。不能拖，否则以后阴天会疼。

琳琅打断他：你还会这个？

郑六说：小时候调皮，磕了扭了是常事，村里老人教的。

琳琅又看他的残耳，只觉得形状瘆人，又想起三哥跟她说过，他们老家一带有养大牲口和练武的传统。牲口就不说了，单讲过练武的门道，也都是些趣闻。譬如铁布衫是真的，不过就是增加抗打击力，用大棍子揍出来的；还有水上漂，看上去是踩着水面腾跃，其实就是靠脚快，滞空期间踢出几个水花造成的视觉效果。琳琅也问三哥，那你也练过？三哥扑哧一笑，说，老一辈习武之人，五三年枪毙一拨，八三年抓走一拨，剩下的也没几个了；年轻人早就不兴这个，屁用没有，还尽给人当牲口使。

而这男人大约是练过的吧，怪不得。但琳琅再对郑六开口，便不觉带出了和三哥相类似的嘲讽，当然这嘲讽也有了亲近的成分：哟，看不出你还是个人物。

郑六却恭敬道：早年跟着三哥，学的才是吃饭的本事。

琳琅又问：你们搭伴干过活儿？

郑六道：何止搭伴，一起拉出来的队伍，在县里装修宾馆，给市里翻新影剧院，也算闯出了一点儿名号。

琳琅又问：那后来呢，你怎么没跟他一起来北京？

郑六讪讪道：我没出息，回家伺候老娘了。当年三哥还不让走，是我辜负了三哥。如今三哥已经是大老板，要不是家里拉了亏空，我也不好意思求到门上……

说来说去，眼瞅着又绕回到了那点儿事上。从老家来找三哥的人，无非也就为了那点儿事。不过琳琅的确听三哥说过早年发迹的过程，县宾馆和影剧院都确有其事。这个郑六倒让她有点儿作难了：听来还真与三哥有交情，因而不好随意打发，但眼下这个状况，想帮忙恐怕也不现实。脑子里转了一转，她就问：

所以你来，是非要见着三哥，否则就不走喽？

郑六局促，看向正门一角的餐台，餐台上放着保温桶：今天真是送东西……

琳琅一笑：我看你挺老实，不是那种张嘴就要钱的人。来这一趟，其实还是想找个活儿干吧？那这么着，三哥不在，我倒有事麻烦你，等完事，我给你钱。

郑六沉吟，更加讪讪：话也不是这么说的，还是想看看三哥……

琳琅再次截断他：这儿是三哥的家，帮了我的忙就是帮了三哥的忙。三哥领了你的情，等将来再有什么也好说。

郑六半晌不语。琳琅道：也就半天工夫，工钱你说个数。

郑六还不语。琳琅道：那我定了啊，反正不让你吃亏。

又说了句等着，吩咐的口吻，意味着雇佣关系已经达成。然后琳琅进屋，开始了新一轮的洗抹修，换了套见人的衣裳，明艳地开门亮相。这时雨后的太阳高悬，郑六坐在阴影里，背后就是车库，里面停着一辆黝黑的奔驰轿车，车牌不是北京的，然而号码好，连着几个8。这车也有日子没动过了,那同样来自三哥的叮嘱。琳琅却抬手指指台阶下的电动车,晃了晃钥匙。郑六不以为怪,接过钥匙拧上去,弯腰拔了充电插头。琳琅斜坐在电动车的后座上,一手抱紧一只皮包,一手抓住郑六的工装后摆。女人骑牲口的姿势,电视剧里看过。

车子出门,琳琅一边保持着平衡,一边发布指令:左,右,我不说话就直行。

转眼出了小区,继续发布指令:左,右,我不说话就直行。

俩人在烈日下飞驰。路线是早就规划好了的,先去邮局。这年头来此处办业务的人很少了,都是不会叫快递的老头老太太,大厅空空荡荡。琳琅径直取了张单子,填汇款。她一笔一画地写,地址是三哥老家。郑六就站在一旁,眯眼瞅着汇款单,如同不认识字。然后排了不一会儿队,窗口里的办事员貌似对琳琅也熟了,并不提醒谨防诈骗之类,只等琳琅从皮包里掏出一方钱递进去。转眼办好,琳琅仍然抱紧皮包,对郑六说,下一个地方。

下一个地方就远了许多,幸亏头天晚上给车充满了电,否则还真跑不下来。太阳愈发炽烈,琳琅从皮包侧兜掏出阳伞撑上,仿佛在车后绽开一顶小小的华盖。前面的郑六被晒得发烫,附着在那件工装上的空气都在蒸腾,产生了折射的视觉现象,但他连领口都不曾松开。他们出来的地方已在城外,又往更外的地方开出许久,这时就从荒地里露出一片楼来。其实都是水泥框架,还只盖了一半,如同地里钻出的灰色的笋。四下却又没有工地的喧闹,连塔吊都不见踪影,只见到几条土狗在铁皮围墙外踱来踱去。

琳琅说声停车,下来却不率先迈步,而是瞪眼等着郑六。三哥说让她来个地方,没想到是这么个地方,不免有些打鼓。郑六仍不动声色,锁了车,不疾不徐跟在琳琅身侧。两人便从铁皮围墙的豁口进入工地。狗们起先龇牙咧嘴,坚定地捍卫地盘,但突然又往外跑开很远,聚拢到一片垃圾堆上才敢发出吠叫。对于它们,郑六就像身上有刺一般。琳琅却只是掏出纸巾捂着嘴,高跟鞋谨慎地在土路上试探着下脚,像鹭过水塘。迎面碰见个看门老头,说找经理,又说是三哥叫来的。老头掏出手机打电话,不多时,工地侧面一排铁皮屋子开了扇门,一个胖大汉子冒出来,满身油汗,闪闪发亮。

胖子一边披上工装,迎到琳琅面前:三哥多久没个消息了,兄弟们还以为——

琳琅冷冷道:别人有可能,三哥不至于。你跟着三哥又不是一天两天了。

胖子道:那是。我也这么跟他们说的,可他们不信。

琳琅跟那胖子走向铁皮屋子,先探了一眼,又打量打量左近的其他窗口,而后仍然犹豫着,并不往里迈步。郑六却将身子横在门前,又把胯上那只单肩包往前拽了拽。这人看着愣,却一眼看穿了琳琅的担忧。而这也是琳琅叫他来的缘由了。门外有了保镖,虽然只有一个,琳琅方敢随着胖子进屋。也不多说,拉开皮包,从里面抓出几方钱来。反复几次,在桌上散乱堆着,倒让人诧异皮包那么能装。

而胖子笑道:三哥净玩儿幺蛾子,这年头还有谁用现金?

又略一估算:不过数目还差着呢。

琳琅正色,说出三哥教给她的一段话:知道不够,你多担待着。三哥的意思是,咱们挑头的吃点儿亏不算什么,先把兄弟们的工钱结了,好歹稳住队伍。眼下都难,等缓过来,人在就有盼头。别的不多说了,希望你能再信三哥一次。

又补充说:三哥把车都抵出去了,收的是现钱,就为在别人那儿瞒过这笔账。

还说：你也别玩儿幺蛾子，前两次的克扣，三哥是看破不说破。

胖子听了似乎一凛，看向门外的郑六，目光在他的残耳上停留片刻，转眼又笑了：我信三哥。以前大水漫灌，现在形势不好，当然不是一个玩儿法。

琳琅点头，看胖子写了收条，揣进皮包。皮包已经外鼓中空，一按四下漏气。胖子又说，替兄弟们谢谢三嫂，琳琅不应。出门，快步离开工地，穿过铁皮墙的豁口站在马路旁，这才揉着膝盖舒了口气。郑六开着电动车，无声地跟上来。

琳琅不看郑六，说了一句：要不是看在那些钱的份儿上，他们能活撕了我。

郑六瞥了眼后座：还去哪儿？

两人再去的地方，却又往城里折了回去。离开一条大路，四下不再风尘仆仆，一条林荫道直通几座庞然的建筑。进到院子里，连标牌也都变成了英文的，别说郑六不懂，琳琅也看不明白。好在来过几趟，知道大概方向。紧赶慢赶，总算赶上了学校的家长开放日，停车场上已经满满当当的了。琳琅让郑六把车停在两辆丰田保姆车中间，自己走向不远处的教学楼。走不几步，回头一望，看见郑六立在电动车旁，双手捂裆，好像在和旁边两个穿衬衫戴手套的司机比谁站得直。她咯咯一笑，示意郑六到树荫下歇着。

学校里的事情倒也简便，家长会听了个尾巴，取了考试成绩单，揣进皮包里出来。停车场里，车辆纷纷启动，杂乱地往外挪着，好像一种名叫"华容道"的益智游戏。开车的有司机也有家长，互不相让，乱成一团。这时又从某幢建筑里走出一队女孩，都是十三四岁的模样，穿着百褶裙与长筒袜，上身是短小的西装外套，也不知是Cosplay还是国际学校的校服。

女孩们看见父母家人，纷纷雀跃着打招呼，加剧了停车场门口的拥堵。偏有一个染了头紫发的女孩低头含胸，躲着众人闪开。

又有别的女孩对她喊：尉梓桐，你妈换车了，连司机都换了。

说时指着停车场门口的琳琅、郑六和电动车。女孩们叽喳而笑，脸上的浓妆遮掩不住一派天真的刻毒。叫尉梓桐的紫发女孩从脖子上拿起一个酷似哨子的小物件，放在嘴里吮了一口，吐出一片白色烟雾，朗声道：

我还换妈了呢，这是我爸的三儿。

那一脸的坦然和冷酷，令其他女孩受惊似的闭嘴，粉的绿的蓝的瞳孔却聚焦在琳琅身上。琳琅也是一脸的坦然和冷酷，远远喊向尉梓桐：你又好几门不及格，等我告诉你爸，下个月停了你的信用卡，看你拿什么买化妆品，买手办。

尉梓桐停住脚，又吐出一口白雾，同时吐出的还有两个字：骚逼。

琳琅不动声色，两人遥遥错肩而过。上了郑六的车，琳琅眯着眼，远望林荫道上的百褶裙和女孩们纤细的背影，嘴角上翘，神往地笑了。

也不等郑六再问，她拽拽工装后摆：回去。

但等回去，俩人仍没散。琳琅说跑了一天了，让郑六陪她吃点儿东西。他们就坐在马路旁的一个排档上，此处的特色是黄泥烤鸽子。鸽子没吃两口，琳琅倒灌了不少啤酒，又支使郑六去给她买了包烟。她一手端着酒杯，一手夹着烟，以老家妇女的惯用姿态盘腿坐在长凳上，脸上洗抹修的成果全乱成了一团糟。她不看郑六，也不让郑六走，每当郑六局促地或呆滞地将眼神挪开，她就说：你听我说呀。

说的是三哥：真他妈背，好不容易傍上一个，还是个手里没剩几个钱的。原来据说还是可以的，几百个人的队伍呢，都是从老家拉出来的，后来就不行了，到处都在拖欠工程款，老本儿投进去也回不来。生意难做就难做呗，人家也难，可他又跟别人不同，爱充大个儿的，供着村里一伙儿孩子上学，自己垫着底下人的工资。说不为别的，就为人家叫声三哥。三哥三哥，叫得轻巧，难处还是让他担着——尽是他妈的你这种货色。

还说：他老婆比我精，早跟他离了，几套房子分到手，剩下个闺女不认他，倒让我来管。那小婊子还以为一辈子不愁钱花呢，将来没准儿像我一样，也到夜店去陪酒。等人家管她叫骚逼，看她想不想得起我来。

还说：要不我再给你唱个歌吧，我原来特会唱王菲。

说时招手，叫过一个卖唱的残疾人，点了一首，朗声唱道：谁说爱上一个不回家的人，唯一结局就是无止境的等，是不是不管爱上什么人，也要天长地久求一个安稳。噢，噢，难道真没有别的剧本，怪不得能动不动就说到永恒——

郑六不语，稳重地吃喝，将鸽子一一肢解，撕成条状送进嘴里。片刻琳琅哇了一声，他抄起一个空盆，恰到好处地送到琳琅嘴边。琳琅专心吐完，收敛了神色，那一瞬间显出一分庄严。她打开皮包，从里面掏出一沓票子，揣到郑六手里，说别嫌少。郑六不接，琳琅说，跑了半天，你应得的。郑六还不接，琳琅将钱甩在桌上，说我跟三哥一样，不拖欠人家的。而后又说，回吧，见不见三哥都一样了。

她将郑六扔在桌旁，起身去开电动车。到底是混过夜场的，吐完霎时清醒了许多，再加上刻意小心，一路上骑得出奇的稳当。路上灯火辉煌，恍惚间竟觉得白天的太阳又回来了。没一会儿进了别墅区，四下才复归静谧，只剩几点流火，随着夜风掠向脑后。琳琅迎风流泪，到家门口抹了一把脸才进去，倒像家里有人等着她似的。

然而家里果然有人。她将客厅的灯开得大亮，踢踢踏踏去二楼上了个卫生间。膝盖是比原来好多了，肿起的地方也都消了下去。又想起明天的任务，便折下楼来，去看冰箱里剩了什么菜，如果不够，早上还得跑趟菜市场。可刚走下楼梯，就见一楼全都黑着，她正在纳闷刚才是否忘了开灯，就有硬东西顶在腰上，男人的声音从暗处响起：别出声。琳琅只感到手腕一紧，胳膊也被人往后撅过去。当然不敢出声，任由人家将她捆了，嘴上贴块胶布。对方动作麻利，尽管这种经历从未有过，琳琅也认为来的应该是老手。她最怕的还是来了。而又一晃，灯重新亮起，却不是吊顶水晶灯，而是墙边的小射灯。这就看见了三个男人，两高一矮，两胖一瘦，都一袭黑衣，戴着黑头套。

琳琅配合地保持安静，被俩胖男人架到沙发上坐好。瘦男人靠近过来，面罩底下嗡然响起：姓尉的什么时候回来？

琳琅摇头，也不知是表示否定，还是表示不知道。但她料想，这些男人摸上门来，必是认定三哥住在这里，既然破门而入还设了埋伏，也是不见着人不罢休的意思了。她还回想起三哥在这间客厅里与人打电话的情景，肢体的影子像树枝摆动，或哀求，或咒骂，或说些琳琅不懂的暗语。也不知是哪个电话招来了这伙人。

只可怜自己被绕了进去。幸亏刚才上过厕所，否则没准儿要尿一沙发。

而瘦男人大概只想认一认琳琅的脸，并不觉得有审讯她的必要，因而对一个胖男人哼了一声，射灯倏然而灭。继续守株待兔，不过多了一个琳琅。客厅里恢复了黑暗，甚而恢复了空旷。不知过了多久，人声唯一一度再次响起，是另一个胖男人按亮手机刷了两下，估摸着是犯了网瘾的习惯动作。瘦男人便哑着嗓子说：你能不能专业一点？

偏在这时，门就被敲响了，咚咚，咚咚，不疾不徐。琳琅一怔，刚想扭动身体，被那硬东西顶到了脖子上，立刻又软了。她瞪大眼，借着窗子纱帘里透进来的月光，看着两个胖男人从两侧夹住门框，一个拨了下门锁。

门霍然拉开，风吹得琳琅一阵清凉，但却没人进来。门里门外屏着呼吸。一个胖男人看向瘦男人，瘦男人刚刚摇手示意别动，另一个胖男人却探出头去。他的脑袋刚进入门框范围之内，硕大的头颅就一颤，脖子咔吧响了一声，面朝下扑倒在门口。剩下的胖男人刚要扑出去，被门外的人用肩头扛住，打着踉跄跌进屋里来。来人欠身，迎面两拳，脚下使了个绊儿，胖男人轰然而倒。挣扎再起，被人用膝盖照肋上一磕，又倒，只剩下哼哼了。

琳琅想叫郑六，说你他妈瞎了你没看人拿刀顶着我呢？然而也只能哼哼。这时却感到脖子上一松，硬东西挪开，借着月光瞥了一眼，原来不是刀，而是一根铁棍，一尺来长，通体白亮。刚才吓蒙了，尖的粗的都分辨不出来。而挟持着她的瓮男人也哼哼了一声，对俩胖男人表示无奈与失望，接着站起身来，瓮声瓮气道：

兄弟，我不伤人，你别报警，可以不可以？

郑六的身影浸泡在月光里，一团黑：兄弟，这办法公道。

瘦男人朝门口走去，手上短棍挽了个花。郑六空着手，反将单肩包往后拽了拽，吊在屁股上。瘦男人又道：你是个脑袋清楚的人。

郑六道：我还有事，你替人干活，大家留个退路。

瘦男人点头，将短棍反别在腰上。琳琅看到两个男人在门口对视，月光泼了一身。然后动手，也就是手脚并用地乱打，但撞击肉体的声音砰然作响，仿佛劈进骨头里去。瘦男人高，动作大开大合，郑六矮，出手短促。未几郑六失去重心，被瘦男人按倒在地，然而郑六原地打转，又将瘦男人带到地上。俩人滚了一滚，分开。瘦男人单腿跪地，按着一边肩头，咔吧一按，给自己接上。但左臂已然垂着，软塌塌的像条蛇。

借着月光，他盯了盯郑六的残耳：跤耳……刚才大意了。

我这是野路子，站着施展不出来，郑六道，兄弟，你可惜了。

瘦男人脑袋一歪,头套下面似乎透出惭愧。然后站起身来,依次踹踹地上的两个胖男人。栽了,走人。胖男人还要嘟囔,瘦男人踢得更狠了。郑六靠近琳琅,扯下她嘴上的胶布,背后拽了两拽,绳子就开了。琳琅猛喘了几口气,蹬着腿瘫软片刻,似乎又听见瘦男人说:告诉姓尉的,他捅的娄子太大,回头还会有人找他。躲是躲不掉的。

琳琅支起身子,扒着沙发背往门口看,已然空了大半,只剩下郑六。郑六道:来时就盯上他们了,领头那人一看就干过警察,做事知道方寸,料他不会用刀子,所以我才敢进来。但他说的应该不假,你也躲躲吧。

说时往门外走去,单肩包在屁股上一拍一拍。琳琅脱口道:三哥没躲。

郑六没停,琳琅又道:想见三哥,明天中午一起去。

郑六身形一慢,也哼哼一声,兀自走了。琳琅这时才有点儿后悔,想自己是不是又把事做到脑袋前面去了。然而也罢,该睡觉睡觉。生死都经过了,还怕睡觉?门锁形同虚设,但一点儿不慌,和衣躺在沙发上。次日睁眼,已经大亮,昨夜的一地月光如同潮水,将搏斗的痕迹统统带走,连家具的位置都未曾挪动过。

琳琅从冰箱里取菜,开火,做了海带炖排骨、茄子熬鲶鱼,又下了碗面。都是三哥的口味。开门骑了电动车,来到小区门口,正看见郑六。郑六被拦在岗亭外,保安仿佛没见过他,正在粗声粗气地盘问。琳琅上前招呼一声,换了郑六坐在后座,起步时又是一摇三晃,郑六腿短,伸出两脚乱踢,妄想帮她找回平衡,再加上背上扣的包裹,如同一只笨拙的龟。好在路是再熟不过的,每个礼拜跑两趟,监护室也只在这两天的下午允许探视。

没人知道三哥躺在这家医院里。既不是三甲也不是私立,门诊后面只有小小的一栋住院楼。来这儿住院的都是从大医院转出来的康复病人,挂着拐或坐着轮椅,看着精神倒好。他们进门时,正碰上男护工在逗一个老头：是不是又想抽烟了？

还拿烟凑到老头鼻子上：虫虫飞——

老头两眼亮晶晶的，前襟上都是哈喇子，婴儿一样雀跃。琳琅对郑六晃晃保温桶，有些得意地说：这也是跟人家学的法子，指望他闻着味儿会有反应。

说时登了记，领着郑六进入走廊尽头的一间病房。床上躺着一人，也三十来岁，身量魁伟，鼻子上和胳膊上都插着管子，一条腿打着石膏。他闭着眼，一动不动，脸面倒收拾得干净，头发也刚剪过，显得挺利落。

琳琅以为郑六会叫三哥，然而郑六无动于衷，只是无声关了房门。

琳琅将保温桶打开，几只小钢盆依次放到床头柜上，屋里充满黏腻的香味。一边忙活，一边介绍：有两个多月了。那天夜里说出门见个人，也没开车，刚出小区就被车撞了。司机没跑，让保安给我打了电话。我到的时候，三哥人还清楚，把撞他的人放走了，只让他别声张，又让我把他送医院，还交代千万别让人知道他伤了，别让人知道他住这儿，也让我到外地躲一阵，我不干，说你可别想趁机甩了我。他拿我没辙，反又托付了几件事让我做，你也都看到了。但送进来的第二天，人就昏迷了，死活没反应。医生说是颅内伤，十天半个月也是它，十年八年也是它，让我做好准备。

说到这里，琳琅一顿，又扑哧一笑：我老怀疑他是装的。你不知道三哥这人多鬼。

郑六仍无表情，比床上的三哥更加平静：听你说的，倒不像仇家干的。

琳琅道：该是碰巧吧，恰好让他撞上了，恰好又在这个节骨眼上。有时我也想，倒不如落到仇家手里算了，那就算怨，也知道怨谁……

但说到这儿，她就见郑六把单肩包往前一拽，从里面掏出刀来。刀比匕首略大，造型古朴，手柄磨得乌亮。拆下皮套，鱼肚子似的流着光。郑六也没让琳琅别出声,然而琳琅果然不再出声。仿佛经了昨夜的事,她练就了在胁迫中保持冷静的能力。

她猛然明白,原来郑六是仇家。兜了一圈儿,到底中了仇家的套,而这仇家是她领来的。当然也不能全怪她,郑六装得还挺像,并且不知道几分是装,几分是真。反正小区多半是翻墙进去的,还有住旅馆的身份证,也不知到底是不是他的。除了郑六这个称谓,甚而不知这人叫什么。但对方敢在医院动手,就说明全不顾忌后果,是以死相拼,这仇大了。因而无论怎么拦怎么叫都是没用的。

琳琅瞪着郑六,郑六瞪着三哥,都像不知怎么办才好似的。

又过了片刻,郑六开腔说话,像与睡熟了的三哥聊天:咱们两个的事情,本来也可以算了。当初两支队伍抢标,都是带着兄弟们讨口饭吃,我伤了你的人,你报官,这我认了,可又何必把别的案子也扣到我头上,是怕我牢底坐不穿吗?多坐几年倒也没什么,主要是你还不给我挑个好名目,强奸犯是那么好当的?老娘到死也不肯见我一面。有心尽孝,没脸回家,这就是我必须找你的缘由了。

琳琅听懂了大概。她又听见郑六说:三哥,咱们都是要脸的人哪。

说时扬起刀来,指向三哥头颅。这就是要动真格的了,琳琅终于尖叫出来。声音在走廊滑过,片刻有护士跑进来,问:怎么了?

护士看向床上,三哥仍闭着眼。郑六两手捂裆,肃然站着,胳膊压着单肩包。琳琅轻托三哥的脑袋,将底下的枕头取出来。枕头漏出荞麦皮,撒了半床。护士笑道:我还以为醒了呢——再给你取个新的来吧。

琳琅谢过护士,却不敢看郑六。但她懂了郑六的意思,颤声说:我替三哥谢谢你。

郑六道:三哥应该谢谢你。

说完飘然而去。后来琳琅只记得自己坐在床头，补那个枕头。一共三刀，刀刀刺了个对穿，并且排列整齐，如同用尺子比过。她还记得三哥的手动了动，像是在掐床单。然而三哥后来坚称，他是第二天才醒过来的，对那天的事一无所知。

· 作者简介 ·

石一枫，男，1979年生于北京。1998年考入北京大学中文系，文学硕士。著有长篇小说《漂洋过海来送你》《红旗下的果儿》《恋恋北京》《心灵外史》《借命而生》等，小说集《世间已无陈金芳》《特别能战斗》等。曾获鲁迅文学奖、冯牧文学奖、十月文学奖、百花文学奖、《小说选刊》年度奖·中篇小说奖等。

暮色与跳舞熊

□ 鲁 敏

一直画，差不多到肚子饿了的时候，西力就下楼去找点吃的，嘴里念叨着：手机、钥匙、口罩。

租屋地势偏高，从坡道往下走，总可以看到挂了一整天的太阳，半藏半露地落到对面的楼群之后，那楼群就成了铁灰色的钢面，几只黑瘦的鸟突然惊起，墨水点子一般溅到半空。到傍晚了就是这样，看到什么，都成了点、线、面。走到十字路口，高高矮矮各个方向的路灯杆子、指示牌、栏杆，像不清晰的线条与小方格缠绕成一团。

西力四面扫视一圈，熟悉的踏空与悲怆又来了：我这是在哪儿呀，出门往哪儿去呢，这世上有谁在意我，这一天天的算个什么。脚下没有停，闷头顺着路走。查过，这可能属于"黄昏综合征"，也叫"暮色反射"或"日落现象"，原来说的是老年痴呆患者的阶段性症状，后来指涉所有人群，主要指黄昏日暮时分出现的情绪和认知功能问题……既然是一种病症，就这么着吧。反正什么都可以算病，拖延症社恐症选择恐惧症幽闭空间症咖啡依赖症……

走到小馆子，老习惯，顺着墙上菜单的顺序，昨天是炒面，今天则是炒饭，固然炒饭跟炒面炒粉也谈不上有多大区别。坐在习惯的那个位置上，正可以看到斜对过的慧谷广场，来来往往的人群中，粉红小熊又在那里跳舞了。所有人都戴着口罩，相比之下，反倒显得小熊像是裸面，有种毛茸动物特有的莫名性感。

去年那一波时疫过后，关闭多日的门市纷纷重开，"Q乐园"也是其中之一，并推出这么个卡通跳舞熊来招徕顾客。跟小馆子寥寥七八行的菜单一样，西力也十分熟悉这只"跳舞熊"的所有招牌动作，它不仅照搬了表情包上的那几套连环舞，还自创了几个小花招，但因为这身玩偶服大了点，它蹦跳的步子总也迈不开，膝盖弯度不对，比画的剪刀手也只能到脖子那里，可正是这样，显得尤其滑稽。加上它显然也有着努力搞笑的自觉，总是使劲甩动小耳朵，故意凑近拍照的镜头，或是舔食手上并不存在的蜂蜜，确实也会吸引到高高矮矮的小孩。他们围住它，扯它抱它，摇晃它，它于是更加疯了，就势跌坐到地上打滚儿，笨手笨脚没法起身，假装向孩子求助。有时孩子已被大人拉走老远，它便只好自己爬起……

吃饭时西力就一直望着小熊，盯着屏幕一整天，眼角都有些烂了，已不敢再刷手机，能有这个跳舞熊在面前蹦跶着"伴宴"也算不错，可以说是一整天里，唯一叫他感到亲切和放松的活物了。反过来想，西力也算得上是最留意它的人吧。

毕竟，除了小孩儿，谁会当真在意呀，何况这只小熊也实在有点傻乎乎。它肚子上贴着"Q乐园"的二维码，显然是有任务，但得看对象吧，它不管，为了吸引并逗弄附近的小孩子，不论前面走过何人，背着行李包的外地人，笔挺西装男，捧着冰激凌的胖女生，拉着小推车的龙钟老太，它都同样卖力地迎上去，摇头摆臀地跳上一圈，直到对方不耐烦了，才仓促而大幅度地把肚皮亮出来，姿势显得有点色情，尤其从西力这个角度看来。这叫他不大舒服，于是垂下眼皮，落回到桌上的炒饭或炒面或炒粉上。极偶尔的，会有人扫它肚皮上的码，它便立即谄媚地点头哈腰或是撅起屁股来扭几下。

　　隔着灰蒙蒙有点刮花的临街玻璃，西力每天就这样看着，一边无知觉地往嘴里大口投送。吃完之后，会到慧谷广场去散几圈步，由于心里那淡淡的单方面的亲切感，他会以一种若有若无的方式趋近那只小熊。

　　它的连体服，准确来讲，不是粉红，而是皮粉色，这颜色近看有点显脏，肚皮下方一圈，被小孩子们摸得较多，有几块污渍，裤腿堆在脚脖子上，连同整个脚底板，全是泥灰。但暮色恰到好处地掩护了这些，反倒使它显出一种家常的柔和，似乎它并非毛茸玩偶，而就是一只真真切切的跳舞小熊，跟来来往往的大人小孩老人，是并列的一种存在物种。西力垂头慢慢走着，只要走到它十米以内，那小熊就会主动趋近了，左右脚交替踮起，两只手在鼻尖下划来划去，一边使劲但其实也蹦不了多高地原地跳，每个不准确的动作，都奉献出毫无保留的热情。

　　等它跳到正面，西力就抬眼平视，出于起码的礼貌，不排除有好奇，因为小熊这身卡通服太严实了，一点瞅不到里面，唯一的出口，应当就是它眼睛这里，可眼睛的位置，只能看到两只深褐色的透明球，折射着薄薄的暮光与刚刚亮起的路灯，五颜六色，里面的眼珠却一点儿也看不清。这反倒更加叫西力产生一种自愿糊涂的愉快确认：看，它不就是一只彻头彻尾的小熊！他心里不禁热乎起来，忍不住也往它身边快迎两步，近到差不多都能听到它的喘气儿，能碰到它毛茸茸脏乎乎的巴掌了。可他毕竟不是小孩子，总不能也去摸也去抱吧，只能掏出手机来，扫它肚皮上的二维码，虽然已扫过许多次，但愿它认不出。正好也有口罩遮面，估计确实认不出，反正小熊每回也都认真定格在那里，俟他扫完，即刻送上它的花式鞠躬，然后认认真真伸出胖胳膊，引导西力往后左方的Q乐园那边走。

Q乐园是个综合儿童游乐场，里头有泡泡球池、攀爬架、陶泥手工区、小白兔和小仓鼠饲养区，还有夹娃娃机、跳床、攀岩馆，全是半大小孩，到处闹哄哄的。这当然不是西力的理想去处，但也不至于讨厌。实际上里头的大人比小孩还多些，即便隔着口罩，仍能看出一张张面孔下的疲惫和敷衍，走上两圈，反倒让西力脚下感到一点重力和方向，恍惚感也随之消失了。小熊的指引很有道理，看，人们的生活不就这样嘛——他开始觉得小租屋里的那种清冷，是值得的，孤独就是他的自在与拥有。遂掉转头回家，当天的这一份黄昏综合征也在渐重的夜色中暂告治愈。

并且这种疗效还有一点点多余的溢出。当天晚上，继续挠着头进行插画时，直至熬到后半夜时，西力都还会时不时想起粉红跳舞熊，它的笨拙姿势，它的二维码肚皮，它堆在脚面的长裤腿和黑灰脚底板，还有它的眼睛，透明球上流光溢彩的光线。想想就觉得不错，但也有点淡淡的不满足，要能对视多好，要能看到它里面真正的眼睛多好。他根本不在乎它的性别、年纪、长相、性格、口音、是否有趣之类，或者干脆点说吧，他排斥、否定它的"人类"性，它只是一只跳舞小熊，而这就是他需要的、也是它所能给予的全部。

有天西力扫完码，照旧转身去往Q乐园，边上被人叫住，是一对小情侣，叫西力替他们跟跳舞熊合个影。一直这样，拍照的远远多过扫码的。

有次看到一个壮汉，抱着它又捏又揉，最后甚至一把举起小熊来，小孩儿们看着它两脚两手在空中乱蹬乱划全都笑坏啦。总之小熊十分熟稔此道，西力这边手机还没调好，它已跟女生各分左右站好，向中间的男生投怀送抱了。四五张不同的亲热姿势之后，男生主动问西力，你也来一张吧？把手机给我。好像这是个免费福利，不拿怪可惜的。

西力本能地摇手后退，他不爱拍照，偶尔外出游玩，最多拍点小狗小猫，当然也因他向来是独行独往。不过拒绝别人的好意，更叫他为难。嘴里正支吾着，小熊却以它不由分说的热情一下靠拢上来，肥粗的胳膊环上西力的腰，男生顺手拿过他手机，高声吩咐道，笑起来！起——司——你也搂紧些啊。

这时小熊不仅胳膊环着他，连硕大的脑袋也顺势靠到西力肩上，嘴里故意呼哧呼哧地模拟着生气。这才发现，小熊个儿挺矮啊，才到他肩膀。西力有些失笑，不觉也把手搭到它身上。

拍照时泄露的笑意，一直延续着，时隐时现在西力嘴边。回家后，画一会儿插画，就要拿出手机看两眼合照。主要看小熊，看他们整体的那种感觉，一人一熊，搂得像模像样，居然显得那样自然，怎么看都舒服、搭配。小熊的眼睛呢？这下子能看清吗？西力把图片放到最大，还是不行，最多能看到褐色玻璃球里模模糊糊的那对小情侣。突然想起家里父母，每每打来电话，总是不停嘴地问，自以为旁敲侧击，其实都指到他鼻子上了，不找份正经工作吗，何苦租个房子空耗，实在不行回老家找个对象？他当然也不想让他们伤心，可诸种平淡冷淡的状况确实难以回复，也难以说清。这会儿看看照片，心里突然生出一丝谐趣，顺手就把他跟小熊的合影发了回去——这似乎就是一个很好的答词，概括说明他生活的各个方面，更说明他的心境与态度。

电脑突然死机、不知里头画稿能抢回多少的那个下午，好像还嫌不够糟似的，又接到蓝色书系的编辑留言，说因其中两册出了问题，整套书稿都叫停出版，这就意味着，除了那几片薄树叶似的预约金，一百多幅定制插画，全部悬而无用了。等于白打一个多月的竿子，半颗枣儿都没落下，本来还想着用这笔稿费换台新电脑呢。

沮丧地呆坐，越发闷热，饥饿感倒是准时来了。西力起身往外，下坡时都没有留意到太阳是否落下，只觉到处都暗乎乎的，暮色里像是被倒入了墨汁，在街面上四处流淌。今天的菜该轮到鲢鱼豆腐套餐，端上来却觉得腥气未尽，米饭明显夹生，换了一碗，仍然夹生，只好重新叫面条……跳舞熊还在那边，跺脚、扭腰、剪刀手、送飞吻、假装滑倒。奇怪，西力坐了这么久，发现它没吸引到一个小孩，也没人合影，更没人扫码。小熊今天完全唱独角戏了。其实慧谷广场上人倒是蛮多，甚至可以说比平时还多一些，男人挽着女人，大人拖着小孩，个个走得飞快，衣发飘动，仿佛要倒，又仿佛要飞。西力怔怔地望了好一会儿，才明白过来，哦，这是起大风了。怪不得刚才没看到太阳，早给刮跑了呀。

等外头落起大而疏的雨珠，面条才端上来，西力想起啥也没带，又想起窗户好像没关，书桌上东西全都铺着，忙打了包提上冲出去。才跑到广场背后，雨已密集如箭，浇得眼睛都睁不开，刚才还奔跑的行人全部消失了。这条背街长道没有商户，也没长廊，只有两根类似柱子的合拢处，形成一块窄窄的壁檐，西力只好不管不顾跑了进去。本是狼狈又懊恼，抹抹眼镜上的水，定睛一看，一个大失笑：粉红跳舞熊也在这里。

不过这里已是太挤了，主要小熊身子很占地方，它边上还有个胖老头。胖老头一见他进来，就把下巴上的口罩又拽上去。西力刚才太急，口罩落小馆里了。而他们脚下,还有个三四岁的小孩,听那胖老头嘴里的嗔怪,当是这个小孩把跳舞熊拽到这里来的。小男孩的卡通口罩已经湿透,映出两片翘嘟嘟的嘴巴,正咕噜噜地编故事,小熊找蜂蜜小熊要冬眠之类……西力有点愧疚地尽量贴着柱子,还是无可避免地紧靠着小熊,它已半湿,身上的毛绒头子黏结起来,黄黑了。它的大脑袋靠在后面的墙壁上,一只肥手正被小男孩紧紧拖着,由于潮湿和挤压,肚皮上的二维码皱巴巴的。哈,不跳舞的跳舞熊。西力可真乐意跟它一块儿躲雨呀,心里掠过租屋里的桌子,东西全都一团糟了吧,算了。

"几点了?哎呀几点了,我得回去吃药哇。"老头沉吟着自问自答,掏出手机,隔着口罩冲电话里嚷,送伞或送药,对方看来耳朵不好,地点又闹不清,反复追问。小男孩也摇晃起小熊伴奏,"老狼老狼几点了?小熊小熊几点了?"先是小声,继而越来越得意越大声。挤挨的小空间突然极是嘈杂。西力下意识地寻找小熊的眼睛,好像要跟它交换一下眼色。天光暗黑,这半条街也没有路灯,小熊的玻璃球眼睛,黑中隐隐有亮。

聒噪中,小男孩突然改口,大叫起来,"嗯嗯!宝宝要!宝宝要嗯嗯!"好像分秒也等不及了,小手已经开始要拉自己裤子了。这可是紧急信号。胖老头立刻掐了电话,不管外头是风是雨,横拎起小孙子就冲了出去。

柱檐下突然安静下来,只听到哗哗哗的雨声,好似一道巨大的帘子,把他们两个包围隔绝在这个角落。小熊没有动,头仍然搁靠在后墙上,两手搭在圆肚皮上。西力稍微调整了一下站姿,只能说不挤了,还是挨得挺近,近到好像是遗世独立相依为命,心里一时高兴又凄然。

但老是不说话,好像也不对,刚才那小男孩可一直在讲故事呢。西力稍微扭过身子,斜对着小熊,看看它那黑乎乎的大眸子,仍旧是动物般的纯粹无知,可又像是人类的尽在不言。甭管它是什么,到底对他有没有印象？或者，可以提示一下。于是吭哧着开口，"我每天傍晚六点左右，都路过慧谷广场，当场扫码加关注、办会员，但一回家，就取消，第二天扫的时候，我再重新办理。不知这样，能不能算你的任务？"

小熊没吭声，好像还在维护着它这个形象的整体约束——西力知道，像迪士尼乐园就有严格规定，为了所谓的世外乐园气氛，所有的卡通人偶，都不得表现出人的思维与行动，比如，不可以听得懂语言类指令，不可以像人类一样生气，不可以认识现代交通工具或通信工具等——他肯定想多了，这只是区区 Q 乐园的一只卡通小熊罢了。显然小熊是听明白了，它略略转过头，把肥手从肚皮上抬起，轻轻碰一下西力的胳膊肘。这小小动作的反馈，叫西力觉得很舒服。怪不得那小男孩要一直拉着它的手，谁不想拉着抱着搂着呢。西力涌上一个荒谬的冲动，随即暗骂自己一句，退而求其次地想，能这样一起靠着，也挺不错啦，并且他又想到一个更挨近的理由，"我腿吃不消了。要不咱蹲着吧。"

果然，小熊顺从地挨着墙角蹲下，一蹲到底，差不多坐了下来。它肯定更累，下雨之前刮大风那会儿，它不是一直在蹦跶嘛，再说那脑袋多重。西力往边上让让，给它腾出地方，但地盘就这么大，他和它还是明显更近了。他的左腿和它右边那只毛茸茸的小短腿，有部分交错相叠。可真叫人满足。

既然这样了，为了更加地熟悉彼此，西力觉得他应当介绍介绍自个儿。于是清清嗓子，说起他的插画。打小就这样，喜欢涂涂画画，尤其是四格漫画，别的啥都不行，成绩不好，大学不好，工作也不好，尤其这两年多，接二连三地，要么被裁，要么工资欠着，要么老板跑路，要么干脆公司倒掉。哪儿都指望不上，只能靠插画，看能不能养活自己。他让自己笑了笑。随后也老实讲了今天上午刚刚被黄掉的合约，讲了再也拿不到的插画稿费。也承认他还不够拼，总会分心摸鱼，每夜熬到一点两点，最差劲的，是临睡前还会四处翻找，吃喝点垃圾食品才算完事。这就又讲到他不断试吃不断淘汰、最终保留下来的六种口味的泡面……当然他也注意营养，晚饭会去巷口吃"大餐"。讲了他定点的小破馆子，讲了它家菜单上的七种招牌菜，价格22元至35元，其中他最中意的是牛腩面与香肠煲仔饭，但他不会因为这两个偏好而改变顺序。讲到他啰里啰唆的爸妈，讲到那天发去他和小熊的合影。又讲到今天上午突然趴窝的电脑，多少天的心血恐怕片甲不存，讲到这会儿正泡在风雨里的写字台，桌上可有他好不容易下决心买的原装咖啡豆，老贵，而他忘记夹上袋子了……

直到外面雨声小下来的时候，西力才意识到自己嗓门有点大，说得太多，且有些不自觉的夸张。小熊不知啥时，把它的脑袋歪过来一点，搁在西力肩上。挺重。没准正是这份重量，让西力没有注意对舌头的控制，想想吓人哪，他什么时候跟人说过这许多话，还说得如此私人，如此絮叨。西力猝然住了嘴，像犯了个只有自己才明了的大错，不过心里也在辩解，它只是一只熊嘛，要是跟任何一个"人"说这么多碎头巴脑的，那就太奇怪了。跟熊就没什么了。

这样一想，西力也没有觉得尴尬，只是收了口，默默地望着雨，雨越来越稀，不久就变成星星点点。天色亮白了一些，但亮白中也还是夹杂着暮色里的雾气。西力不大甘心地又寻找着小熊的眼睛，那里还是一如先前的黑亮玻璃球，可能因为他这边吐露太多，心境略有变化，觉得那看向他的眼睛里，比之稍早，深邃了许多，并同样有着满腹的心事。西力略感不安，瞧，他只顾着讲他自己，小熊呢，小熊肯定也有啥的吧。

这时雨已经完全停下，外面很快有了走动的人影，远处有三个小孩尖叫着，踩踏浅浅的雨坑。他们两个，已不合适再挤在这片狭窄里了。

出来之前，西力想不起来了，是谁更主动，还是同时，总之小熊和他抱了一下，不紧也不松，挺像一个营业性的抱抱，就像以前隔着玻璃看过它无数次这样抱过路人。可西力分明又觉得，不一样，这个抱抱不一样。起码，在这个大雨刚停的黄昏时刻，它完全是他的小熊。

电脑送出去修了一下，所幸损失不大。被雨水泡坏的书和画本晒了好几天。咖啡豆长了霉只好扔掉。新接到一家电子刊的专栏配图，稿费和截稿时间都很苛刻。就是这样的，日子没有变好的趋势，也没有变得更糟。小馆子的菜单调整了几个新菜，味道还可以。小熊的衣服想来是洗过了，远看不觉，走近前了扫码时，觉得它的皮毛一根根竖起，还发出一股淡淡的香草味。西力抓住靠近的时间与小熊对视，小熊黑亮的眸子向他微微抬起，里面是华灯初上的映射……可西力知道，即便隔着口罩，小熊准会认出他、记得他、于众人之中另眼看他。

他承认，对于小熊，他心里总有更进一步的想法，这当然很可笑，因为他完全说不清，所谓进一步的想法是什么。一个人，能跟一只熊怎么样呢？一只粉红跳舞熊。他一边自嘲，同时也琢磨着，思而不解。他有点害怕，想躲避这越来越真切的念头，可害怕中又有着喜悦和期待，而这种期待又为每一天和每一天的细节都赋予了意义——同样是听着歌洗澡、听父母讲车轱辘话、顺着菜单点菜、电路坏了找房东、下楼取快递、泡面出了新单品、看中的电脑放到"双11"购物单，似乎都有滋有味了，因为他跟小熊聊过其中一些，小熊知道他在如何生活，而这生活里新发生的部分，没准下次可以跟小熊继续聊。原来，西力恍然觉悟，随即又十分困惑，他想要的就是跟小熊再多聊聊？这想法是不是太平常了一点，甚至也谈不上多大的难度与障碍……不，西力总觉得，不完全是聊天那么简单，他肯定还没有找到他所需要的那个什么。但不着急，他愿意慢慢来，就这么控着，尽量地延长这种模糊不清的愉悦，延长某种奔向的过程。

五月十三日的事情，发生得很突然。

当时他已扫过小熊肚皮上的码，走到 Q 乐园里面，正顺着"8"字形的主通道，一路飘飘忽忽地走，听着各个区域的小孩，发出那种各种如果不是亲耳听到永远无法想象的欢乐尖叫。广播大喇叭突然响了，开始西力并未在意，后来见坐着的一干家长们都开始跑动起来，纷纷呼儿唤女，情形颇像上次那场暴雨的突然降临。西力立住，终于听清广播里再三再四的重复。原来刚刚在儿童医院门诊发现一例疑似染疫的男童，男童参加了篮球兴趣组，四天前上过一次球课，球课共有十来个小学员，其中有一个，中午在 Q 乐园玩了有个把小时。所以这里接到指令，大家就地待着，等专门人员过来统一处置。西力看看手机，电量尚足。旁观四周，大人和小孩搞清情况后，也都不急不跑了。Q 乐园开放了 WIFI 密码，几处大小屏幕索性放起老少咸宜的猫鼠动画片，还有免费的饮料开始供应，一时倒也融融。

忽然惊奇地发现小熊，它也回来了，倚在靠入口处的彩色广告牌下，脑袋软软地搁在栏杆上，连屁股后的小短尾巴也显得毫无生机。几个小孩不顾大人的拉扯，想去拽弄，小熊却立刻退缩着，指指身上，动作虽小，却也十分准确，好像连它自己也嫌弃自己似的。动作很有效，孩子们散了。等了不到半小时，就来了一队专门人员，招呼大家过去排队检测，小熊则被留下，跟木马地垫球拍飞镖栏杆什么的，一起被喷洒。西力随着人群往指定方向移动，不时扭回头看，心里莫名地不忍起来，甚至疼痛。虽然理智上知道这毫无道理，小熊那一身，网上到处能买到，消消毒或是扔了都无所谓，它之所以是他的小熊，并不是因为那套衣服，可，要没那一身，它又是什么，他到底在心疼什么呢，西力突然慌乱起来。

测完之后，要等送检结果，可能还有医学观察和研判的需要，总之广播里有了时间拉长、稍安勿躁的预告，外面开始陆续送进吃的，还有薄毯和行军床，数量不太多，西力与一些爸爸们便自觉分散到各处的角落。西力坐在一处延绵曲折的攀爬架下面，头顶绳索交叠，挂下丝丝拉拉的彩色线头，简直像是紫藤架，而头上通亮的大灯泡，则是一轮清月，甚至能感到脸上微微有风。今夕何夕，今人何人啊，仿佛被拉长加厚的黄昏综合征，西力沉入了巨大的恍惚……

被人轻轻推碰，西力才知道自己盹着了，忙摸出手机，一看已是夜里十二点多了，身边被放了一盒牛奶和一只小圆面包。四周安静幽暗，角落有两盏顶灯，动画片关成无声，只偶尔听到小孩子按捺不住的笑闹和大人含糊的责骂。怔怔中戳开牛奶，才发觉确实渴了，又撕开面包，机械地往嘴里扔。上学时食堂打饭菜也好，实习时加班的盒饭也好，馆子里大同小异的快餐也好，反正只要放到他面前的，总归都要吃光喝光。就这习惯，饿不饿都一样。

正吃着，走道那边过来一个瘦小的女人，匆匆把几个纸盒子归置在脚下，随即手脚像是断了一般，垂挂着。想来当是刚才发食物的员工。歇了好一会儿，女人才木偶似的，僵硬地，也从盒子里取出一盒牛奶，无声地吸起来。西力这时已一口气吃光，正想接着打盹，女人开口了，"饿的话，这盒子里还有。"西力四处望望，其他人隔这里还老远，那这是对自己说的了，忙欠身摇摇头。女人好像担心他客气，索性拿出另一种长面包和一盒酸奶，直接送来，并顺势坐在他边上。西力不太乐意，但还是勉强接过，出于该死的惯性，又往嘴里塞起来。总是这样的，对陌生人，主动开口难，拒绝什么的，更难。

可能因为多给了一份食物，这女人不仅坐下，还大有说上几句的意思，"想想也好玩的，否则这半夜三更的，怎么可能大家都在乐园里一起睡觉？小孩们其实才高兴呢。"她音质有点哑，语调是主妇的那种家常感。西力愣住，停了一秒，继续咀嚼，他实在没有聊天的打算和能力。好在女人又自顾自地往下，"我前面走了好几圈，带小孩来的，有的是爸爸，有的是小姨，有的是保姆，有的是外婆。如果是妈妈带的，最好认，只有她们，总是在追着小孩喝水、擦汗。笑一笑拍个照。要尿尿要嗯嗯吗？讲礼貌呀快叫叔叔好呀。蓝色用英语怎么讲，绿色呢？数数看这里有几条金鱼？你可真棒！奖励一朵小红花……"她忽高忽低变换语气地模仿，最终还鼓起掌来，"哈哈哈，了不起。妈妈们都太了不起了。哈哈哈。"她的笑声和巴掌声，都显得有点大。西力咽下嘴中食物，分辨着，听不出她是讽刺还是赞赏。叫他松了一口气的是，女人并不需要他接话。

"我就不行，太不行了。我绝对、绝对不是一个好妈妈。我家小宝……"她语速放慢，终至不语，摇头晃脑的姿势静止在那里，视频卡顿住一般。西力小心地瞟她，嘴里也不敢动了，以免吞咽的声音有所不敬。女人掉入她的情绪，不断下沉，连西力都能感到那仿佛是要在水底窒息的憋闷。怎么弄啊这。临近濒死，女人终于吐出一口气，像是又从水底升上来了，她往后仰着甩甩头，恢复到先前那种絮叨的语调，"我也是滑稽吧，看到每个小孩都能想到我家小宝。喜欢吃手的，不敢爬滑滑梯的，沙子揉进眼的，爱揪人头发的。就连看到大小孩我也会想呢，哎呀，我家小宝，不是也会背起个书包嘛，会打游戏的嘛，爱吃炸鸡嘛，能玩个滑板的嘛。"看来她喜欢这种排比式的表达，但西力有点困惑，听这口气，不是虚拟的，可也听不出过去时还是将来时，甚至都缺乏空间感。她的小孩，是不在她身边，是已经长大了，还是说特别小？是不再会长大了，或者不能待在她身边了？有一点是肯定的，这貌似聊天的独白充满了深海般的无底之痛。

西力无措地垂头看着地上的纸盒子，他想应当顺口问一下，起码表示点什么。她口中的"小宝"到底是怎么了？这跟她到Q乐园工作有关系吗？如果是这样，不是每时每刻都会刺激着她吗？还是说，她正需要这样的痛苦来转移或惩罚另一种痛苦？西力心里胡乱猜测着，不知该如何劝解或安慰，以致心里都生出了几分排异感，这女人碰醒他不算，多塞给他吃的不算，坐在他边上不算，为什么还要跟他说这些呢？要从谈心的角度来说，这既不是地方，也不是时间，他也完全不是合适的对象。他连两次恋爱都只是单方面好感，他不了解女人，不了解孩子，更不了解做妈妈做爸爸的人，他只是路过的，是局外人，偶然困在这凌晨时分的儿童乐园里的呀。

好在，老天爷来帮他了。广播里忽然吱吱几声，一个显然也带着睡意的声音响起，非常简洁地通知大家，结果无异常，可以各自回家……各处的灯光一下子大亮，懵懂中惊醒的人们还有点吃惊，甚至夹杂着几声低微的抱怨，意思是不如索性让我们睡一觉算了。说归说，四下里的气氛已明显松动起来，彼此招呼着动身。西力如蒙大赦，大块咬掉最后两口面包，站起来整整衣服，一边看不出什么幅度地向身边的女人欠下身，要向门口去了。

女人手脚也挺快，早把几只纸箱交叠着一起抱在胸口，方向却是相反，朝着员工通道那边，抬脚之前，像是突然想起什么，扭头问道："哎，后来你电脑，修好了吗？"

西力条件反射地点点头，脚下已是迈出，女人"噢"了一声也没停步。两人随即错肩而过，几乎只是两秒钟的事。

可她，怎么知道我电脑坏了……西力最深处的一根弦被拨动，却是空洞之音，随即闪过巨大的异样，或者是愤怒？欺骗感？不知是什么，总之胸口都疼起来，庞然的沮丧与跌落。不，不应当啊，他只告诉了跳舞熊，它就是一只熊，它只是一只熊，它永远只是熊……

第二天西力一直闷头睡到中午，醒来洗了个热水澡，同时在心里严厉纠正了昨夜的幼稚病。选择了几支最易沉浸的马友友大提琴，把自己摁在桌边，以远远低于平时的效率画了快两个钟头。抬头看看窗外，还早着呢，肚子也并不饿，但西力决定出去吃东西。下坡时太阳还斜飘在楼顶上方，暮色的惆怅与空虚果然也没有发作。他用一种打气的心理，一路上给自己叮嘱，待会儿看到小熊，就当作什么也不知道吧，千万要做到一如从前，仍旧认真扫它的二维码，然后照它的指引，仿佛第一次，去往 Q 乐园……

走出巷口他就知道，多虑了。

远远就可以看到大半人高的黄色围挡，延绵地拦住慧谷广场东、南方向两条道，一应的金店奶茶店咖啡店牛排馆美甲铺，都是白花花的拉门一落到地，平时满地滚人的广场整个空荡荡。他常去的小馆子因为隔着个岔路口，倒还是开着，但不可堂食。只得点了今天应当吃的油泼炒面。于是一路上看到啥买啥，提着香蕉、馒头、辣酱和饮料等，沉甸甸地一路返回。心里倒是没觉得太糟糕，回想刚才出门时那一番心理建设，得承认，其实是松了一口气。想想自己真太差劲了，因为有点怕见小熊，居然觉得，这么来一下暂时性地封控，也不算太坏。扭身进楼道时，还是看到了当天的日落，无限遥远的太阳在他屁股那个位置，带着可以感知的热度，投来薄薄的余晖，仿佛一声悲喜交加的叹息。

此后半个多月，对西力来说影响不大，仍是接单子或单子黄了、画画或摸鱼、拖稿或交稿。外卖打包所食，照旧顺着菜单。所缺少的，只是慢吞吞下楼、坐在老位置、眺望广场的那一套动作。可没了这小小的一套，日常生活的刻度与秩序好像就失去了绳索维系，散塌了，不成形了。

可能西力主观上也在放大这种感觉，尤其每到黄昏时分，飘浮感更是变本加厉，伴随室外光线从蓝白到淡黄又到暗红，最后浸入一天中最沉重的黑金，死死罩住狭小的租屋。他往嘴里一勺一勺塞饭食，眼神无处搁置、无处停留，唯有小熊——它并不存在，正因为不存在，反倒异样突出地"杵"在他的面前，旧时片段再现——它跟小孩子们追打搂抱，它左倒右歪的舞姿，它跌倒，它扭动着屁股逼近，连小尾巴的细小抖动，都可以看得十分清楚，温柔的夕阳照射中，它的粉红绒毛仿佛镀上了一层金光，让西力有种纯粹又澄明之感……随即，暴雨天气里的小熊覆盖了画面，它湿漉漉地挨着他，一对黑洞不见底的眼睛，冲他投来无须多言的眼色，西力向它絮絮倾谈……接着，是多给他一份面包牛奶的小个子女人，挨着他坐下，语焉不详的排比句式……粉红跳舞小熊、雨中拥抱的小熊、凌晨时分诉说的女人，分裂、重叠、融合，叫西力迷惑和怨恨。当然，理智总会在最后一刻光临，带着姗姗迟来的冷静与一丝丝人情味儿，小心地给西力分析，他所亲爱的小熊和那小个子女人，是一体化的。你想，怎么可能单单痴迷于一张卡通皮？当然，这也不代表他就非得喜欢那张皮下面的人，毕竟，从那晚上所有的观感来讲，不仅他跟她，可以说完全不是一回事儿，她跟小熊，也完全不是一回事！他简直就恨她，真的，她不该问出那一句，她戳破了他的小熊，拿走了他所能找到的最好寄托呀。

而与这种怨恨同时，西力也一直在努力。虽然这努力可能是无意识的，因为他完全不明白自己为什么要做这个努力——他在尽量、尽量地，企图把那个女人给美化一些，以期能与他心爱的小熊，稍微搭配一点、合适一点。毕竟，很快就会再次见到的，最符合事实与理性的做法就是，知行合一，熊人为一，不是仅仅把对方当作它、当作熊，同时还要把它看作人，看作朋友。无论如何，在迄今所有的社交经验里，他跟那个女人之间，得算是最亲切、最体己的。

他竭力回忆那个女人的相貌，当时光线不行，只记得是小鼻子小眼，头发乱蓬蓬的，个子矮小，衣着则全无印象。他当时毕竟处于子夜的困倦中。说话声音呢，柔和吗？可能也谈不上，她一直讲孩子，都没聊其他的。从这些元素，可以说明她是朴素的，有着清贫的单纯，挺能吃苦，对孩童有爱心，对陌生人有同情心。还有什么吗？再想想。其实真正击中他的，正是最后两秒钟吧，那脱口而出擦肩而过的询问，她还记着他的电脑，不放心是否修好，而他又那样敏感地，几乎是刀刻火灼般地接受到这种关切。太稀罕了，他第一次被别人惦记，以致他只愿意把这安放在小熊身上，只有来自小熊的关切，才是适配和贴切的，才叫他踏实……是的，只能是小熊。

就此打住，不要再想那个女人，越是进行这种捏合与拼凑的努力，越是让西力感到别扭——再使劲也没有用，他实在是感到，自己并不能跟那个女人成为朋友，普通的都不行，更不要讲达到他对小熊的那个程度。

荒唐的是，即便意识到这一点，仍然不能改善西力的空虚与期待。随着时间的推移，随着这种半隔绝的飘浮状态越拉越长、越拉越稀薄，他一天比一天地渴望着，想再次见到小熊，想有进一步的依偎与托付。这显然是个悖论，难以向外人道，更难以向自己道，可分明又如此真切，西力被这拉扯的力量撕裂成两块。可真疼。

街市重又恢复后，慧谷广场的人流却没有很快回到从前的挤挤挨挨。旅行社的铺面转租了。金店门可罗雀。时装店也只上半天班，且试衣间不可使用。Q乐园说是又做了几次消杀，推迟了一周才开张，开张后没有再出现那只粉红跳舞熊。

没有了小熊的广场看上去倒也没什么不对，不久就有一个卖氢气球的瘦高男人，花花绿绿的，四处缓慢移动兜售，孩子们像小鱼一样围着他转，乐趣可一点儿也没少。也可能只有西力才惦记着它吧。磨磨蹭蹭又过了十来天，西力每天都在心里催促自己，得去Q乐园问问，小熊到哪儿去了，会回来吗，啥时呢。但老是提不起劲，主要也是怕人家笑话，他又不是小孩了，还打听这个。

直到有天下午，电脑又突然死机，怎么都活转不了，看看天色还早，索性抱到上次那家维修店，却发现老板换了，技术员因疫情所困要一周后才来，只好先把电脑寄在彼处。两手空空地回来，正好顺路经过Q乐园，无可回避，反正也没有了劳动工具，西力伸伸脖子，像要挨一刀似的，径直进去了。

好久没来了，或者是时辰不对，发现Q乐园里远比从前清淡，中间的大泡泡球池子和迷你沙滩都给围挡了起来，两只蓝色酒精桶上歪歪斜斜地搁着一张牌子：暂停使用。西力从攀爬架那里绕了一圈，找到员工通道方向，张望着往里寻摸。

一个胡子拉碴的男人正好往外走，不等西力开口就截住他："找哪个？"声音硬撅撅的，一点没有和气生财的意思，西力不禁嗫嚅，音量更低了三分，"嗯，你们的跳舞小熊，呃，不在广场上扫码办会员了？"

"还办啥会员，都他妈的要倒闭了。你看看，你看到没？有几个毛人？"他宽宽的身子堵住过道，骂了几句娘，突然想起来，"你意思是，要办会员？"

西力一愣，几乎要点头，想想不对，忙摇头，一边小心地，"我意思是，生意不好做么，更需要促销。原来那个小熊，还是蛮有效果的，小孩子们都挺喜欢……"边说边看对方脸色。胡碴男人打断道，"也就是个噱头。

现在哪里还养得起噱头呢？"他又瞅瞅西力，眼神犀利地上下打量，"噢，敢情你这是来找活儿的，来扮小熊？"

西力低头扫一眼自己衣衫，看上去很落魄吗？他不介意，倒是觉得这个误解像是天注定，天撮合，他可不就差一份工吗？于是沉吟着，等老板接着往下。

胡碴男人的表情已发生变化，口气有了老板的威严，"就算是个卡通人偶，也跟所有员工一样，得有试用期。你先来做一周看看，嗯？"他停了停，可能是误解了西力游离的神色，退一步，"那三天吧，三天是起码的。如果合格，后面再谈工钱。"西力其实无所谓，可以长期，他只是担心一点，"那原来那一位，会再……"

"哦，正好借这次停业把她给辞了。她太麻烦了。在广场还好，反正她是熊嘛。可每次回来这里，卡通服都脱掉了，她还是自说自话的，追着要带着人家的小孩玩，搂搂亲亲抱抱，没轻没重的。有些家长很反感她这样，你想，现在小孩多金贵，外人哪里碰得……"

"为什么？她自己没有小孩？"西力让自己的语调尽量显得像闲聊，心下却紧张起来，几乎有点惧怕。

"当初也是同情她，才应下的。这小熊的点子，就是她出的，自荐说她擅长蹦跶打滚，最会逗弄小孩儿。早先确实也呼啦啦的，给我们带来一些会员。可这也拦不住投诉啊，我总不能跟在后面替她一个个地跟家长解释吧。您就行行好，把小孩借她抱抱吧，太惨了她，自家小孩出了那样的事情……"他咂咂嘴，皱起眉头，嘴唇闭了足有两秒钟，"问这些干吗，我这可还有事呢。你想好了，要干，就试个工。不干也无所谓。这小熊，也就为她特设的，工资不高，也没指着多大的效果。现在生意都这样了，马上泡泡球和沙滩都还要拆掉呢。讲实话，有的没的我也是无所谓了。"

看来是打听不出了,但显然,她小孩的事十分之残酷,以致连这位胡碴糙汉也不忍转述……西力忙点头说愿意,并且现在就可试工。老板转身带他走了几步,拐到一个库房模样的房间,打开灯,只见一堆乱糟糟的童椅、篮球、木马、三轮车,有的缺腿,有的少轮子,粉红小熊的衣服软塌塌卷成一团,扔在这些破烂当中,如果不是特别熟悉它的颜色和毛发,西力几乎都不会认出。

老板拎起来,抖落抖落上面的灰,又用袖口擦擦它两只深褐色的玻璃球眼睛,两头扯扯,向西力扔过来,"说不定还穿不下呢。这得小个儿才行。"

西力心中有一丝丝的愉悦。毕竟,他让粉红跳舞熊重又出现在广场上。匆匆行路的人们对它视若平常,似乎没人意识到,小熊曾经消失过一个多月。倒是卖彩色氢气球的瘦高男人稍微往另一个区域挪了挪,以此表达与小熊平分地盘的不犯之意。

衣服果然小了,加上大头小身的比例,腿部绷得特别紧。西力想起以前看到的小熊,脚脖子上总是堆着几层褶皱。最不舒服的是头,厚厚的大脑袋压在顶壳上,中心位置不大对称,两边乱倒,脖子分外地吃劲。黑白鼻头是用另外一种材料缝制的,贴合处一圈毛拉拉的线头,又痒又刺。最难受的是眼睛,两只玻璃球虽然挺大,但位置偏下,西力得垂着眼皮,以一个不足90度的视角看往外面。如果是大人,勉强只能看到对方腰部以下,小孩儿倒大都能看个囫囵。然而小孩子一出现,作为小熊,西力不免就得跳起来,要比画剪刀手,跳毽子舞,当然,还要亮肚皮,扭屁股,配合照相,还要抱抱……可能只有半个小时吧,或者只有十来分钟,已感到脖子酸痛无比,浑身汗透。怪不得老板说要试用,这不是谁都干得来的。

可西力喜欢这样,宁愿这样,并且一点也不肯偷懒或惜力,凭着所有能记得的画面,他全力以赴地模仿他的那只小熊,好像借此就能抒发出某种亲密而绝望的、永远不在同一个次元的情感。只有通过这身体上的辛苦,通过这狭窄的空间,以及只有自己能听到的大声呼吸,西力才依稀能感到一种故人重逢的喜悦,以及……就此别过的哀伤。我爱小熊,再见了小熊。西力在玻璃球后面热泪交流。透过泪水,他看到,准确地说,是感受到了落日时刻的到来。

慧谷广场上暮色将至,最后一缕金黄色的夕阳,穿过楼宇的缝隙,穿过清凉的空气,正打在小熊身上,使得它的皮毛在奔跑和颤动中闪闪发亮。

· 作者简介 ·

鲁敏,女,1973年生。江苏省作协副主席。现居南京。1998年开始小说写作,已出版《金色河流》《奔月》《六人晚餐》《梦境收割者》等三十余部作品。曾获鲁迅文学奖、庄重文文学奖、冯牧文学奖、曹雪芹华语文学大奖、《人民文学》奖、《十月》文学奖、郁达夫文学奖、汪曾祺文学奖、《中国作家》奖、中国小说双年奖、《小说选刊》读者最喜爱小说奖、《小说月报》百花奖、"2007年度青年作家奖",入选"《人民文学》未来大家TOP20"、台湾联合文学华文小说界"20 under 40"等。有作品被译为德、法、瑞典、日、俄、英、西班牙、意大利、阿拉伯、土耳其文等文字。

白色猛虎

□ 金仁顺

他们差不多是最后出来的。齐野推着行李车,车上有两个拉杆箱,加上一个双肩包,边走边扭头跟身边的女人说着什么。她穿了件白色紧身T恤,前面印着几个黑色英文字母,下身穿条牛仔裤,背着帆布双肩包,脚上是双帆布鞋。

有人拉着拉杆箱从后面急匆匆地奔跑,在出口处朝着齐野他们直撞过去,齐野把女人拉到怀里躲避,那个人一边冲他们点头表示着歉意一边毫不减速地拉着箱子继续往前冲,齐野看着他的背影说了句什么,环住女人的手在她肩上拍了拍。验过行李出门后,齐野朝接人的人群里扫了一眼,动作一下子僵硬了。

齐芳举起手,挥摆了几下,看他们走到近前。

"跟你说了不用接的,"齐野说,"我们都定好专车了。"

"你坐你的专车,"齐芳说,"我开车在后面跟着你们。"

"你好,"女人笑了,朝齐芳伸出手,"我是杨枝!"

杨枝的手跟她的名字一样,肌肤柔嫩,但骨节分明,软中有硬。

"欢迎来长白山。"

这些年齐芳在机场说得最多的就是这句话,针对不同客人,汉语英语韩语日语,切换自如,流利至极。

"很高兴。"杨枝说。

三个人一起往外走,齐芳想,"很高兴"是指什么呢?很高兴见到你,还是很高兴来到长白山,还是说她现在的心情?之前齐野说她在国外读完了高中、大学、硕士才回国的,"很高兴"只是她的口头语?她如此揣摩一句口头语是假意还是真心是不是有病?

"我们真的叫了专车。"快走出大厅时,齐野对齐芳说。

"谁拦着你了?"齐芳沉下脸。

"跟专车司机说一声我们有车接就好了啊,车费照付。"杨枝拍了拍齐野,南方口音软软糯糯的。

出门后,齐芳径自往停车场走,听齐野在身后打电话退专车,行李车发出咔嗒咔嗒的声响,她的心里疙疙瘩瘩的。上一次齐野回来的时候,她来机场接他,一米八五的大个子从出口奔出来张开双臂抱住了她,"芳芳,想死你了!"

"别整没用的,"她把他推开,"啥时候领个女朋友回来?没有漂亮的,丑的也凑合啊。"

"女朋友分分钟换一个,老妈才是常青树。"他搂住她的肩膀,跟她撒娇,"今天晚上我要吃烤肉!明天吃紫苏汤黏糕、榆黄蘑菇馅儿饺子,野生蓝莓给我买好了吧?多多益善啊——"

她打开车门上了车，杨枝坐到了后面，齐野开后备厢把行李放好后，也拉开后车门。

"你坐前面陪陪妈妈吧。"

"巴掌大的地方，坐哪儿不是陪？"齐野边说边上了车，在后视镜里对齐芳笑笑，"是不是，老妈？"

"说谁老呢？"齐芳瞪了他一眼，发动了车子。

要说老，杨枝倒是有点儿，三十四岁了。齐野跟她说找了女朋友的时候，说她如何酷，如何聪明，如何漂亮，如何阅历丰富、年轻有为。时间长，她品出不对劲儿来，"阅历丰富"是什么意思？另外，再年轻有为，大学生或者研究生能是高级白领，在事务所的位置举足轻重？在她追问下，齐野才承认杨枝三十四岁，是他当实习生时的顶头上司。

齐芳把车停到客栈门口，让齐野和杨枝先下车。齐野把行李箱拿下车后，她把车开进车库里。走回来时，发现杨枝站在客栈前面，用手机拍照。

客栈的外墙是青砖，上面涂着白色油漆，涂得不厚（人工费越来越贵，最近三年都是齐芳带着张嫂、李嫂自己动手，每次都预备涂三遍，最后都是涂两遍将就了），偏冷的灰白色在下午的光线中，透出抹橙红色的调调，大门右边用几块带皮的桦木板拼接出一块招牌，上面是黑色铸铁的几个字——

"白色猛虎。"

"名字很酷！"杨枝笑着说，"怎么起这么个名字？"

"——就随便那么一取。"

客栈装修的那一年冬天，镇上一共没多少居民。齐芳把齐野安顿在市里亲戚家，独自在山上，每天整这整那，忙得不可开交。那年冬天雪多，小雪天天都下，大雪隔三差五，铺天盖地，齐芳有几天感冒窝在家里没动，等病好些了想出门，门已经推不开了。她走到三楼，费了好大劲儿打开一扇窗户，往下一看，大雪把半栋楼都埋进去了。客栈变矮了，再往远处看，整个镇子都被埋进了白茫茫中。

雪湮没了所有。天、地、云、风。只剩下了白和冷。风在雪面上刮过时，会打起一个个旋涡，雪末儿扬起又落下。

她给林场场长打电话，说客栈被雪封住了。

场长也被封在家里，闲着没事儿，两人在电话里聊了半天。他说以前也遇上过这么大的雪。"那会儿我还是青头小伙儿，刚成了林场正式工，得意得不行。那年冬天，我在林场值班，刚入冬那一个月没觉得怎么着，冷是肯定的，零下四十多度，大烟泡儿风能把我这样的大老爷们儿卷飞。有一天晚上下大雪，冬天日头短，睡得早，半夜里我们几个突然就醒了——屋外的风刮起来时像哀号声，撕心裂肺的，那天晚上的风里还夹杂了别的声音，以及气息，说不清道不明的。我们把屋里能搬动的东西全擩到门口儿堵着门，围在火炉边上坐成一圈儿，一边烤着火一边打着哆嗦：我心里这个憋屈啊，刚有个正式工作，美了没几个月，命就要没了，我没孝敬过爸妈，也没娶媳妇呢，这辈子活得太窝囊了。我们听着外面的动静，守着炉子不敢动也不敢说话，坐了好几个小时，最后困得在椅子里睡着了。天亮后推开门一看，屋外的雪地上，有好多脚印，一圈儿又一圈儿，岁数最大的老陈腿一软坐在门槛上，说，妈呀，这是东北虎啊！"

而且不是一只，他们确定不了东北虎是因为风雪太大，借用房子来挡风，还是闻到什么味道把他们当成了食物。它们没撞开门，但雪地里冻的几只鸡一头猪被它们发现了。它们吃光抹净，走了。接下来的两个月，林场值班职工们只有白菜土豆可吃，但他们仍旧庆幸不已。

"东北虎是吧？"放下电话，齐芳对着窗外的白色喊，"来啊！谁怕谁？！"

她站在窗口，不到十秒，身上就被寒风打透了，但她持续对着白色世界喊叫："来吧，来啊！谁怕谁？！"

寒冷在长白山的冬季是看不见的固体，喊声刚发出去就被撞得稀巴烂。喊叫的碎片儿和寒风、雪屑混在一起，反打回来，让她脸颊生疼。她关上窗子，在客栈里走来走去，像个困兽，不，她就是困兽！没到半分钟她又推翻了这个想法，不，她不配，她最多是个蛐蛐，在笼子里面转圈圈儿，叽叽咕咕，哭哭啼啼。

"来之前我上网查过这个客栈，"杨枝指了指门口的招牌，"是网红打卡地呢。下面还有很多留言，什么'不入虎穴，焉得虎子'，什么'威虎上山'，女孩子自称'虎妞'，男人说自己是'虎兄虎弟'，可热闹了。"

"年轻人喜欢搞事情。"齐芳笑笑，推开门，示意杨枝进来。

"老妈，"齐野把拉杆箱放在门厅，自己钻进吧台里面，在电脑上查找空房间，"我看'美人松'被预订了，不是让你给杨枝留着吗？"

美人松是客栈里最贵的套房。旅游旺季时，一天的费用是八百八十八元。齐野订了机票后，齐芳一早在网上把这间房挂上了已预订，昨天一对情侣跟她商量只住一晚上她都没给。

"是给杨枝预留的，"齐芳说齐野，"你的房间也收拾好了。"

齐野顾不上拿行李，先拉着杨枝在客栈里转来转去：客栈一楼一进门是前厅吧台，往里面走分别是客厅、餐厅、小酒吧和厨房。客厅里摆了三组沙发，落地窗对着外面的广场，广场依湖而建，湖水幽蓝黑绿，湖边树林郁郁葱葱如一块海绵，时不时地飞起些鸟儿来，羽毛斑斓，惊飞了在广场上啄食的鸽子，湖面如上古宝镜，白天鹅和黑天鹅脖子弯成半个问号，悠游游走，鸳鸯在湖畔不远处耳鬓厮磨。穿过过道往里面走是餐厅，整面墙的落地窗，窗外的那片树林仿佛巨幅天然油画，除了白桦树外，大部分是岳桦树。山里的树绿得纯粹，新生的叶片嫩黄或者浅红，蜷成小小蜗牛的样子，高山树种树干坚实而纤细，五六十年的树也瘦瘦一根，根系却是个巨大的爪子，在地下拼命地抓挠、纵深，抵御八级的大风对它们是家常便饭，十二级的风能把整个客栈刮成碎片，能把树拦腰折断，却拿地下的大树根爪子毫无办法。厨房摆着两张能容纳二十个人吃饭的长桌，吃饭、喝咖啡和喝酒，都在这里。厨房是开放式的，岛台和壁炉是前年客栈二次装修时添加的。齐芳在岛台和壁炉之间放了把自己专用的沙发椅，忙活累了，她喜欢坐在这儿喝茶，落地窗外的景色随着季节变换，春绿秋红，夏凉冬暖，山中日月如一段段哲思。

客栈是用石头、水泥、钢筋加固、垒盖起来的（花光了齐芳离婚时拿到的钱，银行贷款十年才还清），二楼和三楼是客房，大大小小加起来有十五间房。三楼上面加盖了一百二十平方米的房子，一个客厅加上两间各带卫生间的卧室，是齐芳和齐野的家。其余的两百平方米阳台，春夏秋三季是空中花园，冬天如果放任大雪不清扫，几天就会把整个房子埋进去。齐芳带着张嫂、李嫂在阳台的雪里面挖过地道，但大部分时间，她们及时把雪清扫成一个个雪堆，再把雪堆堆成一个个金字塔。每年冬天都有些艺术家在镇上搞冰雕雪雕，齐芳曾想找人雕个狮身人面像，但费用太高，就作罢了。

齐野带着杨枝四处参观，边走边介绍，杨枝听得津津有味。然后他们各自回房间淋浴换衣服。晚餐是每次齐野回来必吃的烤肉，三楼阳台上，齐芳早早地准备好了木炭，新鲜玉米、山药和带皮土豆也早就洗干净，用锡纸包好了待用。

齐野带着杨枝上来，杨枝换了条墨绿色长裙，头发松松地挽了个发髻，穿了双夹趾凉拖，妆容精致，端庄大方又风情万种。齐野看着齐芳的目光落在杨枝身上，冲她挤了下眼睛，用口型说：我女朋友漂亮吧？

"去厨房里拿酒，"齐芳对齐野说，"想喝什么拿什么。"

齐野答应一声转身下楼了。

"这里太美了。"杨枝在阳台四周走了走，"我在朋友圈里发了几张照片，好多朋友以为我去了欧洲。"

"客人们都这么说，"齐芳说，"好多人来了就不想走了。他们觉得长白山很神奇，也很神秘。但他们只是这么说说，真正留下来的很少。"

"美是用来膜拜的，注定是寂寞的。"杨枝吟诗似的说，在齐芳身边坐下，"小野刚来公司的时候，话特别少，我们都以为他无比内向。有一天公司加班结束去吃烧烤，大家闲聊说起旅行，提到长白山，他就跟换了个人儿似的，手舞足蹈，说山，说树，说动物植物，说你，还有'白色猛虎'，话匣子打开，跟滔滔江水似的，拦都拦不住。"齐野提着个篮子上来了，听见杨枝最后的两句话，笑了。

"你还不是被我说动了心？"

他把篮子放到她们面前，里面有冰镇啤酒、红酒和白兰地。

"公司里的人知道你们的关系吗？"

"——不知道。"齐野说。

"有人可能会猜到些。"杨枝说。

齐芳用镊子翻了翻木炭，烧得正是时候，她把烧烤架支起来，把穿好的牛肉串儿摆上去。

"当地的黄牛肉，"她对杨枝笑笑，"小野最喜欢了。"

齐野以前回来，总是一手握着串儿，一手举着啤酒瓶仰着脖子咕咚咕咚，嘴里吵吵着"大口喝酒大块吃肉，人生豪迈"。这次他吃得很斯文，细嚼慢咽，啤酒倒在杯子里喝。他知道齐芳在盯着自己，转开目光不与她交集。杨枝在齐芳的介绍下，用紫苏叶片和野菜叶加上蒜片儿、辣椒段儿卷着烤肉吃。

吃完饭，张嫂、李嫂上来收拾，杨枝说回房间回几个电话和邮件。

齐芳和齐野回了"自己家"。

齐野说吃了烧烤身上有味道，又冲了一次淋浴，出来时见齐芳坐在客厅，手里端着杯茶，他在齐芳对面的沙发上坐下。

两个人沉默了一会儿。

"杨枝挺好的，"齐野说，"除了年龄，她几乎没有缺点。而且年龄这事儿也分怎么看，按社会标准来说，她还很年轻。"

"她是你领导，又比你有钱，别人背后会怎么说你？傍富婆，还是抱大腿？"

"她算什么富婆？我们是姐弟恋。再说了，你是客栈老板娘，长白山金香玉，我凑合凑合也算富二代，谁傍谁啊？"

"女人老起来很快的——"齐芳顿了顿，"我离婚那年就三十四。"

"你离婚跟年龄没关系，你遇上的是个混蛋！"齐野犹豫了一下，"——田大雨最近联系你了吗？"

"——联系你了？"

"嗯。"

"——说什么？"

"他说他生病了，很重，问我能不能去看看他。"

"——你怎么回的？"

"我说你哪位？打错电话了。"齐野说，"然后我就把他拉黑了。"

一个半月前山上春光如同滤镜，随手一拍都是美景，整个镇子水绿水绿，桃花李花粉白粉白，客栈远看像是银子盖成的；客人多时，齐芳把茉莉花茶叶直接扔进杯里，冲上热水，得空咕咚几口。那天客栈里面就她自己，花香和春风潮汐般一波又一波地从窗子里涌入，春天轻盈而繁盛，齐芳拿出工夫茶茶具，给自己泡了一壶存了二十年的班章。那还是刚开"如意居"时，她去云南进货时买的。

门被推开，风铃响的时候，她刚喝了一口，感慨二十年的时光，发酵了茶的甘甜，浓郁了茶的香气。

她放下茶杯，刚站起身，来人已经进来了，很瘦，戴着帽子，捂着口罩，穿着薄羽绒服，走近时，身上有股奇怪的味道。

齐芳心里咯噔了一下，开店久了，什么事儿都经历过，这是来了硬茬儿？来人摘下口罩，叫了她一声"芳芳"，她眨了眨眼睛——

她从未想过田大雨会变成这样儿：皮包骨，脸色黑黄，眼睛四周青得像被人打了，脸颊凹进去，鼻子眼睛显得特别大。

"——你生病了？"

"肺癌晚期，撑不了几天了。"

她一时不知道说什么好，让他坐下，拿了个杯子放到他面前。

"咱俩离婚时，你骂我做了亏心事，不得好死。"田大雨笑了笑，"让你说着了。"

"恶有恶报。"

话语涌上田大雨的嘴边，但随后而来的咳嗽声把他的话吞掉了，他转过身去咳嗽，声音大得吓人，他的身体内部变成了风箱，呼啦呼啦地响，背对着齐芳的肩胛骨隔着羽绒服支起来，仿佛两个翅膀要从他身体里面展开。

好几分钟后，他平息下来，转身看着齐芳，"我都快死了，你就不能客气点儿?"

"你以为你死了就完事儿了？想得美！我爸在地底下等你呢，还有赵小环。你们两个狗男女欠的账，地上地下连本带利，一分一毫也别想少。"

十五年前齐芳妈妈生病住院，她去医院陪床，饭店忙，她把放寒假的齐野送回娘家，让他跟姥爷做伴。有天晚上齐野闹着要回家取寒假作业，齐芳爸爸拗不过他，打车去齐芳家里取，一开门，撞见床上两个人。老爷子一股气上来，脑血管迸裂，送到医院时，人已经走了。

齐芳手持菜刀满大街找人，就想砍死这对狗男女，杀人偿命！整整两天两夜，她不吃不喝不睡，在"如意居"和所有她能想到的地方翻找这两个冤家，派出所的两个警察寸步不离地跟着她。第三天的时候，齐芳满嘴火泡，嘴唇开裂，嗓子哑得说不出话来，她在"如意居"门口的马路牙子上坐下，整个人都虚脱了。

警察把齐野（那会儿他还叫田齐野）带来，齐野眼睛红肿，"姥姥一个劲儿地问你去哪儿了？姥爷去哪儿了？"

"姐，"刚认识两天的女警察劝她，"你杀了那两个王八蛋容易，但杀人得偿命，这孩子没爸没妈的，以后怎么活？还有你妈，现在还在医院住院，你忍心留下老的老小的小病的病？"

齐芳扔掉菜刀，把齐野抱进怀里，放声大哭。

一个月后，齐芳妈妈也走了。临走时，她握了握齐芳的手，她的手瘦得皮包骨，"握"也是象征性的。

"芳啊，"她看着女儿，过了好久，眼泪从眼角流出来，"芳——"

老太太咽了气，那滴眼泪凝固了似的，挂在她脸颊上。

齐芳盯着那滴眼泪，在床边坐了很长时间。护士提醒她再不换衣服人就硬了，她才起身去取寿衣。

"半个月前,田大雨死了。"齐芳看着齐野,"他留了张卡,里面有一百万,说是给你结婚用。"

齐野嘴唇半张,说不出话来。

第二天早上,杨枝先下楼吃早餐。她的T恤是紧身弹力的,胸部像藏着两颗果实,当她走动,或者做某些动作时,腰会露出来一截儿,白腻润泽。她边喝咖啡边跟加拿大中年夫妇聊天。他们很高兴遇上语言交流如此顺畅的客人,问了一大堆问题。

"从长白山流下来的那条河叫什么?"杨枝替他们问齐芳。

"白河。"

"山是白色的山,河是白色的河,所以名叫白河?"

"这么说也行,"齐芳想了想说,"一年之中有半年,河是封冻的,冰雪是白色的;其他季节瀑布和河流远远看上去也是白色的。"

加拿大人又问,他们昨天上山,看到岩石上面长着很好看的花朵,越野车开得太快了,他们看不清花朵具体的样子。

"野花很多种,他们看到的可能是高山杜鹃。"

"这里有雪莲吗?"

"没有。有一种冰凌花,春天的时候开在冰雪里面,黄色的花瓣是透明的——"

齐芳从手机里找到照片,给他们看。"这么娇弱,"他们一片惊叹声,"却开放在冰雪里!"

"美强惨!"刚从楼上下来的齐野看一眼照片,笑着说,"最流行的。"

他坐在杨枝身边,和加拿大人互相问好。他们聊得那么愉快,齐芳把新鲜玉米磨碎煮粥时,给加拿大人带出来两份儿,上桌前,每碗粥里撒了几粒松子仁。

齐芳昨天订了温泉鸡蛋，鸡蛋是当地散养的本地鸡下的，在温泉水里面煮熟，蛋清是透明的，蛋黄是溏心的。她装了一小筐送到桌上。

"哇哦！"他们纷纷发出惊叹声，"太美味了。"

"这里有黑松露吗？"

"不知道——"齐芳说，"这里有松茸。稀少，很珍贵。"

"昨天晚上他们闻到烧烤的味道了，"杨枝扭头问齐芳，"他们问今天晚上可以在楼顶开烧烤派对吗？他们可以付费。"

吃完早餐，加拿大夫妇去大峡谷地下森林，齐野、杨枝去看天池。几个人换了衣服背着双肩包出门，在门口互相告别。

"小野这女朋友，"张嫂打量杨枝，"性格挺好的。"

齐芳最不相信性格。当年的赵小环就是因为性格好，才被她挑出来，在饭店做最让人眼热的收款员，厨师满头油汗，服务员跑断腿，她坐着收款，工资不比别人少一分。饭店里忙起来从早到晚，她让赵小环三不五时地去家里做做保洁，照顾下齐野。可赵小环是怎么回报她的？

齐芳按杨枝嘱咐的，把晚上阳台办派对的消息写在黑板上，支在门口处，客人进出时一眼就能看见。

当天晚上客栈里有一半客人来参加阳台派对，加拿大夫妇穿上了西装和低胸碎花裙子，几杯酒下肚，笑得很大声。杨枝穿了一件抹胸小黑裙，腰细得像个漏斗，裸露的肩背奶油似的，男人们的目光时不时地黏在她身上。

齐野楼上楼下来回好几趟，把酒水饮料拎上来，再把空瓶收拾进空箱里搬下去。没活儿的时候他也拿了瓶啤酒，站在栏杆边儿往远处看。杨枝走过去跟他说了几句话，还用手在他头发上揉了揉。

墨蓝天幕上星星亮晶晶的,既近又远。音乐声欢快悦耳,有几个人手里拿着酒杯摇摆着跳舞,笑容灿烂,越来越多的人从座位上站起来,跳起舞来。

派对持续到半夜才结束,杨枝回了房间,齐野帮齐芳她们把阳台清理出来,把餐具酒具送到楼下。齐芳和张嫂、李嫂在厨房一边清洗餐具一边准备明天早餐的备料,回房间都快一点了。齐野坐在客厅玩手机,听见她进来抬起了头。

"你怎么在这儿?"齐芳有些意外。昨天半夜她听见齐野轻手轻脚地开门、关门。她在监控屏幕上看着他穿过二楼走廊,走到最南侧的"美人松"套房门口敲了敲门,杨枝穿了一件吊带睡裙,把齐野让了进去。

"——等你啊。"

"想喝茶吗?"

齐野摇摇头,收起手机。

"——田大雨这笔钱,赵小环知道吗?"

"他们早就离婚了。"齐芳叹了口气,

"我也刚知道。"

跟齐芳离婚后,田大雨带赵小环去了南方,开了家餐馆。赵小环以前眼热齐芳是老板娘,住大房子,有车开,在店里呼风唤雨,她如愿以偿后,才知道老板娘意味着什么。前两年她嫌辛苦哭哭啼啼,天天抱怨,田大雨被她哭烦了就一巴掌抡过去,打得她闭嘴。她开始藏心眼儿,收银的钱一半掖进了自己的小金库,再后来她遇到一个油嘴滑舌的帅哥,跟他走得头也不回。

"遭报应了。"田大雨太瘦了,笑的时候满脸皱纹动起来,更像哭。

"他怎么没回来找你?"齐野问,"拉不下脸吧?"

她接到电话后回去参加葬礼。以前的公公婆婆还活着,见到齐芳哭得稀里哗啦,把她弄得泪水涟涟。他们哀求齐芳,让他们见见孙子。

"'三七'的时候,你回去一趟吧,上个香,烧点儿纸,"齐芳说,"也看看爷爷奶奶,八十多岁了,怪可怜的。"

"如果他没留这笔钱给我,你还会让我回去吗?"

齐芳自己也想过这问题。答案是不知道。"你有了这笔钱,是不是可以考虑找一个正常的女朋友。"

"杨枝怎么就不正常了?我跟杨枝在一起是我高攀她——"

"高攀容易摔下来,所以让你找个正常的。"

齐野看着她,叹了口气,"——我不想跟你吵架。"

"好像我想似的——"齐芳转身往自己房间走,她六点不到就起床,忙到这个时间,后背酸疼,腿像灌了铅,"你要去找杨枝就大大方方去,别偷偷摸摸跟搞外遇似的。"

"谁搞外——"

"客栈里到处是监控摄像头。"

"——我已经二十五岁了!"

"可不,你都二十五了。"

第二天,他们一起下楼吃早餐。

"早安呀!"杨枝对齐芳露出笑容,她的牙齿整齐漂亮,白得像刚下的雪,跟齐芳打招呼的同时,冲正吃早餐的加拿大夫妇摆手。

"早!"齐芳也笑笑。

齐野像跟谁生着闷气,没帮忙往餐桌上拿东西,一屁股坐在杨枝身边。

齐芳也没像前一天那样,给他们额外准备小灶。齐野坐了一会儿才反应过来，自己去取咖啡面包。他把东西摆上桌的时候，杨枝正跟加拿大夫妇聊天，有些意外地抬头看了看他。

齐芳给自己煮了杯咖啡，坐在她的"专座"上，看着落地窗外的树林，把咖啡喝完。开客栈，当老板，听着很酷，只有她自己知道有多累。干不完的活儿，操不完的心，每天晚上临上床前，腰都僵得跟块钢板似的。她花了十年还完银行贷款，又攒了三年的钱，前年重新装修了客栈，刚装修完，就闹了疫情，好多店铺撑不下去，关门大吉，齐芳算是幸运的，好歹没有贷款压力，能够撑到疫情消停，游客回来。

早餐吃了一个多小时，加拿大夫妇退房离开，杨枝和齐野送他们到门口，四个人互相拥抱，依依惜别，仿佛他们才是亲人。

把他们送走后，齐野和杨枝回房间换了衣服出门去原始森林"林中漫步"，齐芳在楼上库房听见齐野跟张嫂、李嫂说下午回来。"美人松"房里，齐野比前一天小心多了，一些物品没再大咧咧扔在垃圾筐里，被褥也整理了一下，杨枝的衣物还是有些乱，出来玩儿，居然带了两个大拉杆箱，客栈衣橱被塞得满满的，拉杆箱里仍然有至少一半衣服没挂起来。鞋子也有四五双，洗护用品七七八八，都是大瓶，排成了一排，护肤品化妆品，浴室里房间里到处都是。小客厅茶几上也堆得满满的，电脑、平板电脑，以及几本书；杨枝还带了茶叶茶具，几盒挂耳咖啡，但都没用。她更乐意喝店里提供的饮品，直言没想到会这么好。

齐芳在房间里寻找齐野的痕迹，几乎没有，至少能放到台面上的东西，没有一样是他的。

房门被房卡刷开，发出"嗞"的一声，齐野走了进来。看见齐芳，吓了一跳。

"你怎么在这儿？"

"——你说呢?"齐芳扬了扬自己戴着胶皮手套的手。

齐野脚步僵硬地走进来,在拉杆箱里面翻了翻,拿出个眼镜盒,"我来取杨枝的墨镜。"

齐芳把垃圾袋系紧、收好,扔到门外,换了另外一副手套收拾卫生间。

"——我回来收拾就行。"齐野一脚门里一脚门外,看着齐芳,"你放那儿吧。"

"你是就收拾这一个房间,"齐芳直起腰来,问,"还是帮我收拾所有的房间?""你抬什么杠啊?"齐野变了脸色,"我哪儿惹着你了?"

"你这话儿说的,"齐芳冷笑,"就好像你以前不知道我打扫客房似的!怎么了?不好意思了?你不用不好意思,走的时候付房费就行。"

"我爸不是留了卡吗?"齐野转身往外走,"你从卡里扣。"

齐芳手里的抹布扔出去打到门框上,"留了张卡给你,他就又变成你爸了?!"

门外静了静,然后是齐野下楼的声音。齐芳浑身发抖,做了好几个深呼吸才平静下来。她收拾完二楼所有的房间,把需要洗的床单被罩扔进洗衣机清洗,毛巾浴巾扔进另外一个洗衣机清洗,又把仓库收拾好才下楼。

"小野想吃蘑菇馅儿——"张嫂正和着面,抬头看她一眼,"——怎么了?"

"没怎么啊。"齐芳从她身后过去,倒了杯水。

"儿大不由娘,跟孩子较什么劲?"

"就是,"李嫂也劝她,"小野是男的,这种事儿上吃不着亏。"

下午有两个韩国女生和一个澳大利亚中年男人入住。他们在餐厅里跟杨枝相谈甚欢,晚上的阳台派对也得以继续下去。旁边旅馆的客人看到他们这边热闹，也跑来凑趣，虽然折腾了些，但收益倒很可观。

"你这未来的儿媳妇儿，脑袋瓜儿真好使。"李嫂说。

"卖了小野，小野还得谢谢她，帮她数钱。"

接下来几天，齐野大部分时间都在杨枝房间里待着。每天下午杨枝来餐厅喝茶，跟齐芳聊天，齐野有时候帮张嫂、李嫂干点儿杂活儿，有时候出门跟朋友见面。

齐芳自己烤点心，烘焙的香气经常把客栈里的客人勾引出来，他们下来点杯咖啡，或者要壶茶。

"这是我想象中的生活，"杨枝说，"不紧不慢，岁月静好。"

齐芳煮了一壶咖啡，用玻璃茶具沏了壶菊花茶，血菊是当地的，小小的花头，入水后一朵一朵活了过来，茶水（或者说花水）冶艳无比。她们坐在沙发椅上，面对着玻璃窗外的树林，雨中的树木绿如新翡，通透、干净，开着的窗里，空气中流荡着植物鲜嫩的气息。

"我会想念这个地方的，'白色猛虎'。"杨枝望着餐厅落地窗外的风景，隔着一层玻璃的森林，几近魔幻，雨停的时候张嫂、李嫂带着篮子出去，一个小时就能拣回满满一筐的蘑菇，最近几天的食谱一直有蘑菇汤和蘑菇馅儿饺子。

"一想到明天就回去了，怪舍不得的。"杨枝笑着说，"我现在理解为什么每次提起长白山，小野就一副打了鸡血的样子。"

"你们可以再来。越来越多的客人喜欢冬天来这里了，虽然冷，但冰雪漂亮，山上雪大，有时候一下一整天，客栈快被雪埋到看不见了，网上订房的客人经常找不着门。客人里面，年轻的大部分是来滑雪的，年纪大的是来泡温泉的，一来都能住个十天半月的。壁炉里面的火炭不断，烤松子、榛子、核桃，还有地瓜、土豆，整个客栈香喷喷的。"

"听着都让人流口水,"杨枝笑着说,"冬天我带着欢欢、乐乐来。"

"来这里的人都欢欢乐乐的。"

"——欢欢和乐乐是我的孩子。"

齐芳的笑容定在脸上,举到嘴边的茶也忘了喝。

"我结过两次婚。欢欢是女儿,今年七岁;乐乐是儿子,今年五岁。他们各有各的爸爸。"杨枝笑了笑,"——我就知道小野不会把这些事情告诉你。"

"——我就说嘛,"齐芳喝了口水,仍旧觉得嗓子干得厉害,"你这么漂亮、聪明、优秀,怎么可能——"

这些年齐芳开店,阅人无数。杨枝是个厉害的。温柔起来,嗲嗲的调调能哄得人骨酥肉烂;认真起来(齐芳听见她在电话里安排工作),领导的架子端得又稳又高;又是个贪玩儿的,疯闹起来不管不顾,烟酒都上手。齐野跟在她身后,就是个小迷弟。

"小野以前没正经谈过恋爱,喜欢他的女同学有过几个,他跟我吧啦吧啦地讲,听着挺热闹,但转眼就凉了;遇上你,他什么都不跟我说,我知道这回他是真动心了。"

"小野来我们公司应聘实习生,我觉得这小孩儿跟别人都不一样,气息清新,眼神干净,其实他的业务能力不太好,但我仍然把他留下了。"

"那天晚上他给我打电话了,高兴的啊,"齐芳说,"说能进这个事务所实习,即使留不下,以后想找个工作也很轻松。那天他跟我说主管是个女的,气质好,气场大,气势足。我还逗他一句,领导这么多气,你以后不得变成受气包儿?"

"我没想到会跟他变成现在这种关系——"杨枝看着齐芳,"他就像个小老虎似的,让我招架不住——"

"你会和小野结婚吗？还是，只是跟他谈场恋爱？"

"你希望我们结婚吗？还是，希望我们只是谈场恋爱？"

他们走的那天天气晴朗。

齐芳开车送他们到机场，第一次，她希望齐野快点儿走，早点儿走，飞机千万别停航，别延误。

离开前，杨枝结了这几天的房费。

齐芳跟她在吧台前面争执了半天，"你是小野女朋友，是我们家的客人。"

"如果我住他房间，我就不会结账，"杨枝笑着说，"但我是住了你们最好的套房，我是客栈的客人，账是必须结的。"

齐芳说不过她，最后给她打了个七折，收了她五千块钱。刷卡的一瞬间，齐芳觉得自己输了。

车上，杨枝坐在副驾驶位上，跟齐芳聊了几句对长白山的印象，对"白色猛虎"的喜欢。到了机场，齐野忙着打开后备厢搬运行李，她对齐芳轻声说："我会对小野很好的，你放心吧。"

齐野找了个行李车把两个拉杆箱放上去，齐芳跟他们挥挥手，正要开车离开。齐野叫了一声，"妈！"

齐芳愣了愣。

杨枝冲她摆摆手，推着行李车先进候机厅了。

齐野绕到齐芳车窗外，脸都憋红了，"能不能把——田大雨那张卡给我？"

齐芳看着他。

"借我也行，我以后有钱了，会把钱还回去——"齐野低头说，"——

过几天是杨枝生日，我想给她买个包。"

齐芳拿起自己的包，从夹层里面拿出张卡，随手扔出窗外，"密码是你身份证最后六位。"

她一脚踩上油门，车子忽地窜了出去，一辆刚停下来的车跟她的车差点儿撞上。

"你有病啊你——"那辆车的司机伸头骂她。

败家玩意儿！啥也不是！

山喜鹊，尾巴长，娶了媳妇儿忘了娘！齐芳骂个不停。踩着油门时，她觉得自己精神油耗在更快地消失。十五年前，齐野还小，需要抚养，但现在他不需要她了，他有了杨枝——性感上是女朋友，年龄上可以当姐姐，阅历上能充任妈妈——她算什么呢？"白色猛虎"和长白山金香玉不过是齐野跟人聊天时的一个噱头，一个逗趣？

齐芳抬头看着公路的前方，天蓝得像块冰，云彩丝丝缕缕，寒烟似的从冰面上掠过。她想起小时候看过的一个电影，一个医生在阳台上对一个男人说话，语调平稳而魅惑，"多么蓝的天啊，一直朝前走，你就会融化在天空里——"

她把油门踩到底，就会融化在天空里，融化在蓝色里。

齐野乘坐的飞机像只银鸟飞过这同一片天空，落地开机时，他会接到消息，然后立刻再回来：他会难过，会后悔，但同时他也会觉得解脱，她和客栈就像一个被废弃的茧壳，遗留在长白山上，变成他的过去和记忆，它们在他的生命里所占的比例会越来越小，直至缩成胶囊。

齐芳的思绪回到了三十五年前，她是高一女生，一心想考个好大学，窗外的秋蝉叫声响亮，她的同座田大雨才高一，个头儿就蹿到了一米八，在操场上打球打到上课铃响才冲进教室，他拉开她身边的椅子坐下，她为他那一身汗味儿皱起眉头,他冲她呵呵一笑,棕色的脸孔上,一口牙齿白得耀眼——阳光如一柄利刃,朝汽车穿刺而来,白得耀眼!

· 作者简介 ·

金仁顺,女,1970年生,中国作协主席团委员,吉林省作家协会主席。著有长篇小说《春香》,中短篇小说集《桃花》《松树镇》《纪念我的朋友金枝》等多部,散文集《白如百合》《众生》等。曾获得"春申"原创文学奖、全国少数民族文学创作骏马奖、庄重文文学奖、中国作家出版集团奖、林斤澜短篇小说奖、《人民文学》短篇小说奖、《小说选刊》短篇小说奖、《小说月报》百花奖、《十月》文学奖等多种文学奖项。部分作品被译为英、韩、阿拉伯、日、俄、德、蒙古文等文字出版。

青蛇叩水

□ 李知展

1

  他的生前黄沙漫漫。这又是个北中原的旱年。李三破坐在村后的土岗子上，像块会喘气的石头。他仰着脸，凹陷的眼窝似一口干涸的小鱼塘，漫天星河倾泻，鱼塘盛不过来的光熔岩一样流淌，挂在他枯萎的脸上……不知坐了多久，黎明即将到来，李三破起身拍拍屁股上的浮土，自此决心用尽余生编织一张巨大的渔网。

  他想赶在死前将父亲打捞上岸，先兜头扇父亲一个巴掌，问他这些年去哪儿浪荡了；然后，跪倒在爹跟前，终于能像个孩子一样痛哭一场。

  打小，人见他提个小网兜，常问："三破儿，找爹呢？"

  "嗯，找俺爹。"李三破小时候每次都回复得认真。

"费那个劲干啥呀，别找啦，我给你当爹吧。"来人哈哈而笑，做了几个猥亵传神的动作，透着想象中占了便宜的轻浮蠢性。都知道，李三破的母亲，曾是享誉四近的美人。

那人没笑完，李三破忽而变作一团加速的沙包，朝对方撞去，拼命的架势。可他毕竟力气太小，被闲人逗小鸡子似的，扯住他细小的胳膊让他在愤怒中转圈儿，直转得他晕头转向，再被一把拨开或是照腚一踹。李三破栽到地上，啃一嘴黄泥，因贫穷和不卫生盛行于头顶的大小癞疮都气得涨红，一个个皮薄水丰，似成熟的草莓。他爬将起来，呼哧带喘，一双怒目如压低的探照灯，恨不能在闲人身上对穿几个窟窿，还要蓄势冲锋。等他撞过来，闲人按上述方式又将他操作一遍：转圈儿，踹开，哈哈笑。李三破不服，困兽犹斗，都晕得站不稳了，还龇牙咧嘴地扶着墙，再作冲撞……到后来，这场本是笑谑的游戏忽而陷入了无聊循环，闲人都玩腻了。看样子，除非将他打死，只要一息尚存，李三破都不服。

"真是犟种啊，小狗×的，缠斗不休了，和你爹一个德行！"不说还好，一说，李三破头顶的癞疮更加艳红。闲人有点懊恼了，"小爷们儿，行啦，服你了，别闹了……"李三破眼睛充血，不依不饶。一条小狗竟然挡住了纸老虎的道。俩人对峙着。

直到李三破娇小的母亲徐惠珍出现，才将他俩解放了。惠珍斥一句闲人："你这样欺辱我们孤儿寡母，也不怕东升回来杀你！"

据说，李东升是个杀人不眨眼的狠角儿。惠珍不责问还好，凶狠的话从她小家碧玉的做派里说出，没一点威慑力不说，还带着莺声燕语的婉约。这个雪湖镇上木器行的小女儿，一辈子不会骂人。在之后漫长粗砺的乡村生涯里，偶因一点龃龉，被其他妇女堵住路，劈头盖脸×爹×娘花样翻新地骂了，她也只会张口结舌，啊啊哦哦，愣在原地，像是对从红唇白牙唾沫横飞的嘴里吐出如此鄙俗的污言秽语，只觉不可思议。

闲人摆脱了李三破的纠缠，笑得又无忌惮了，"三年多了，东升那狗×的骨头早都化成灰了吧？让他来杀我啊，哈……"

"你爹才化成了灰！"

"谁不知道东升这土匪羔子在白河滩上被毙了呢，我数了的，十三枪，每一下都打在你爹腰眼上，就算是块好铁，也打成了烂筛子啦……"

李三破打断他，"我爹才没被打死，他水性好，往河里一跳，一下子就游跑了。"他心说，你们知道个屁呀，白河里有一条大青蛇，修炼成青龙了，是我爹多年的好朋友，就算我爹不跳河，青蛇也会把他救走。

后来据李三破讲，事实上，打到最后一枪，细雨淋漓的白河上忽而旋起一股子阴风，芦苇呈块状摇荡，河心猛然蹿出一排巨浪，白浪间夹着一抹青绿。被捆缚的李东升见此大喜，趁势，往河心一跃。那抹青色倏忽一闪，卷起滔天大浪，岸边看热闹的人来不及躲闪，纷纷惊叫着跌倒。人们看到白浪中浮动着一双绿眼，李东升安坐在水浪里，骑着那抹青色，载浮载沉，哈哈笑着，翻入水中，消失不见。未几，风平浪静，芦苇低回，人们大眼瞪小眼，一脸茫然。

李三破说："我爹是骑着青龙游走了。"顿了顿又说，"骗你干啥，很多人都看到的。"然而"很多人"是个宽泛概念，李三破去世后，等我再去走访探询，和他同龄的老人也已基本死完，李东升骑蛇而遁之事到底是口口相传的实景还是李三破一厢情愿的杜撰，没法判明。答案消失在风中。

李三破去问区域内最有名的神婆。神婆是个半瞎，两只眼仁一黑一白，一阴一阳，黑眼观人世，白眼通鬼神。她转动黑眼，乜一下空手的李三破，脸上大雪封门。等他从内里衣兜里捏出一枚银币，神婆眉眼才略有了点春汛，满面皱纹缤纷漾动，笑眯眯地问他："是想问你爹的事儿？""嗯，问问他到底在哪儿。"

　　神婆开始扶乩。画了符咒,烧化,神像前取一碗松枝清水,捏住纸灰,将灰撒于水,一炷线香插立水中,竟然不倒,不过有些飘飘摇摇。神婆阴阳眼半闭半睁,眉心朱红,似开天眼,不经意地觑一眼李三破的脖颈,道:"上神怨你心不诚啊,孩子。"李三破心领神会,将脖子上戴着的玉坠子取下,呈给神婆。神婆催动咒语,线香不飘了,也不摇了,在水里笔直直地挺立。青烟袅袅,不绝如缕。但见神婆念念叨叨,一会儿跳,一会儿蹦,时而沉吟,时而大叫,似在请罪,又似驱鬼,眉心处更红,汗粒子扑簌簌往下掉……终于,急喝一声,念念有词,跪下扑通通磕了三个头。良久,才睁开眼睛,悠悠转醒,浑身瘫软,看样子累得不轻。接过徒儿的毛巾擦把汗,虚弱至极地对李三破说:"不好找啊,孩子。"

　　这就不厚道了。父亲留给的玉坠子,他唯一的念想,都孝敬给您了,身上实在没有值钱的了。李三破虎眼立睖,拳头紧握,正要发作,神婆拽住他胳膊,"孩子啊,姨尽力了,可姨实在法力浅薄,斗不过那青龙,只随上神的金马御驾在和青龙缠斗中,依稀看到你爹人还在白河。姨就只能做到这些了……"这回神婆说得诚恳,不像在诓他,甚至还作势要把坠子还给他。李三破信了,叹口气,舒开拳头垂手而立,这就没办法了,方圆百里再没有比她更灵验的婆子了。

　　可他临走,犹不甘心,又问:"真就没再给您留下其他话了?"

　　神婆看他,其色哀哀,眼神像溺水的人,伸手扑腾、抓挠,渴望漂过来哪怕一根稻草呢。十一二岁的孩子,因为愁苦和对家庭的付出,竟显出小老头般的衰老。她虽不是什么善人,总归也是做母亲的,这孩子已经癔症了,不愿意承认父亲的死,对他说你爹早在河里化成泥了,确实于心不忍。留点念想也好。人活一辈子,不就靠点念想撑着嘛。神婆想了想,说:

"那青龙倒是还有句话,刚才一急,给忘了。它说你爹上辈子在岸上辛苦,这回在水下龙宫里享享清福,也挺好的……"

"上辈子?"李三破皱着眉说,"您是说我爹他……"

神婆没承想这孩子如此较真,还是赶快打发了吧,"孩子啊,水下岸上,一阴一阳,人鬼殊途,天机不可泄露,姨就只能说到这儿啦……"说着,玉坠子托在手上,朝李三破送出手掌。

"姨,就最后问下您,您说,我还有必要捞我爹吗?"

神婆已眼睛微闭,眉心处的红点也退去,脸色清寂,其实很不耐烦了,略一点头。你爱找就找吧,谁也挡不住不是?

李三破一揖到底,没接玉坠,走了。

自此,每到雨前,李三破便带一张自做的渔网,去白河,打捞父亲——李东升是雨天水遁的。既然神婆说他爹还在河里,对他的打捞之举,又点头认可,他想,是死是活,总要有个结果。他捞不上来,儿子捞;儿子捞不上来,他到老时,指着我,"你捞!"

这是祖父李三破临终前常给我念叨的一件事。

2

每年三月底莽山连续十天的庙会,是周边区域的节庆。农民四季躬耕忙碌,多苦。夏播之前,密集的农忙尚未到来,出大力流大汗之前,三五成群,呼朋引伴,带着欢庆的笑脸,进庙会转转,听听曲儿、大鼓、说书、撂地相声包袱;看看小玩意儿,各式泥塑、糖鱼儿、马戏、魔术;闻闻扑面的味儿,种种炒货、炸糕、煎饼、烤肉、什汤、飘过的女人香味;买买小杂货,头绳、衣服、布料、农具、饰物……不一而足,卖膏药的、走江湖的、算卦的、打铁器的、练把式的，各式各样，在庙会上叮叮当当，挤挤攘攘，嗡嗡作响，热闹也悠然。空气中弥漫着尘世生活乱蓬蓬的芳香。

李三破右手持两枚烂碗片，左肩斜挂个破褡裢，穿着叫花子补丁衣，一走一颠，有板有眼，从东到西，挨个儿到商家门前，唱一阵莲花落里现编的吉祥话、颠倒话，嘻嘻哈哈，博个彩头，以期商家赏几个子儿。掌柜的若悭吝不给，莲花落里也有对付的办法，各种尖酸刻薄嬉笑怒骂的词儿等着你呢，开门做生意谁愿意触这霉头呢？李三破不像别的同行贪心，有赏钱就千恩万谢地接着，没有也不故作纠缠。他不过是趁着农闲，做买卖又没本钱，幸而跟叔伯大爷学过滑稽小戏，耍耍嘴皮子，舍下脸，侥幸若挣上仨瓜俩枣，就能多买几斤杂和面，老娘和弟妹们吃起饭来，也可以大胆一点。

这时，他就恨李东升——别的家都有个父亲来支撑，他们家，一个娇弱秀气的母亲，两个弟弟一个妹妹，五张嘴，是五个窟窿，堵住这个，那个又起哭闹声，打地鼠似的，摁下这个，那个又起，李三破十来岁就得为家庭疲于奔命。他本名李安坡，因家贫，村里闲人编派：一家子人吃得破、穿得破、住得破，还什么李安坡，李三破吧你。

说着唱着，到了周家道口烧鸡摊前。

刘作喜正在棚下啃烧鸡，大快朵颐，撕扯着，蘸着辣椒面，就着烧酒，吃得恣意。可他的吃相实在不敢恭维，饿死鬼托生似的，抱着烧鸡，大嚼大咽，贪多不烂，嘴巴和食物粘连，发出响亮的咀嚼声，像穿着拖鞋踩在泥泞的雨地，啪嗒啪嗒的，透着一种不洁的贪婪。

周老板刚要给几个小钱打发，刘作喜停下咬嚼，抠着牙花子，叫一声："慢着。"他扯下一只鸡腿，丢垃圾似的，掷到李三破脚前，"掌柜的，我替你赏了。"说着，他继续喝酒吃肉。李三破弯下腰，捡起地上的鸡腿，抹掉上面沾染的泥灰，回家洗洗，弟弟妹妹可以打个牙祭。刚要放到褡裢里，转身往下一家，刘作喜头也不抬，嘟囔一句道："唱啊，小叫花，还没唱哪。"

李三破折回身，编了几句颠倒话——

东西大街南北走，瞎子看见人咬狗，捡起狗头砸砖头，又怕手咬住砖头。空手把锄头，步行骑水牛，人从桥上走，桥流水不流。今儿十四明儿十三，河里石头滚上山，山下来了个麦吃狗，抬住小狗砸石头，石头砸得血长流……

刘作喜一摆手，"得，都是水词儿，没啥意思。过来，说段评书。不会？就当故事讲也行，给爷们儿说说土匪头子李东升是怎么被毙的。这个还有点儿意思。"

李东升的故事已被杜撰成评书和地方小戏。

拿人手短。李三破得有板有眼地讲——

李东升这天披衣出来，一抬眼，西南天上有颗流星朝他急速俯冲。这流星说来也怪，红通通的，拖着个小尾巴，像是老天爷投下来的火把，甚至能听见与空气摩擦燃烧的吱啦声，直戳戳地向着李东升的头顶……李东升蓦然一惊，可他胆横，冲着上天"哈呸"啐了一口，就仰着脸，睁大眼，任这流星砸来，他倒要看看它怎么在他头上砸出一个窟窿。可流星快挨到莽山山顶时，突然，"啪"一下，在空中爆破，像一个反方向的蹿天猴。李东升冷哼一声，"就这啊，还以为要轰死老子呢。"他呵呵笑，叉着腰，狮子巡视领地似的，在熹微晨光中望着山腰错落分布的一十二洞——那是他引以为傲的事业。

都知道，李东升在村里时是有名的懒汉。他的懒，也不是不干，是干活前，先叹息感慨一番，锄个草，发些怪论："有啥意思呢，锄了还长，又锄不完。"养了牛羊，得割草，割草前愁肠百结，"累死累活割一天，一大车草，又值几个钱呢？"拍拍老牛，又道，"你傻呀，伙计，就吃口草，闷头干那么多干吗？你累死了，还不是被剥皮吃肉，谁念你的苦？"李东升高大壮实，胳膊长腿长，方脸浓眉，声音洪亮，称得上气宇轩昂。些小活计对他来说不过一弓腰直腰的事儿，真干起来，并不惜力。田垄被他腿一蹬胳膊一甩梳理得整整齐齐，一行行庄稼气质青葱，规规矩矩站定，如列队听训的新兵。李东升望着整饬的土地，也会欣慰，那只是对自己充盈的"力"的满意，却又叹息，男子汉大丈夫，一辈子捆在一亩三分地上，活着时捧着碗吃饭，死了碗扣过来，压到身上。奔忙一生，无非得一处覆碗般的土冢。他想，何不尽兴一点呢？

这不安分的主儿，终于等到民国二十三年豫东局部大旱，莽山周边赤日炎炎，土地龟裂，白河冒烟，连续两季庄稼绝收，眼看活不成了。李东升提着少时学武的马刀，辞别妻儿，上山入了匪帮。他是一拳一拳开创出局面的，三年时间，出生入死，树立了威望，展示了才智，成了百十号小匪帮的头目。

但李东升有一点坚持——不打劫莽山周边村镇。他和邻近的帮派划定了势力范围，他的领地内有被绑了票的，他去捞；有起了纷争的，他去平。这就是为什么李东升死了那么多年，他的故事还能在民间流传，提起他，大都念他的好。说是兔子不吃窝边草也好，说是盗亦有道也好，李东升被枪决前，已在莽山经营五年，到最后，却没给家里留下什么钱。他送钱，妻子不要；站稳脚跟要接他们上山，妻子不去，自拟了休妻书，逼李东升签了字，要跟他一刀两断，并说："你不要脸，我们娘几个还要呢。"惠珍想，还笑呢，你项上人头，不过是行走的靶子，明有官府，暗有帮派，背后还有小兄弟觊觎其位,不定哪天被打死了,都不知道吃的哪一方枪子;你去尽兴,混你的残生,孩子们呢,将来也去做土匪羔子吗?惠珍想得深远。李东升再摸黑回家,她门都不开。他上山的那天,惠珍就当他死了。

这个看似娇弱的女人,有她清洁的自尊和执拗的韧劲。

于那乱世中,李东升要做好土匪,须打起精神,兢兢业业,不烟不酒,黎明即起。在村里懒散惯了,做土匪倒勤快了起来。这时他就苦笑,原以为呼啸山头大块吃肉大碗喝酒,皆快意事,谁知做了个小头目,比老牛还苦。到此才悔悟,为何牛、马、驴、骡、村人但凡有口吃的都甘愿忍受呢,套上固定的辕轭,拉着重复的石磨,虽也辛劳,却不必担心变故,有一份认命的笃定和满足。

这天,他循例早早起来,巡查了一圈,兄弟们还在酣睡。他站在斜出来的一块叫孤步岩的大石头上,打了一套通背拳,四体通泰,微微有汗。下来,刚端起大茶缸子,手下有报。

这一报,大不好!

手下在山门处收到一封鸡毛信,展开,言简意赅——

青蛇兄好:

久未拜会尊兄。你我路途虽殊,然保境安民,实则同心。犹记去岁,白河芦花飞雪,你我兄弟酒酣耳热,论说国家前程,其时,黄鸟于飞,白鸥翔歌,何其畅美;想他日山河清宁,人民乐生,你我二人,携手纵酒,闲话桑麻,诚可期也……余言不赘,一事相扰,我军亟须米面十车,端阳前某日某时送至白河入雪湖大堤处。

拜托,切切!

右下角署名处画了一瓣雪花一片红叶。

李东升眼前浮起去年和将军在白河边上饮酒论世的场景。

3

有说杏子黄时生的，有说下雪时生的，哪一年杏子不黄，哪一年冬天不下雪？所以李东升的具体生辰年月，没人弄得清了。不过，都对他的水性印象深刻。按说北中原十年九旱，邻人大多是旱鸭子，可李东升靠着一条白河一涡雪湖，练就了如鱼得水的本领。他一旦入水，姿态好看得很、飒爽得很，似乎人就是水，水就是人，人随水漂，水推人走，如鱼滑行时和水的交融，如鸟展翅时和风的互动，有了美学的观赏性。

每年端午雪湖的龙舟赛，搭了戏台，镇上的店家们出了赏礼彩头，在凉棚下，携家带眷，听戏，看划龙舟。李东升总能摘得红绸，商会会长亲自给他披挂后，他将绸子抛给兄弟们，然后，呼啸着，凭高而跃，扎个猛子潜泳一段，再探出身。水珠子和汗珠子挂在油润润的宽阔脊背上，折射着太阳光，他一个摇动，水花四溅，甩落一地的光芒……那份得意和爽朗，金黄、明亮，很多女人爱看。惠珍随着木匠父亲，也看。

李东升在湖水里扎猛子，一年一年，也扎到徐惠珍心湖里了。只是那时，她就该觉出端倪，这个人哪，热腾腾的，活泼泼的，是好热闹享受观众的性儿——他愿意自己的人生有戏剧性。对于他的出格和悲剧结果，等她老了，再到已经瘦小乌黑的雪湖岸边凭吊，惠珍心说，老李，你我缘来于水，终逝于水，也算适得其所。

且说这年李东升龙舟赛夺魁后，热闹完，往家走。这年夏凉，麦子熟得稍晚，沿路麦子青黄，南风焦香，这个节令麦穗在为丰收做最后的冲锋，白花花的阳光倒灌下来，空气里酝酿着躁动和紧张，人们抬头望望，喜忧参半，又到了抢收的麦季了。李东升叼着个麦穗，腰间别着镇上买的新镰，回味着刚才的热闹，脸上的表情像吃了糖，走个路还像在龙舟上，一摇一晃，吊儿郎当。到了大坟地前，一帮人在喧嚷。这是绵延数百年的李氏祖坟，一排排坟包呈携子抱孙状前赴后继排列，李东升不用瞅，就清楚按秩序预留给自己的三尺地。这时李东升就悲从中来，刚才的热闹不过是刹那的烟花，亮一下，他还得回归漆黑无望的死水生活，生老病死自有世俗惯性压着……

到了近前，是几个半大小子在桑树下烤麦穗，吃得手嘴黢黑，正挑着一条大蛇要给它烤烤火。细看火堆里已火化几条了，小子们嘻哈笑，他们活得像夏草，盲目又蓬勃，无聊到残忍，就为了看蛇烧爆的样子。挑着的这条青蛇，长而肥硕，一挨近烈焰，在竹竿上便痛苦地扭动着，肚子那儿鼓鼓囊囊的，大约是刚进了食。这个时候的田鼠肥头大耳，蛇也丰衣足食。见他过来，青蛇在火上被烤得吱吱冒油，勾着头，眼泪汪汪的，看一眼自己的腹部，似在向李东升哀求……他略微一惊，似是懂了，急忙喝住浑小子们，要他们将青蛇挑下来。小子们正玩到兴处，颇不情愿，只是见李东升高大，不像是闹着玩的，手里还拎着镰刀，他们将竹竿从火里过了一下，才把蛇甩在他脚下。

已经晚了，奄奄一息了，它还在挣扎着，扭曲着身子，耗尽最后一点力气，产下了三条小蛇。最后，它勾着头，看了看孩子，抬头望着李东升，摇动几下尾巴，眼睛湿漉漉的，似在托孤了。

他蹲下来，它战栗着，伏在地上，死了。李东升用镰刀掘一个小土坑，将它掩埋。再仔细去看，三条小蛇里，就一条还活着。李东升脱下汗衫，将小蛇包住，兜回家里，用个瓦罐悄悄养着，捉些蚂蚱、苍虫、知了之类喂它，天天跟它说话："小可怜呀，吃吧，快吃吧。"

李东升少年丧母，知道没娘的孩子那份心酸难过。

养到四个多月，父亲发现了，说他"一天到晚不好好种地，惯会瞎倒腾"，嫌"瘆得慌"，让他"赶紧扔得远远的"。小蛇有手指粗了，因照顾得仔细，通体青绿，眼睛灵动。李东升携它到白河最茂密的草丛放生。这里水草丰美，虫类繁盛，远离人迹，且有遮蔽，想它总能活下去。他倒它出来，它不走。李东升劝它，引导它，它还是没听话，绕在他脚边。他就无奈了，点着它的额，两个头对着头，叽叽咕咕到黄昏，小蛇犹依依不舍，还是李东升一狠心，将它捧着，抛到长草里了。抛是抛了，心也空了，似被拽掉一块心头肉，只觉丝丝缕缕般疼。他叹口气，扒掉衣服，想潜个泳，冲刷下心里的闷气。

刚下到水里，手拍击一下水面，它就昂着脑袋出现了。李东升又惊又喜。这蛇还是水陆两栖的，跟在他身边，亦步亦趋，他游，它也游，小眼睛骨碌碌地，盈盈可爱。李东升和它在白河里玩到天黑才回。

自此，只要他有空闲，就跑到白河，叩击几下水面，轻轻呼喊，青蛇就心有灵犀，循声而来，从水里钻出，听他说话，和他嬉戏。

一年一年，小蛇成了大蛇，李东升也娶妻生子，套上枷锁，做了一头老牛，一步一步往前挣，不复有赛龙舟的兴致。只每到排解不开的烦心事时，才到白河，叩动水面，唤来他的小伙伴，一个坐在岸边，一个潜在水滩，寥落黄昏里，两个你望着我，我望着你，叽叽咕咕说上半天。常常是他有疑难，诉说一番，青蛇点头摇头之间，帮他决断。

当时他就要不要上山，曾来和青蛇商量。

青蛇也为难。白河的水位都不足以存身，它已在雪湖湖心争得地盘。它虽历世短浅，可听得湖里德高望重的老鱼老鳖说过，大旱之后往往大涝。

不上山，生计艰难；上山，前路未卜。但它还是摇摇头，不上山就一直还有个"上山"可以选择，真上山了，就没得选了，"你又非那深沉狠毒之人，就算能拢住局面，难防有人见利忘义，遭了暗算。"

"你怎知我狠不下心、做不来毒害事？"

青蛇笑了，"就凭你救了我。"

他在莽山开拓进取的时候，它也在忙着打江山，现在，白河到雪湖水域的鱼虾鳖蟹基本都由它说了算。

这天，他又来到河边，问青蛇："小可怜，你说这粮，我该怎么借？"

青蛇不言。

"借粮这位将军，且不说我和他的交情，准确来说，是我追慕他的才能和品性。以前不知道世上竟还有这样一群人，不谋私利，一心为国为民。说起来，也就和他长谈过一次，就是去年白河饮酒那次，你在河里也见过他的。"李东升还跟将军说了他和青蛇的故事，叩动水面，唤来它在浅水处倾听，并和将军约定，将来倘幸得赐书信，就称他为"青蛇兄"。"若有需要，你叩动水面，我必奔赴而来。"

青蛇记得。

"再给你讲个故事吧。有一年夏天，他率纵队转战豫东，入夜，住在大王庄王老汉家中。半夜下了大雨，将军惊醒后，想到老王家新生不久的小牛犊还拴在院里，于是冒雨将小牛牵回。王家没有牲口棚，将军就把小牛拉屋里，拴在自己睡的小床上。将军淋了一身水，却顾不得自己，拿起被单子，给牛犊擦拭。他做得那样亲切、自然，就像在照料淋了雨怕感冒的小孩。

"他知道小牛犊以后对农家的意义。一个将军，对农民的牲畜都如此用心，小可怜，你说，他能是坏人吗？这粮，咱得借，还得多加几车。"

天黑下来了，李东升又说："来和你絮叨，也不是借不借粮的事，这事我心里早有定夺。主要是拿这钱去买粮，山上的兄弟伙儿不好交代，现在，形势乱了，人心也乱……"他拍拍青蛇，叹息道，"当初应该听你的劝，不该走这条路的。这次弄不好，我可就……"他无声笑了，吐口气，说，"到了这一步，就不能顾虑那么多啦。将军就托付这么一次，说起来也不是啥大事，怎么也得把它办好喽。是吧，小可怜，你说呢？"

夜深了，他拉杂说完。这回，青蛇却没点头也没摇头，默默退到水里，眼里似有泪影。

4

李三破继续讲——

当时，莽山周边的势力错综复杂，主要有两小股两大股。两小股：一是腐朽的国民政府；一是李东升之类的山匪流寇。两大股：一是将军遵照上级指示将工作重心转向豫东，开创豫皖苏边新局面，并奉新四军军部命令，将其领导的游击支队编入新四军，一九三九年后，建立以永城为中心的抗日民主政权；一是日军扶持的伪军一众，为首的汉奸叫李光明，自认支队司令。要说气焰上，还是伪顽军显得闹腾。

李东升乔装成客商要去市里买粮。十余车粮食，不是小数目。乱世年间，人命草芥，粮米腾贵，这时节，新麦还要半个多月才能上市，正是青黄不接的关键节点，粮价更高。他带了山上一大半金银细软，兄弟们虽不明言，私下定然颇有意见。出发前，趁着酒劲，刘作喜率先发难，"头儿，你把我们的老底儿都带上了，这是要去干啥？我倒听人胡呲，进而议论你和共产党有来有往，这可是……"

这些年出生入死，像是水里、火里、砧板上淬炼宝剑，李东升眼神、动作都历练出不容违逆的威严，他牛眼瞪过去，刘作喜就不吭了，只嘟囔道："山上可不是某个人的，得为大伙儿着想哪……"很语重心长了。他小眼睛眨巴着，往下面撒网，罩在一众小兄弟头上，小兄弟们低头不语。在山头的发展方向、需要投靠的势力上，两人就有出入。此时小兄弟们虽不敢明确支持刘作喜，李东升也知道老刘这是翅膀根硬了，拉拢不少拥趸了。

　　李东升的表情似脱衣卸甲，柔和下来，呵呵笑着，拍拍二当家坚硬的肩膀，"老刘，你说得对，是要好好为兄弟们着想。这不眼看端午了，这几年不是闹旱灾就是跑蝗虫，我想着端阳开泰，咱们在雪湖恢复一下龙舟赛，搞个流水宴，唱几场大戏，兄弟伙儿都热闹热闹，也显得咱们山上兴旺。"他顿了顿，"带这钱，就是去置办修缮龙舟的材料，采买宴席上的酒肉，请戏班儿。"

　　兄弟们听说有酒有肉有耍头，大都纷纷叫好；不过刘作喜和另一些弟兄面如沉水，仍盯在李东升脸上，怀疑的目光里在说：热闹是热闹了，可这一场，家底也快败光啦！

　　李东升不疾不徐，等喧嚷退去，先惭愧一笑，道："这些年，为了山头能顺当地发展，我李某人规矩较严，不许抢占周边的区域，为此，处置了一些兄弟，惹得有人不开心，实在得罪了，得罪啦……"他一抱拳，继续说，"现在，我想通了，为什么办这龙舟赛呢？让兄弟热闹是一方面，另外的目的，是趁此机会，通知区域范围内所有的大户、地主、商铺、大小官儿，对这次龙舟赛都得给老子大力赞助！而今乱世，谁知生死，什么盗亦有道，咱爷们儿先痛痛快快地捞他一大笔再说！"

　　这下，所有人都欢欣鼓舞山呼海啸了，连刘作喜都竖了大拇哥。

　　李东升终于可以带着心腹去市里置办一应吃喝用度。龙舟赛在雪湖边大张旗鼓地准备着，搭棚的、装戏台的、支锅的、垒灶的、给龙舟修整上漆的，热热闹闹，范围内殷实的家户按照份额捐钱捐粮，络绎不绝。李东升呼出一口气。

是夜，按约定的地点时刻，白河入雪湖的芦苇荡里已提前掩藏了十三车粮食，顺利接应上将军来运粮的队伍。一河之隔，对面来赞助的客商被请到流水席上喝酒看戏；请来名动数省的豫东红脸王在台上大吼大唱，为龙舟赛预演；来回穿梭的匪帮和看客熙攘着，热闹非常。锣鼓喧天鞭炮长鸣的背景中，更衬得这边黑蒙蒙的安静。将军先冲李东升敬了个军礼，弄得他一下子隆重起来，手足无措，不知怎么回礼。幸而将军立时笑如春风，拉住他胳膊，两双大手绞在一起，不停摇动。将军望着一排粮食车，攥住他的手，说："谢了，谢了……"一时无言，两人眼眶都有些泛红。将军重重地拍他一下，望一眼对面喧闹，笑道："东升兄，真有你的。"李东升挠挠头，也笑，"略施小计，您见笑啦。"他从身边心腹那儿取一包钱，捧给将军，说，"不宜久留，就此别过吧。"将军脸色肃穆，接过包裹，从口袋抽出钢笔，掏出随身携带的小本子，唰唰写了几笔，交给李东升——是一张借据。他刚要推辞，却震慑于将军的郑重。将军站定，凝视他一眼，立定，再朝他敬个军礼，带着队伍，走了。目送他们安全走远，攥着纸条，李东升眼圈儿一红，不知为何，差点掉下泪来。

龙舟赛圆满落幕，山上盆满钵满，众兄弟都对李东升服了。他也颇觉满足，最重要的事儿没耽误，就是常想，不知将军此时在何处战斗，责令心腹不停探知。

操持这些天，确实累了，这一歇下，绷着的神经松弛了，才觉得疲乏。这天，正在山下不远的道观里喝茶闲扯，忽而，一队锃亮的皮靴跑过，堵住山门，架起机枪，朝外围扫射了一圈，李东升的随从全死了。

来的是李光明的伪军。

李东升大意了。那张借据想撕碎扔了又没舍得,上面有将军字迹,是个念想,夹在贴身衣兜里了。转天龙舟赛上,都知他是好手,有意让他出彩,起哄让他下河参赛。照例是众人喝彩,率队夺魁,他一兴奋,又居高跳下,在湖里游了个痛快!上岸不觉就另换了衣裳,这都没事。山上有老妇专门浆洗衣裳,发现了那张纸条,这浆洗衣服的老妇并不识字,以为是什么收据,既然李东升去喝茶了,妇人阴差阳错,就交给了二把手。

二把手正对李东升一面倒的威望感到恐慌,更对这次捞了这么多钱觊觎得小眼放光,得此纸条,天降惊喜!一看借据上的数额,就知是李东升所为。他困惑的是取个什么代号不好,叫个"青蛇兄",可笑。他急忙携着借据,投诚伪军李光明。

"告密这人呢,"李三破声色寂静笃定,伸出手指,戳住刘作喜,"就是你。"

刘作喜手里的烧鸡不啃了,他笑,一双小眼睛溺在臃肿的眼皮里,哈哈哈哈。仿佛李三破啰里啰唆编了个蹩脚的笑话。旁边的人,不尴不尬的,谁也不想招惹他,毕竟他现在是莽山的大当家,又傍上李光明这个后台,他才不管窝边草不窝边草,"老子又不是兔子,是狼!"不必费劲兴办什么龙舟赛,莽山周围的饭馆、客店、商铺、村庄,每月统统都须孝敬。

李三破说完,走开了。

他在后山等。

刘作喜酒足饭饱,剔着牙花子,醉醺醺地刚出现在路口,李三破就祭出袖里按捺不住的尖刀。

刘作喜一惊,诡谲一笑,却不拔枪,一闪身,从怀里掏出一把石灰,扬到李三破脸上。

但见李三破一声惨叫，痛苦地往眼睛上抓挠。

刘作喜拊掌而笑，"嘿，小爷们儿，老子早防着你呢！"

李三破老时，眼睛损伤的后遗症愈加严重，眼仁干瘪，眼窝深陷，几乎全瞎了。临死，他从怀里掏出油亮滚烫的玉坠子。神婆当年也没料想她潦草一个点头，李三破能打捞他爹一辈子，她死前，差人将玉坠子还给了他。他摸摸索索地，将坠子戴到我脖颈上。李三破已神志不清，还在气冲冲地对他的长孙，孙辈里最亲近的人，千叮咛、万嘱咐："好孩子，这些孙子里，就你和你太爷相像，你像有种的样子，不似你爹你叔那么窝囊。家仇不敢忘啊，不敢忘，岂能饶了刘作喜这狗×，要报仇、报仇啊……"

他都忘了刘作喜后来作为汉奸头子，早被枪毙在莽山脚下。

这是祖父李三破临终前常给我念叨的另一件事。

5

月夜下，蹬起的尘土飞扬，一个瞎子，在旱地上撒网。

我说："爷，白河已经没了。"

雪湖已萎缩得只有水塘大小，白河早消失在岁月里了。祖父抽动鼻翼，"我能闻到水的方向。"

他撒的每一网，都落在白河曾经的河床上。溅起的灰尘扑在他枯萎的脸上、雪白的眉毛上、凹陷的眼眶里，在收网的间隙，他捵捵眼眶的土，试图让受到损害的眼睛辨认出李东升消失的方位。网收回来了，仍是一兜风沙和月光。

我喊："爷，白河已经没了。"

祖父似乎听不见，还在艰辛地撒网、收网。网不到河水，网不到李东升的遗骸，也网不到消逝的时光……祖父陷入自己的世界，他什么都快忘了，唯独忘不下寻找父亲。这个撒网的老人，在世上余日无多，他用残存的力量，一遍一遍，向天空，向过往，向风沙，撒出巨大的渔网。

我感到一种深切的无力。我们之间，隔着一道时光的暗河，不管我和死亡怎么角力，祖父这枚枯落的树叶还是会被暗河裹挟而去……

我哭，"爷啊，白河已经没了……"

到后来，我们都累了，就在沙化的河床上睡着了。

如今，时光流转，祖父已经去世十五年了。我也是个平庸和辛劳的中年男人了，早就背叛故乡和炊烟，离开豫东四省交界的破败乡村，历经郑州、苏州、深圳、东莞的漂泊生涯，最后定居岭南一隅，有了自己的家庭和孩子，成了一头李东升曾经鄙薄的老牛，谁还顾得上那些久远的不足挂齿的故事？只夜深人静时，偶尔摸着脖子上的玉坠子，手心感受着玉石上祖传的温热，闪念里会掠过祖辈的吉光片羽。遥远的先辈一直在编织我们的生命之网，祖先的血液在我们身上流淌……可天一亮，就抛到了一边，又得继续疲于奔命。

一天下午，正顶着没顾得上午休的头颅，根据吹毛求疵的会上记录，在改一份漫长又无聊的材料，老家的忘年交文友，传来几张截图。这位文友博学宽厚，精通地方风物掌故，退休后被市史志办返聘，作为文史顾问，参与新一版县志的修订完善工作。等忙完了，我才顾得上细看三张图片的内容。

一张是借据——

兹借莽山青蛇兄米面十三车金条两根银圆四百元。某年月日。

具名。

一张是不知他从哪里搜到的当年地方小报的报道，隐藏了立场，抹去了细节，残损泛黄的草纸上，只黑体一竖行——

近日，莽山匪首李东升被毙于白河。

一张是将军纪念馆的一段生平介绍——

一九三八年，将军与地方爱国力量配合，多次打退日军的围剿。随着抗日队伍壮大，一九三九年，将军率部继续向东挺进，以永城为中心，创建根据地，创办抗大四分校，兼任校长。一九三八年至一九四四年，将军率支队进行大小战斗三千七百六十次，累计歼敌四万八千余人。一九四四年十月，在对伪军李光明的激烈战斗中，将军英勇无畏，亲临前线指挥，不幸中弹牺牲，时年三十七岁……至今，永城市许多标志性街道、学校、建筑仍以将军的名字命名。

我的曾祖，李东升，在历史的节点上，就这样，或许作为"地方爱国力量"，和永镌丰碑的将军有了一次交集。他们的生平当然云泥高低，但相同的是，都为脚下的土地付出了正值壮年的生命。

那晚，我以酒祭。倒酒于地时，想起祖父说我和太爷有相似的地方，我在努力想象李东升和将军喝酒时，会是个什么样子。

睡着后，梦到深蓝的海水在大漠上徘徊，海水退后，留下一片高远的芦苇在天空下摇荡。我搀扶着祖父，仍然在白河河床上重复地徒劳打捞。

倏忽，一条青蛇闪过，有碧色的水从干涸的河床涌出、流动。天地一派澄明，一阵来自远古的鲸鸣从地心响起。一转身，有一白衣健朗的汉子，从芦苇荡中走出，笑着，冲我们挥手招呼，身下的流水载浮载沉，驮着他向下游飞流而去。祖父跪倒在地，望着帆影一样逐渐远去的父亲，颤抖着嘴角，在笑——笑得泪光闪动，破碎而美好。

· 作者简介 ·

　　李知展，男，1988年生，河南永城人，现居东莞。中国作协会员，曾用笔名寒郁。在《江南》《中国作家》《小说月报·原创版》《钟山》《北京文学》《青年文学》等刊发表小说一百五十余万字，多篇被《小说选刊》《小说月报》《北京文学·中篇小说月报》《长江文艺·好小说》等选载。曾获第二届"紫金·人民文学之星"短篇小说佳作奖，广东省有为杯小说奖，《莽原》《红豆》《黄河文学》等杂志奖。著有长篇小说《平乐坊的红月亮》，出版小说集《孤步岩的黄昏》《只为你暗夜起舞》《碧色泪》。

桑塔纳

□ 凡一平

1. 唐 生

那辆稀巴烂的汽车翻在那里，像一个摔碎了的冬瓜，或像残破的一具棺材。它令人触目惊心，望而生畏。

唐生撑着伞，走过去，颤颤巍巍，像走向一座新坟。雨淅淅沥沥地下着，洗涤着荒坡。坡面的雨水往低处流，交汇成洪，朝坡底汹涌，把那辆车包围。可能用不了多久，洪水就会把车淹没，或浮起来，变成一艘船。

唐生下到坡底，来到车的跟前。雨在这时候突然变小，稀稀落落，像关掉水龙头后的淋浴喷头。车虽然破损不堪，却因为雨停和刚经过雨水冲刷而变得明亮。它乌黑洁净，像一个掰断了的黑馒头。

他能看出这是一辆黑色桑塔纳。似曾相识，跟他的第一辆桑塔纳十分相像，只是老旧了很多。他心头一惊，去看车牌。车头严重曲张，没有车牌，不知飞到哪里去了。他来到车尾，见车牌还在，定睛一看，车牌号是桂A33**5。

他顿时僵住了，像一头冻猪。雨伞因为惊心动魄松落掉地，滚到一边。明确无误的车牌和车牌号，再一次像一把明晃晃的刻骨铭心的菜刀，把他震慑。

这是他曾经拥有和使用的那辆桑塔纳，十五年前被他卖掉，在十五年后的今天在他面前重现或相遇，以事故或车祸的方式。

虽然惊愕，他还是迫不及待查看车里的人，是否伤亡。他弯下身，尔后趴下，像一只蛙，朝几乎扁平的车的缝隙中探看和探听。

车里应该是两个人，一男一女。两人挤成一团或抱在一块儿，男的压着女的，或男的抱着女的，看得出来或能想象，是两车相撞后翻车的瞬间，男子迅速倾向女子，或奋不顾身抱住了女子，以自己的身体成盾牌护住她。他俩现在都一动不动、不声不响，像橱柜里一对叠在一块儿的勺子。

交警在他报警三十分钟后到了，消防、救护人员稍后相继来到。消防人员用破拆工具将变形的车扩张和拆解，把困在车里的两人分开，挪出，再交由救护人员抬走。

唐生还在接受交警的问询。他们此刻已在公路边。沿山开辟的二级路弯曲、陡上陡下，像蜷曲在树上的蟒蛇。已经能通行的车辆缓慢双向行驶，像蟒蛇身上爬行的虫群。一辆奔驰越野车纹丝不动，它在交警勘测、拍照留证后移到了路边。车的头部凹陷，像一个人被撞断了鼻梁。它不时被经过的行人瞩目和顾盼，像一个干架受伤后正在罚站的人，被不知情的人们观看和揣测。

唐生就在靠边停的奔驰车旁和附近，对交警口述和比画事故的经过及情景。

　　他说，他正在驾驶他这辆车，由北往南，在自己的车道上行驶，很小心，因为下着雨。突然，一辆小车超越前面一辆大车迎面而来，他踩刹车了但来不及避让，也没法避让，两车就撞上了。撞上奔驰的小车一撞就飞，在雨中飞。后来他下车，才发现小车飞出了公路，翻在坡底了。

　　奔驰车的行车记录仪记录了事故发生的过程，与奔驰车驾驶员描述的基本一致——桑塔纳车超车占道，与对向行驶的奔驰车正面相撞，然后翻飞。

　　交警初步认定，肇事车桑塔纳2000，在这起事故中，负有主要责任。

　　唐生如释重负，像一个排除了绝症的病人的亲属，或像一个在法庭上被判无罪的被告，他可以平安、自由地行动，或者回家了。

　　在得以继续返回南宁的路上，唐生的心情又沉重起来，或再度纠结，只是这次沉重或纠结的内容、地方，与车祸发生后分清责任前已经不同。此刻让他沉重和纠结的，是那辆肇事车本身——那是他卖出去十五年的桑塔纳，在今天竟然与他撞上了，而且造成了可以想见的严重后果。桑塔纳车肯定是毁掉了，乘坐车里的人不亡即伤也是肯定的。这辆十分不吉或祸患多端的车，在转卖出去多年以后，最终与原车主相撞，当场毁在原车主面前，这是为什么？是报应，还是宿命？

　　桑塔纳2000是唐生二〇〇三年买的，在他手里开了三年就卖掉了。它在这三年间不断地给他添乱，因它而起、与它有关的是非和烦心事层出不穷。它总是让他觉得不顺，甚至倒霉，像一颗灾星。没有它之前，他是发财的，有了它之后，他入不敷出花钱如流水。没有它之前，他感情甜如蜜，有了它之后，有多少爱都付诸东流。它像是被施了魔咒，总是坏事。在确认是这辆车导致他事业、感情诸多不顺之后，他果断把它卖掉，就像一个丈夫觉得遇人不淑后心狠把妻子离掉一样。

他记得裸车是十八万三千元买的，加上购置税和保险，是二十万零几百。车开三年十万公里，卖出去是五万元。

车当年卖给了谁，唐生能记得大概。他也姓唐，这是准确的，名字叫朝永还是朝远记不清了，姑且是唐朝永吧。

唐朝永是县里的一名公务员，具体地说是马安县文化局的副局长。当年他和还是唐生朋友的朋友来南宁，唐生请他们吃饭。唐生用桑塔纳拉他们去郊区的九曲湾农场，吃全羊宴。车开到半路，车胎瘪了。三四个人推着车去往不远处的修理厂，修理工从瘪了的两只轮胎上拔出了六七颗钉子。要补六七个洞，还不如把轮胎换了。换好轮胎，车继续往农场开。在车上，就是这位唐朝永提醒，钉子说不定就是修理厂的人布置在路上的，让车扎上爆胎和漏气，修理厂才有活干有钱赚。唐生一听，脾气上来，当即要转回去找修理厂理论，被朋友阻止。到了农场，还未吃上全羊宴，唐生就把气撒在桑塔纳身上。他狠狠地踢着新换的轮胎，骂说我卖了你，一定卖了你，把你当贱货一样卖掉！言者无心，听者有意，吃喝的时候，唐朝永借给唐生敬酒之机，附耳说唐兄，你说要把车卖了，要卖就卖给我。唐生一听，本就对车心存不满的他，现在听见有人想买，加上喝高了，意从心头起，恶向胆边生，说你敢买我就卖。唐朝永说我有什么不敢买的，我买。唐生说我卖！两人说话开始大声，在场的人都听到了。他们也不再回避，公开讨价还价。唐生开始叫价十万，唐朝永不接受，说十万那还是贱货呀？十万贵了，我小小的公务员，副局长，买不起。唐生说那你想贱到什么价？唐朝永一巴掌手指弯下两根，竖着三根，成 OK 状。唐生说三万？我才开三年，不到十万公里呢。唐朝永说你又不在乎钱。唐生说我在乎什么？你先把这杯酒喝了，我跟你讲，唐朝永说。唐生又喝了敬酒，唐朝永说般配，这车和你不配，配不上你。桑塔纳目前还算高档车，以后就不是了，至少不适合你这种大人物，要换就赶紧换。唐朝永的话既辛辣又甜蜜，既挠心又舒心。但唐生不甘心，又叫一次价：六万。最后，在唐生的朋友也是唐朝永的朋友好言好语下，五万成交。多出唐朝永所能承受的两万，由在场的他们共同的朋友分担。

唐生记得车过户给唐朝永时，曾对他说：这车现在是你的了，是福是祸，不要找我。

如今这辆桑塔纳又闯祸了，可以说彻底毁了。那么车主还是不是唐朝永？车里的男子是不是他？十五年了人的变化很大，唐生看见车里男子的时候，男子是背对他的，没法确认是不是唐朝永。当消防员把血肉模糊的男子挪出车子的时候，他也没法辨认是不是唐朝永。交警询问时他更不敢打听车主和肇事者是谁，他怕交警嘴里蹦出唐朝永这个人的姓名，让他邪灵附体、寝食难安。

三天后，唐生来到事故发生辖区的宜山县交警队，接受最终的认定结果。

他得知，负事故主要责任的车主是韦日龙，而驾驶员也是肇事者为黄尚达。

黄尚达已在事故中死亡。

2. 黄尚达

二〇二一年四月十四日这天，二十岁的都乐汽修厂修理工黄尚达带着十九岁的女朋友覃鲜丽回乡过节。这天是农历三月三，是壮族重要的节日，壮族人称"窝埠坡"，原意为到垌外、田间去唱歌，所以也称"歌圩节"，也有称是为纪念壮族歌仙刘三姐，因此也叫"歌仙会"。黄尚达的家在宜山县流河乡，是有名的"山歌之乡"，在山歌比赛中年年称霸。黄尚达的爷爷和父亲都是获得过称号的歌王，作为歌王孙子和儿子的黄尚达，在这个隆重和荣耀的节日，是必定要回乡的。

他带着认识不久的女朋友覃鲜丽，驾驶牌号为桂A33**5的桑塔纳轿车，踏上回乡的旅程。

桑塔纳轿车是黄尚达从都乐汽修厂开出来的，得到了汽修厂老板韦清金的默许。这辆牌号为桂A33**5的汽车，已经修好有很长时间了，车主迟迟不来取，电话也打不通。它放置在修理厂，占着一个车位，像一个病愈却不出院的人霸着病床，让修理厂的人都很无奈。无奈逐渐变成义愤、报复或处罚，修理厂把它当成了公用车或工具车，用它去拉配件，去买菜，去布置钉子，偶尔，让员工当福利开走度假。

黄尚达便是这福利的享受者。

他驾着车，身边也就是副驾座坐着他的女朋友覃鲜丽。覃鲜丽满脸潮红，兴味盎然，她的腿上活动着黄尚达的一只手，像耙田的耙。黄尚达以为是他强硬的手使覃鲜丽兴奋，其实不是，或不全是。除了粗鲁的抚摸，让覃鲜丽备感兴趣的是黄尚达的家乡——那是歌的海洋，每当三月三"歌圩节"，四面八方的男男女女、老老少少，便涌向宜山县流河乡，尽情歌唱和狂欢。在至少连续三天三夜的节庆里，会有数不清的电视台、电影公司、歌舞团、艺术院校、歌唱家和歌星，前来拍摄、观摩和表演。你只要去到那里，站在对歌的任何一方，开口一唱，一定会被人发现和欣赏，以为是刘三姐再世——黄尚达是这样对覃鲜丽说的，覃鲜丽也信以为真。她不假思索且乐意地上了黄尚达专程开来接她的车。车子从上岭村往宜山走，也就是返回宜山，经过宜山后才往流河乡。

车祸发生在距离宜山县城二十公里的路段。当时下着雨，纷飞的雨像蝗虫铺天盖地，也像是花香招引来的蜂蝶，把行驶的车吞噬，使车里的人迷离。

黄尚达唱着山歌，他一只手把着方向盘，另一只手仍然在覃鲜丽那里活动，覃鲜丽看上去像是享受着，其实是忍受着。她的忍受就是一种纵容，纵容黄尚达既危险而又不道德的行为。他越来越放肆了，唱的山歌也越来越低俗：哥妹走进青竹林，哥脱裤子妹脱裙……

黄歌让覃鲜丽羞恼，或许瓢泼的雨也让她害怕，她终于攥住黄尚达的手，推开，让他放老实点，好好开车。

黄尚达老实了一小会儿，又不老实了，他的咸猪手甚至猪嘴重新拱向覃鲜丽，像拱一棵白菜。

得意洋洋的黄尚达又唱起歌，节奏很快，于是就觉得前面的车走得慢。他冲动地加速超车，超过一辆小车，再超一辆大车。

在超过大车的时候，迎面一辆车驶来，双方来不及避让，撞上了。

然后黄尚达就死了。

黄尚达送到医院前，就已经死了。到医院的只是他的尸体，直接送太平间了。

覃鲜丽活着，这个姑娘创造了翻下四十米山沟而毫发无伤的奇迹。她只是浑噩了两天，估计是惊吓的缘故。她一醒来，就清楚地交代、说明了一切。

驾驶员也是肇事者已经死亡，那么主要责任也就转移到了车主韦日龙身上，而默许员工使用肇事车的都乐汽修厂老板韦清金，则负有连带责任。而肇事车没有购买交强险，那么损害赔偿则由主要责任人和连带责任人共同承担，前者和后者按六四开赔付死者丧葬费、家属抚恤金共八十万元。

汽修厂老板韦清金怒发冲冠、暴跳如雷,声称自己冤枉,决不支付这笔冤枉钱。交警跟他说,拒不支付,除了行政拘留三至十五天,还可申请扣押其财产强制执行。

韦清金盘算了一下,软和了一些,但语气依然强硬,说:"车主韦日龙没找到之前,我是不会付钱的。他还欠我一万三修理费呢。"

交警说:"车主韦日龙,我们会找到他的。但你该付的,必须付,尽快付,死者还在医院的太平间呢,得不到丧葬费和抚恤金,家属是不会领走尸体的。逝者为大,何况还是你的员工。你摸着良心想想,将心比心,该不该赔偿?"

韦清金没有摸心,只是想了想,说:"四八三十二,三十二万我现在付不起,去年疫情我大半年没有收入。我最多只能付五万,剩下的以后再说。"

交警要韦清金写下承诺书。

一旁同接受处理的唐生,目睹和聆听了韦清金与交警争议的言行,他的脑子嗡嗡响,又浮现出那具血肉模糊的躯体,现在已知有名有姓的黄尚达,他是所谓歌王的孩子,其实是贫民的孩子。这孩子驾驶破旧的桑塔纳撞上他唐生崭新的奔驰越野车,死了。假如他唐生驾的是桑塔纳,那孩子开的是奔驰,调过来互撞,那死的人是不是就是他唐生?何况,肇事的桑塔纳车本就是他的,或最初是他的,只是转来转去,转到韦日龙这一任车主手上,连带修理厂的老板也有责任,出了人命,可谓车毁人亡。那么,如果追根溯源或追根刨底,他唐生摆脱得了干系吗?属不属于嫁祸于人?刚才交警劝修理厂老板摸着良心想想,仿佛也是在劝他唐生。唐生被触动了,对交警说:"可不可以,我来支付这个钱?"

交警看着他,韦清金也看着交警。交警看着他像看傻子,韦清金看着交警像看救星。

唐生说："不用问为什么，我付吧。"

交警问："全付吗？"

"全付，"唐生说，"但是我希望警察能帮助找到肇事车的车主，我想见他。"

3. 韦日龙

深山老林进来三个人。

韦日龙啃着鸡腿，看着来人。三个来人他都不认识，他想可能是警察。

来人中的一个人出示了证件，果然是警察。三个来人都穿着便服，那么是便衣警察。

韦日龙把啃剩的鸡腿，递给了身边翘首以待的一条狗。刚才来人未见时，这条狗是吠了几下的，只是未引起他的重视，他还以为是狗乱叫，吼了它一句。现在觉得是冤枉了狗，鸡腿便是对狗的抚慰。

他不慌不忙，或从容不迫，说："我犯了什么罪？"

出示证件的警察说："我可没说你犯罪。"

"那你们为什么来？"

"我们只是找你，找到你。"

"为什么找我？"

另一个警察说："我是交警队的，你想想我为什么找你？"

韦日龙说："我在山里面，三个月不出山了，山里既不通车我也不开车，我想不出来交警为什么找我。"

"你是不是有一辆桑塔纳轿车？桑塔纳2000？"

"是，有。"

"车牌号？"

"桂A33**5。"

"车呢？"

"扔修理厂了。"

交警看着蒙在鼓里的韦日龙，说："你的车出事故了，撞死了一个人。"

韦日龙这才吃惊了，说："我的车放在修理厂，怎么可能撞死人呢？要撞也不是我撞的！"

"你是车主，负有主要责任。"交警说。他接着讲述了一番车祸的经过，以及依法依规认定的处理结果。

韦日龙听了，平静地说："我接受这样的处理结果，但是我现在赔付不起，我没有钱。"

交警指了指一同来的一直没说话的人，对韦日龙说："你跟他谈，你们谈。"

之前没说话的人说话了，他对一同来的两个人说："谢谢你们。你们回去吧。"

三个来人回去了两个人，留下一个人。

韦日龙看着留下的这个人，穿军装夹克，络腮胡子，戴高度近视镜，威武又斯文其实是不伦不类。他说："警察没有像你这样的。"

留下来的人说："我叫唐生，是与你的车相撞的另一辆车的车主。"

韦日龙把脸转过一边，既难为情也带情绪地说："我讲过了，我现在赔付不起，我没有钱。"

唐生说："我不是来找你赔钱的。"

"那是要命咯，要命倒是有一条。"

唐生环视简陋的屋舍，再看孤独也孤高的韦日龙，他貌似穷愁潦倒，却不失高洁和傲气，坐有坐派，谈吐不凡，令唐生心生敬畏。唐生说：

"你曾经阔过。"

韦日龙见唐生流露的语气和神情，不像藐视或鄙视，问："喝什么茶，红茶还是绿茶？"

他们移到屋舍的外面，煮茶，喝茶。

苍山如海，独立的房屋像寂寞海港里的一艘船。屋前屋后觅食玩乐的鸡，似找到舒服地方产卵的鱼。天上有白云飘，优哉游哉。穿过云朵之间的太阳光芒，像神仙的手臂，轮流或依次地抚摸着一座座青山，座座青山容光焕发，像美色不衰的女人和阳刚的男人。

阳光照射到唐生、韦日龙和狗的身上，像是给腌肉抹盐，让他们看上去又白又胖。煮茶的炉子冒着火烟，炉子上的铁壶在冒泡。狗摇着尾巴。

唐生和韦日龙安静、惬意地喝茶，一个像闲云，一个像野鹤。竹椅上的唐生望着眼前摇曳的竹林，跷起了二郎腿，像竹子一样摇晃。有黑和白的鸟群一拨拨经过，像广场上空接受检阅的机种，也让他入迷。

韦日龙也沉浸着，但不是沉浸于眼前的景象，而是往事。往事如烟，在他心田氤氲。豪阔的生活首当其冲，漫卷过他的脑海，随后是没落的经历将其覆盖，如海浪颠覆了船舶，或乌云遮挡住了霞光。

"你说得对，我曾经阔过，"韦日龙最先打破沉默，他看了看仍然凝视前方的唐生，"想知道我曾经阔到什么程度吗？"

唐生转过头，倾听的样子。

"南宁光龙大厦，知道吧？"韦日龙说，"我的。"

"离我住地不远。"

"新兴酒店，也是我的。"

"四星级，我外地客人和朋友来，常住那儿。"

"但现在统统不是我的了，"韦日龙说，他语气轻松，像卸掉了沉重的负担一样。他抬手朝后指指，"只有这老屋是我的。"

唐生把跷着的腿放下，身子也转了过来，他看着一贫如洗的韦日龙，再看看山，说："这山是不是叫东山？"

韦日龙愣了愣，反应过来，说："你的意思是东山再起？我不会了，再说这山也不叫东山，名都没有。"

"我也没落过，甚至堕落过，"唐生说，流露出鼓励的眼神，"人有逆天之时，天无绝人之路。我现在重新振作起来了。"

韦日龙再次打量不伦不类的唐生，说："你是干什么的？"

唐生说："你看呢？"

"我见过各种各样的人，就没见过你这样子的。"

"拍电影的。没见过吗？"

"我泡过女明星，捧过小鲜肉。你都不是。不像。"

"女明星和小鲜肉背后的人，关键人物，再想想。"

韦日龙脱口而出："投资大佬，看你这派头也不像。你是没见过我投资电影电视剧的时候，那牛样。"

唐生说："我直说吧，导演，过去干过编剧。"

韦日龙笑了笑，说："我投资电影电视剧失败，可能就是忽视导演和编剧的原因。"

"确实，想搞垮一个企业或企业家，就鼓动他去投影视，"唐生也笑笑说，"想摧毁一个艺术家，就让他与企业家狼狈为奸。"

"听来你有过狼狈不堪的时候。"

"我们谈谈桑塔纳吧，你肇事的车辆。"唐生说，他看着渐晚的天色，有些着急。

韦日龙愣怔，像是隐忧被戳中，骂了一句后接着说："我没落后，就剩这一辆桑塔纳陪着我，想不到还给我惹祸。"

"桑塔纳是怎么到你手上的？"

韦日龙边想边说："一个欠债的人拿来抵债的，三手车，到我这里是第四手了。我原本哪会看上这破车，甚至不记得它的存在，厨房拿去买菜用的。后来我破产，收购收债的人都不收它，就留下了。"他的神情变得沉郁，好像桑塔纳是他的心病，"好像桑塔纳转到我这里后，我就开始没落了，或者没落得更快。它就像瘟神和传染病一样，我庞大的一个企业和家业，不到三年，全垮了。"

"拿车到你这抵债的人是谁？什么人？"唐生说，他饶有兴趣，像前任关心所有后任。

"同行，比我先破产的人，"韦日龙说，他挠挠头，"这倒霉蛋好像也是接手了这辆车后开始倒霉的。很奇怪，跟这辆车有关系的人都背时或没好下场，我前任的前任车主，是个贪官，一个文化局副局长，受贿三四百万，判刑坐牢了。我前任车主是从法院拍卖会拍下这辆车的，这车邪恶附体，魔咒不散，十口相传，接连厄运，现在细思极恐。"

"都结束了，我认为，因为车毁了，不存在了。"

韦日龙看着对桑塔纳和历任车主如此关心的唐生，疑惑地说："难道这辆车跟你有什么关系吗？"

唐生如实回答："我正是这辆车的第一任车主。"

韦日龙目瞪口呆，长长地琢磨和思忖后，伸出手，说："原来你是那个冤大头。"

唐生与韦日龙握手，说："我们从头再来。"

残阳如血，薄暮中的群山像个圈子，山里的两个男人，像圈子里兴致勃勃的公羊。

4. 覃鲜丽

又是一年三月三。

宜山县流河乡，这是传说中刘三姐的出生地。关于这个聪慧机敏、歌如泉涌、优美动人的"歌仙"的出生地，有多个地方都在争抢，比如罗城、柳州和桂林，但宜山县流河乡，是经过国家考证认定的"刘三姐故乡"，并且，流河乡已经更名为刘三姐乡，只是有的人还不知道。每年三月三，来此赶"歌圩"的民众最多，活动也最隆重。

今年也是如此。

覃鲜丽是第一次来流河乡。其实，她去年也来了，乘坐黄尚达驾驶的桑塔纳车，只是半路出了车祸，黄尚达死了，没来成。她今年继续来，完成来刘三姐故乡或赶"歌圩"的心愿，或许还借机悼念此地出生的已故男友黄尚达。

她进入人如潮涌歌声鼎沸的"歌圩"，像一条鱼进入了海洋。她是海洋中最美丽出众的一条鱼，一走进歌海，她便被人发现、拍照和合影，被要求唱歌和对歌。

一个长得挺帅的小伙用山歌撩拨她：

春风吹过流河旁

哥和妹妹暖洋洋

得妹陪哥把歌唱

好比得喝爽歪歪

覃鲜丽用歌回应：

春回大地百花香
蜜蜂花中采花忙
眼望别人成双对
泪如春雨下千行

小伙子继续撩拨：

山歌唱情又唱爱
哥想找妹把情连
蜜蜂连花哥连妹
望妹留心做哥双

覃鲜丽以歌作答：

爱只清明雨上悲
唯有南山忆情郎
许诺今生唯爱他
孤山独坐泪汪汪

小伙子与覃鲜丽对着歌，一个邀约一个推拒，一个热情一个冰冷，像水和火不相容。一旁和周围的观众,有的起哄,有的干着急。

唐生在观众中,他此次来是为新电影勘景和选角,唱歌的姑娘引起了他的注意。他对身边的副导演兼剧务韦日龙说:"去找她谈谈。"

韦日龙去找姑娘谈话,并把她带了过来。

唐生问姑娘:"你叫什么名字?"

姑娘说:"覃鲜丽。"

唐生说:"愿意演电影吗?"

覃鲜丽点点头,说:"愿意。电影叫什么名字?"

"桑塔纳。"

覃鲜丽听了,愣怔和打哆嗦,泪花闪烁,摇摇头,说:"不。"

· 作者简介 ·

凡一平,男,本名樊一平,壮族。1964年生,广西都安人。先后毕业和就读于河池师专、复旦大学中文系。现任广西民族大学教授、广西作家协会副主席、广西影视艺术家协会副主席,第十二届和第十三届全国人大代表。出版有长篇小说《跪下》《顺口溜》《上岭村的谋杀》《天等山》《蝉声唱》《顶牛爷百岁史》等九部,小说集《撒谎的村庄》等十二部。曾获广西文艺创作铜鼓奖、百花文学奖、《小说选刊》双年奖等。多部作品被翻译成瑞典、俄、越南文等文字出版。